臺灣原住民文學選集

小說

二

孫大川 主編

目錄

夏曼・藍波安

〈安洛米恩之死〉【節選】（二〇一五）

Syaman Rapongan，一九五七年生，臺東縣蘭嶼鄉紅頭部落（Imaorod），達悟族。畢業於淡江大學法文系，為國立清華大學人類學研究所碩士，曾就讀國立成功大學臺灣文學系博士班。

早年擔任過計程車司機、國中小學代課老師等職位。現為專職作家、島嶼民族科學工作坊負責人，與家人在蘭嶼生活、寫作，傳承造舟及海洋文化。海洋是夏曼・藍波安創作的源頭，也是他內心的信仰與依歸。透過返回原鄉，用「身體」去經驗海洋的美麗與豐饒，夏曼・藍波安重新尋找到自己與島嶼、文化之間的聯繫。透過作品中真摯深情的文字，展現了達悟族的內在精神，不僅引領讀者探索海洋民族的大海，也傳承了達悟文化的核心。

夏曼・藍波安文學創作豐碩，風格獨具，且獲獎無數，曾獲吳濁流文學獎、時報文學獎、吳魯芹文學散文獎、九歌年度小說獎、吳三連文學獎、全球華文文學星雲獎貢獻獎、國家文藝獎等文學大獎。他的作品被翻譯成英語、日語、法語、捷克語、俄語、義大利語和馬來語等多國語文出版，蔚為世界級的海洋文學大家。

著有《八代灣的神話》、《冷海情深》、《黑色的翅膀》、《海浪的記憶》、《航海家的臉》、《老海人》、《天空的眼睛》、《大海浮夢》、《安洛米恩之死》、《大海之眼：Mata nu Wawa》、《我願是那片海洋的魚鱗》、《沒有信箱的男人》等書。

安洛米恩之死【節選】

一如晝與夜的正規交替，一如往常的寂靜的秋冬，晝變短了，夜於是成長了，他認為這是他回祖島最大的享受，習慣了在北緯十九度的島嶼氣候，習慣了潮汐的多變換，按著日與夜的時間清醒腦子，入睡前起身走出鐵皮屋外呼吸空氣，看看夜空。幾個月前從大島C市脫困於人與車那樣吵雜的環境之後，回到了小島讓他身心的感覺，甚至是耳朵的聽覺都舒服了起來。

啊！我的身體，我的靈魂終於清潔了，他說。是嗎？他摸摸頭仰天，又反問自己。

祖島的天空依然如此的令他渾然進入自我寧靜的氛圍，容易陷入自我分析的狀態。他認為自己是四肢發達的男人，重視身材健美的人，他也認為自己長得也還算是部落裡俊美的年輕人，可是自己卻瞧不起部落裡的少女，或是婦女，認為祖島在現代化後，她們的氣質不如他的祖母那個世代的女性來得優雅，以至於到現在他還沒有心儀的女朋友，也或者說，從小學時期起，他的女性同學認為他頻繁地逃學，跟他的神經病有直接的關係，這也是沒有女人看上他的因素。

我為何不敢跟女人說話呢？問自己。也自認為自己不算笨，只是過去一看到課本，心魂就想逃避，想離開教室，他的腦海經常覺得自己並沒有受到上帝的眷顧，於是更不可能會有女人多看他一眼。今夜，他就在外頭胡思亂想。我究竟怎麼啦？

清晨，他起身之後習慣性地走向部落面海右邊的礁岩區徒步，那兒是沒有車子行駛的小徑，礁岩區與陸地接壤是一整片的馬鞍藤，在秋冬的馬鞍藤是翠綠的，葉片厚厚的，鐵定是吸足了晨間的露水，他是這麼認為的。但他也認為，島上的族人的身體在冬天比夏天瘦。他獨自一人漫不經心地走，以及一隻隨其後的，算是可愛的小母狗吧，走在部落的人在沿岸潛水獵魚，垂釣時習慣走的路。

當然早起的人不只他一個人，只是因為島上為了防颱，建築與地平面齊的傳統的半穴居茅草房屋，在一九七〇年代被臺灣政府視為其殖民境內是落後的象徵而被夷平後，整個部落初始的地貌在那個時候起就無法再復原外，也正式宣布島民之建屋的環境智慧被瓦解根除。當然早起的人也被水泥屋遮蔽了人們在晨間的活動，諸如男性劈柴，諸如茅草屋在清晨、在夕陽時分柴薪輕煙裊裊昇華的景象，也成了他過去的甜美記憶。

這是個靜靜的初冬，沒有太陽日照的白天，陣陣微風夾著寒意的溼氣，馥郁地從初醒的北方山頭順著地勢吹向部落，風影風聲從水泥屋與屋之間的空間吹來，然後吹向部落面海的南邊海面，凡被寒冷的風橫掃的海面便醞成微微波波的漣漪，一片一片的，遠的、近的海面場景如是初春的小米穗乖巧地隨風飄逸。那一片海、此一片海交替的風影飄移，好像是風與海相互黏貼的舞步，自然的律則，此隱彼生。此景他總認為是不十分愉悅的景致，甚至還會讓他覺得憂傷，這是安洛米恩經常跟達卡安說的話。

當然，小他十多歲的達卡安不這麼認為，他的感受是，風的舞影像是浮出海面一整群一整群移動的鯖魚，會誘惑不怕冷的男人出海獵捕牠們。彼時島嶼上空抹上灰色的雲層，被寒風帶來，而後掠過大海被帶到遠方，讓人覺得島嶼的冬天永遠不缺憂鬱的烏灰雲片。

即使如此，包括他們二人，島民性情已經練就了在如此的氣候下，環境賦予人們的平靜性格，以及灰灰的心情。你若是冬天裡的外來遊客，你將感覺這達悟人的祖島不甚好客、友善，安洛米恩也會跟你說，你占據了他的寧靜，雖然你沒有與他對話，即使你是無意，或是善意很深的遊客，他也會認為外來人帶來煩惱給他。

是嗎？如果沒有外來人，我會有香菸抽嗎？他歇斯底里地問自己。

在菲律賓諸島獵魚，當近洋船工一年半載，他厭惡了極為不人道的獵捕鯊魚翅的船工生活，也是極為慘烈的漁工階級明白區分。當他回來祖島的三個月之後，他變得和兩年餘月之前完全不一樣，完全變了一個模樣的人了。一位陽光型的、翩翩的、熱情的年輕人之形貌，此時如是消散彩雲、變為灰色的海面，還常常略帶蔑視他人的眼光，變得很神經質，於是與部落人的關係變得更為陌生，變得十分冷漠。

他漫不經心地從他的鐵皮屋走出來，這個鐵皮屋，是他靈魂先前的肉體幫他蓋的，是可以遮陽納涼，避風影吹進屋，但是下雨天的雨水會從國宅外牆牆壁溜進他的房間。當然的，他的房間的木床是他的祖父年輕的時候，使用斧頭伐木削平的龍眼樹，有三塊，每一塊長約兩公尺，寬約是五十公分。這三張木板床的歷史是，他的前輩們的汗水、淚水，還有估量不完的宰殺豬與羊的油水，以及柴薪的煙塵的經歷，此時傳到他這個時候，木床已經變得非常光滑，像是敷上了蠟油膏似地。

當然屋內擺飾奇亂無比，與都會裡的遊民財產不分軒輊，當然雨水會沿著舊有的水溝流出屋外。開門的時候，鐵皮脆弱的咖咖聲，敘述了它的歷史，此刻弄醒了他的小母狗，小狗此時在他開門的每一次，牠都會伸伸懶懶的身子，拉開脊椎，並張開大嘴吐出內臟裡的臭氣，此刻安洛米恩也習慣性地摀著嘴鼻，避免吸進小母狗的腸內臭氣。小母狗抬起牠的左右腳習慣性地試著擠掉眼屎，而後「汪」一聲，好像對他說「早上好」。

「嗯！」他說。小狗是他從臺灣回來的時候帶來的，幾乎是他唯一說真話的對象。幾個月下來，他的喜怒在小狗漸漸長大的同時，對他的了解也在增加，畢竟他們相處已經有了三個多月的光景，況且小母狗在這個島嶼沒有親戚，屬於移民來的雜種狗，對主人好，主人就會替牠抵擋那些欺負牠的，他認為是沒有教養的土狗，牠是這麼認為的。

小母狗很有教養地跟在他後頭，從不超越他一步，他叫牠為「黑浪」，部落的人稱牠為「黑狗」，管他的，反正就是一隻狗吧！他如此思索，況且是臺語，非達悟語，無關緊要，就像他的漢名「黃萬」一樣，他從未承認那是他的身分證明，「安洛米恩」才是他具有民族基因與環境交易來的完整身分。

他走向海邊，向右走，走十分鐘後，向右手邊瞧瞧已經全是水泥建築，景致完全改了樣貌，與綠色山林不協調的部落，他說，這種水泥房好像火柴盒，冬天溫暖，夏天在屋內像是學校營養午餐蒸饅頭的蒸籠，比直接晒太陽流的汗水多五倍以上，他也認為住鐵皮屋還比較舒服。當然他依稀記得，他早逝的大哥說過，彷彿現代化的複雜已在不自覺的過程中悄悄地鑲入部落族人的生活裡了。這很讓他十分的不自在，認為沒有人在意他的早起了，在意他是勤奮的年輕人。他轉個身子，面向海邊解腰帶撒泡尿，並觀察海象……「看什麼看？沒看過人類撒尿啊！」黑浪在這個時候，自動避開了牠的狗臉，不過也順便蹲了下來，與主人十分有默契地一同撒尿。

「嘿嘿，你也撒尿啊！」安洛米恩笑著說。

「過來。」安洛米恩摸一摸黑浪的頭，黑浪搖一搖尾巴展示親切，還有牠的脆弱需要主子撫摸。他拉起了撒尿後的短褲繼續往前走。

今早沒人下海抓魚，他想。當他們走到了他的祕密岩洞的時候，他東望一下，西瞧兩眼，彷彿恐懼他人知道他的密屋。他變得有些神經兮兮的，是他以前不曾有過的狐疑行為，當然也沒人知道他去臺灣。這三年來的故事，他也絕口不說，跟人類說話很麻煩，這是他心中一直有的低音迴響。

岩洞外部混雜著蔓藤，背面是亂石堆砌成的，以及沿岸陰翳的矮樹叢，一隅不會讓人家注意到的地方。他沿著自己走出來的小路，與公路平行，他的路與公路之間有著綿密的林投樹叢，從馬路望海，是看不見他的人。部落的族人在幾個月來已經習慣了他的行為模式，於是他每天起身之後的早晨，他活著，或者死已經無關緊要，似乎是把自己跟部落的人隔絕了起來，沒人看見他早起，也是讓他自己覺得心靈平靜的方式。他以漂流木製作門，門鎖是不鏽鋼鐵絲，他鬆開門後，就坐在門裡望海抽菸，或者說是觀察海象，此時黑浪便安靜地坐在他面海的左邊，也在看海。

喂！你會游泳嗎？他跟牠說話。

我是有智慧的人類，你的唯一就是要對我忠誠，他接著說。

話說回來，他不是不想跟部落的人說話，而是自從他懂事以來，認為部落的人，或是整個島民，是一群不聰明的人，不會創造能飛行的飛機、有動力的輪船，雖然自己也不會，但他總認為自己的航海家族的基因比其他家族優越。這一天是個陰霾且飄著細雨的早晨，抽完一根菸後，他便拿著他徒手潛水的簡易用具，走向海水拍擊陸地的礁石處，並對黑浪說：「你就在這兒！聽我的話，我們都是被遺棄的族類……」

從他的祕密基地走到礁石岸邊的海約莫是六十步路的距離，天氣陰陰的，灰色濛濛的天，吹來的風涼意很深，不過海水很平、很溫暖，但是看起來是混濁的。他裸著上身，大胸肌顫抖一陣，喊了一道「嗨」，就撲通地進入海浪與礁石的世界了，彷彿海浪就像他眼裡最珍愛的母親一樣，令他備感平靜，而後隱沒在海溝、海底，繼續他回到祖島之後，向海浪尋求食物，他不變的求生儀式。他也認為，唯有如此他心裡才覺得心安滿足，也是他真實的自己。他的嘴一開一闔，吸氣憋氣，翕張的模樣，忽伸忽沒的頭顱，是他正在潛水抓魚，抓他的早餐。那年一九九〇，安洛米恩二十八歲。

這一天的水溫攝氏約是二十二度左右，他過去花許多時間潛水的經驗，就如山居裡的獵人，心魂與環境交易的規則是寧靜，而非吹擂自詡。正值巔峰的他，做過船員的體能，還有他個人的祕密魚庫，讓他很快地有漁獲量。他個人潛水獵魚的需求是，不去用魚槍獵超過六公斤以上的魚。這不是他實力的問題，而是擔憂被大魚弄壞他簡陋的魚槍。對他來說，失去了魚槍等同於斷了腳的人類，失去了維生的本能，因此珍惜自己的魚槍，就如山裡的獵人善待其獵槍一樣的生存哲理。

珊瑚礁岩上有許多的鸚哥魚在吃海裡的草，這些魚是女性吃的魚類，自從母親失蹤，不見人影之後，他就不再射鸚哥魚了。相對地，他開始往淺海的地方，搜尋每個海溝，射男性吃的魚，如天狗鯛魚，尤其是與礁石顏色相似的石斑魚，或是一斤以上的白毛魚。他從臺灣回祖島之後，他這種專心射淺海區的魚，不僅累積了他不少的心得，同時也很頻繁地遇見大尾的，二、三十斤的浪人鰺，即使就在他身邊，此時期的他練就了「敬老尊賢」的倫理。因此，這次從臺灣回來之後，那些大魚的出現，他只有觀賞牠們俊美的身影，不再用魚槍傷害大魚了。每次他在海裡與大尾的浪人鰺相遇的故事，說給達卡安時，達卡安每次都說，就射吧，就射吧。但他不為所動地說，我要保護我維生的魚槍，射到大魚，我們吃不完等於傷了魚魂，傷了我的信仰。

他在晨間的初冬，許多人還在昏睡的時候，他已在海裡搜尋他要的食物，達卡安逃學時，會在他的祕密基地先生火、煮開水給安洛米恩喝，幫他準備一包香菸，一瓶米酒。他也知道，他們共同的特質，一握到鉛筆就想折斷它、就想生氣，他在思索，萬一達卡安來找他的話，嗯……再射一尾石斑魚吧！

上了岸，他的笑容黑浪一眼就望穿，牠也有了「早餐」，碰碰跳跳地在牠的主人上岸的礁石上等他，而後跟在主子的身後。牠的喜悅讓安洛米恩也燃燒了很久沒有浮出的笑容，安洛米恩抖抖身子走向他的祕洞，在門口放下他的漁獲，兩尾兩斤左右的白毛，三尾約莫一斤的黑斑點石斑魚。

原來的雲層靄靄漸漸變得灰白稀疏，風也微弱了許多，表示天氣將要好轉。他鑽進不到兩張草蓆的岩洞，他立即撕掉蒐集來的厚厚紙箱，從石洞取出打火機，點燃紙張生火，他耐心地先燃燒細根木頭，讓小木頭再燃燒大木頭。過了幾步路的時候，燃燒的柴薪煙霧瀰漫他的祕室，並緩緩地鑽出石縫飄升到洞外的上空，可是很快地被飄送到汪洋，變成了無色。火旺的柴薪，火舌在石頭爐灶放射熱熱的溫度，溫熱了安洛米恩從海裡浮出上岸的身子，他把一尾已取出內臟的石斑魚放進盛了淡水的鋁鍋，放進爐灶。這個時候，他開始解剖兩尾白毛、石斑魚魚身，此時他過去在遠洋船上切除鯊魚魚翅的刀工派上用場。刀工解魚的俐落，讓蹲坐門外的黑浪目瞪伸出長舌，魚身即刻變成帶尾翼的兩片，很完整的半片魚身，他熟練地吸吮生食魚眼，黑浪目瞪搖頭甩出口液，張開大嘴，汪了一聲。吃魚眼也是他從小習慣的生食習俗，在咀嚼魚眼的同時，也把白毛魚鰓沾鹽巴生食咀嚼。這影像看在黑浪眼裡，口水直落，牠後半著地，半蹲在門外的礁石上。他十分細心，在魚肉上用刀切成波浪形，一刀一刀的，刀刃切割魚肉，魚肉立刻呈現光滑晶瑩鮮魚肉色。魚身切割完，他便拉起魚頭魚尾，魚身立刻被拉長，刀刀切割的連皮魚肉即刻成波浪紋形，他邊欣賞邊將魚眼用繩子串成結，如斯晾晒起來好讓冷風比較容易吹乾魚肉，四尾魚身最後解剖成八片，然後在魚肉抹上粗鹽，再用一根木條串成一排，懸吊在離火舌一公尺高的地方，讓煙霧溫火燻乾，跟魚肉說，你們就是我屋裡的波浪。然後他把魚身中間的骨頭切成兩半，也放進鍋裡沸煮，此時大功告成，只等著煮熟魚肉。

他背靠門柱抽菸，望海，右手握著昨日剩下的半瓶米酒，他緩緩地仰起酒瓶，啜飲一口，「嗯……」再看看屋內，欣賞一根木條串成一排的魚身，此刻他再啜飲一口，對黑浪說：「我潛水射魚，我的魚槍不射淺海水域的低等魚類，知道嗎？我是優質的達悟人。」狗兒黑浪好像理解似地猛搖尾巴，也好像在示好，巴結主子。

「Ko katenngan o nakem mo.」（我知道你心中的意思。）安洛米恩說。

狗兒黑浪也明白在冬季吃魚，以及喝熱魚湯，對其狗身子也是健體的食物，於是在他們沒吃早餐之前，牠在主子面前跳過來又跳過去，跑遠到海邊，而後又折回來，牠希望可以活動、活動，讓腸胃打開食欲，也渴望看見主子的臉部表情有喜悅。跑了數回之後，安洛米恩抬高手掌，讓黑浪跳躍的觸碰，手掌上上下下，狗兒也是，最後他笑了。我的好狗，我的好狗，他說著。

涼風吹了進來，黑浪搖搖尾巴，安洛米恩摸摸牠細小的頸子，黑浪於是賣乖地半蹲，舔一舔主子的手掌。柴火只剩了赤紅的餘炭。餘炭溫熱地上的礁石、兩邊的礁壁，以及後端砌成的石牆，讓洞穴內兩坪不到的空間多了許多他在部落裡的鐵皮屋沒有的溫火暖氣。幸好離開了遠洋船「福運號」[1]，他想。

他從爐灶抬起鋁鍋放在門口，讓風吹涼鍋內的熱湯，手提著不鏽鋼鋼杯往海邊取海水，而後放進鍋內，他再撕一片紙張，把撈起的魚肉放在紙上，鍋裡的熱氣，紙張上的魚肉被微風輕輕地吹，黑浪仔在這個時候不斷地搖動尾巴，看來也是飢腸轆轆。

他把鍋裡的熱湯倒進礁石槽，讓礁石降低魚湯的熱度，說：

「Youpen muri.」（那是你喝的魚湯。）

1　福運號：為本篇的虛構船名。

黑浪喜悅地左右搖動尾巴，汪……汪……。

「Ku katenngan, ku katenngan, muka sarai nya.」

（我理解我理解，你的喜悅是感激我。）

安洛米恩笑著說。他單吃魚肉，沒有地瓜，也沒有米飯，他慢條斯理地享受，今早他從海裡抓來的鮮魚。不只這一天，只要海浪讓他下海，他就下海獵捕自己的食物，海浪變得洶湧就是請他休假，於是又對黑浪，說：

「Wawa yam, nya puwan ta, iya yamviyaviyai jiyaten, mu katenngan？」

（這一片海洋，就是我們的父母親，他養育我們，你知道嗎？）

汪……汪……。

安洛米恩再一次地笑，又說：

「Hapzatan mu u saruwap tan, ta duta yakanan u among ta, nu kaduwan a inu an.」

（你要照顧我們的祕密基地，不可讓那些雜種狗偷竊我們的魚，知道嗎？）

黑浪仰著溼溼的嘴，對著主人又汪……汪……了好幾回。安洛米恩再次笑開懷。

安洛米恩摸一摸鋁鍋，幾十步路的光景，他雙手提起鋁鍋，往嘴裡倒，喝鮮魚湯，Hem……Hem……而後打了嗝聲，Hem……Hem……他繼續享受他的魚，吃完的魚頭魚刺就丟給黑浪舔。

「Nu yabu o pongso yam, ala abu ku u.」

（如果沒有這個島嶼，我是不存在的。）

汪……汪……黑浪又嚎叫了好幾回，好像也在宣示自己也不會存在似地。

他眼前的海平線，這個小島的南方，在秋冬沒有巨輪的時候，它始終保持灰灰的憂鬱景致，牽動著安洛米恩的情緒，當他不移動身子的時候，他就像是一個無言的巨岩，沒人理解他的內心世界。

或許，他在船上工作已養成了快吃的習慣，走路不到五十公尺的時間，他便吃完了他今日的鮮魚湯早餐，喝不完的魚湯就倒進黑浪喝魚湯的礁石槽。黑浪再次飽足了，這是牠跟著主子賣乖的原因，只要主子在一大清早走出鐵皮屋，走向主子的祕密洞穴，牠鐵定也有鮮魚肉湯的早餐，這一點是比部落裡那些雜種土狗來得幸福多了，很自然地比那些狗來得有涵養。

安洛米恩把先前沒有抽完的菸，再次用木炭點燃菸絲，被柴薪染黑的鍋底，他再次裝上雨水，再放進爐灶上，讓赤紅的木炭溫熱雨水，做為他口渴的時候拿來喝的水。他吐出嘴裡的菸煙，用汗衫擦掉身上汗水，坐在門外望海望天的接受風影的涼意。

然是腦海的想像就如海洋那樣的深邃，無人知曉他的內心世界，也沒有親人可以讓他傾訴他在船上工作時的辛酸。黑浪也坐在他身邊，也在望海，其實牠的主子也不明瞭牠內心世界的狗兒的苦難。

說起這一段他們的往事，其實很簡單：

那一天的凌晨，他從K縣搭計程車回臺東，當他男性的生理需求在旅館做完了男女身體接觸的交易之後，他心情愉悅地在一棵有榕樹的路邊攤喝酒。他獨自一人邊喝邊想像，他丟棄的雞骨頭誘來了一隻小狗，就是他現在身邊的這個黑浪。當時黑浪看起來很可愛，也很乾淨，他知道家裡已經沒有了至親的親人。再說，他離家已經三年餘月，想著家裡的老母狗必定已被隔壁家的那些仇家打死了，他如此推論。想著、想著的時候，他已喝了十四瓶的啤酒，他走不到旅館，便躺在酒攤邊陰暗的樹蔭下，睡著了。

日照之後，不是街道邊的店家喚醒他，而是黑浪不離棄他，一直舔著他的右手腕，他戴潛水錶的環節，他尚未睜開眼睛，摸一摸手腕，發覺他珍愛的潛水錶不見了。潛水錶雖然花了他兩萬多元新臺幣，在海上也戴了兩年餘，算是他身上唯一的財富，可是他感覺黑浪警惕他：你的手錶被偷了。好像也知道那個錶是安洛米恩唯一的財富，所以當他醒來失去潛水錶，再次地讓他厭惡某類型的臺灣人之外，他的人性本善的這一面，黑浪適時地給他了溫情。他於是起身決定帶黑浪坐船回蘭嶼，並對黑浪說：

「Mita do pongso namen an?」

（跟我回我的祖島，好嗎？）

他坐在水泥地上抱起黑浪，背靠在榕樹樹幹，對面美而美早餐店，許多吃早餐的人斜視著裸著健碩的上身的他，但他無視於那些人的存在，並賜名給黑浪，說：

「Karan nan ku imu xi Omalumirem an, karaku wan, Xi Ngalumirem o ngaran ku. Omalumirem am, ovaheng a rakwa wawa, Xi Ngalumirem am, mankeskeran du karakuwan nu wawa ya.」

（我給你的名字，就是黑浪，我的名字是安洛米恩，你的名字黑浪，是因為我在很大的海洋討生活，我名字的意義，是因為我的祖先是尋找島嶼的航海家。）

他們就是這樣相遇的。

安洛米恩菸抽完之後，進入洞裡，在礁石縫裡尋找他喝醉時，隨意塞進的菸，餘炭的餘溫在小小的空間，再次讓他汗流浹背。

汪汪……汪汪……黑浪在外頭半蹲地叫著。安洛米恩走出洞穴往左看，達卡安面帶微笑地走來，手提著一瓶米酒，還有一包香菸，遠遠地說：

「Ngalumirem, Oya saki mu, kanu tabaku mo.」（安洛米恩，一瓶米酒，一包香菸，你的。）

「Asyou ya?」（哪來的？）

笑著說，彷彿救兵帶來援助。

「Kuni maci papaya, nu kamahep.」（我去抓龍蝦，昨夜。）

「Ka teneteneng mu rana.」（進步那麼多了，你。）

「Imu ni nanawu ji yaken.」（是你教我的。）

「Mi yakan ka su anid.」（要不要吃石斑魚，你。）

「Cyaha, ku mavawun.」（沒關係，我的肚皮滿滿。）

「叫什麼叫啊你，黑浪。」達卡安摸了摸黑浪的頭，說：

「Apei ya.」（拿去，這個。）

五百塊的新臺幣。

「Mi kunan.」（我走了。）

「Yaru kisat do fei-ci-tsang, xi cyaraw.」（很多警察，在機場，在今天。）

「Tasyou o vazai？.」（什麼事情？）

「Yami kang-yi sira o ta-u ta.」（我們的族人要去抗議。）

五百塊的新臺幣，他用石頭壓住，這小鬼進步很多，回道：

「Si mamngo yami kang-yi?」（何時抗議？）

「Xi maktei saraw kunu.」（聽說，在後天。）

他目送達卡安消失在他的視線。

嗡嗡……嗡嗡……是臺灣T縣飛來蘭嶼的飛機聲。他繼續抽菸，喝著達卡安拿來的米酒，繼續望海幻想，嗡嗡……嗡嗡……飛機飛行的聲音被秋冬的季節性的北風吹向南方，他仰望海平線上方五十公尺高的天空，是機翼硬硬的飛機，沒有野雁雙翼上下拍風影來得優雅，機翼近機身的地方是兩片的螺旋槳葉，在很遠的海面上如四百公尺體育場的彎道轉彎。

一九七〇年，在他剛進小學的時候，在飛魚季節四、五月天，人可以坐的飛機第一次飛來蘭嶼。他好奇鑄鐵製造的、可以飛翔的飛機吸引他，也害了他，他的同學往太陽升起的地方上學，他往太陽下海的地方上學，去機場看飛機，這也是他常常逃學的原因之一。他曾經問過他的父親：

「Ikungo natu nalapi nu vahalan ri?」（那個鐵，怎麼會飛呢？）

「Ahesen mu xi yama ta dutu am.」（你去問上帝吧！）

一個幼小的心魂，從那個時候起，就在每一天有月亮的美麗夜色望星空問上帝，即使到了現在，他認為上帝還沒有下來告訴他答案。

不過，他真的厭惡他的父親的答案，「你去問上帝吧！」達卡安上國中念書之前，也就是安洛米恩還沒去臺灣工作的那段時光，他幾乎天天遇見安洛米恩在機場與觀光客閒聊，他雖然不識字，但說華語說得很好，字正腔圓、頭頭是道、語彙豐富；諸如殖民者、西方殖民宗教、小資產階級、優質與劣質、共犯結構、國家霸權等等的，許多達悟籍的老師說不出的，他琅琅上口，包括達卡安本人雖然已是國中程度，但以上的這些語彙比海洋更為艱澀，讓他聽不懂安洛米恩說什麼，因而質疑安洛米恩真的是神經病患者。那些年，他從不同的遊客們的對話學到很多，同時學會了抽菸的同時，也悟到了逆向反思的批判。就在那些年，飛機開始飛蘭嶼的時候，他大哥的好朋友，一位臺灣的名作家張大春來蘭嶼遊覽，他都很細心地聽他大哥與張大春的對話。

安洛米恩的知識就是從遊客學習來的，關於這一點，譬如說，張大春回臺灣之後，他的大哥開始寫小說，刊登在蘭嶼的雙周刊，幾年過後，他的大哥在臺灣T縣自殺，因為這個事件，他已逝去的父母親才帶他去臺灣，而且是坐飛機去臺灣，他的喜悅是飄浮在空中，他的悲傷是飛機著地之後，人生無常的劇本讓他感悟到飛機、輪船的來臨，其實是讓達悟人被逼移動，選擇在不同的國度死亡。

然而，他卻在他大哥的遺物找到張大春的名著《四喜憂國》，他就是拿這本書跟達卡安吹播說：「張……大……春就是我大哥的好朋友，會寫書，是作家。」

關於這一點，達卡安認為安洛米恩確實是神經病患者，不再質疑了，張大春是誰，跟他以及海洋無關係，於是達悟語一半、華語一半地問道：

「Apiyapiya pa mi yawawat, jimu mapacitan jyake u vakong. 你看得懂漢字嗎？」

（潛水抓魚很容易，不要拿書給我看，你看得懂漢字嗎？）

「哈哈哈，其實我也看不懂漢字，不過我認識這三個字張……大……春。」

「Yama teneng iya miyawawat?」（他會游泳嗎？）

「Ala jiya teneng.」（可能不會。）

「以後不要拿書給我看。」達卡安抬高聲帶地說。

他知道，在達卡安面前炫耀書，或是雜誌，那是對他最大的羞辱。

他把達卡安給他的五百元與香菸用塑膠袋包起來，插在短褲的腰間，再把張大春的名著《四喜憂國》放進他的枕頭裡，好像是思念大哥的儀式，即使他在菲律賓抓魚的時候，他也都帶著這本書出國，在海上翻閱，讓其他船員認為他是識字的水手。不過，達卡安認同安洛米恩是會說英語的神經病患者，這一點，他是不會質疑的。當然，英語比海洋更遙遠。

「Mi kunan.」（我走了。）達卡安說

飛機下降的聲音愈來愈大聲，他發現飛機正往他正前方的海面上空，朝他的洞屋這兒來。幾步路的時間，機身由上空高處緩緩降低，速度很快，嗡嗡……嗡嗡……愈來愈大聲，「轟隆……」的巨響，飛機便從他的祕密基地的上方降落，飛機即刻著地，「轟——」的巨響，飛機的煞車聲，劈啪……嗯……飛機停止了引擎

他起了身子，關上木門，跟黑浪說：「Tana.」（我們走吧。）

黑浪也起身跟在後頭。他把汗衫披掛在肩上，風影從林投樹叢吹來，涼意適當的讓他感覺舒服，他們漫步穿越樹叢，這個路徑是他開闢出來的，走五十步路的光景，即可走到公路上，這時警車急速地匆匆閃過他們。

安洛米恩漫步的走姿是他的習性，他的調調，完全和他在海裡潛水的狀態一樣，不疾不徐的，然而，他內心深淵回想著哥哥跟他說過的話，說：

「你們這群吃國家飯的老師，沒有一位是有擔當的人，什麼模範生，什麼第一名，全都是鳥蛋，孵出之後的蛋真是混蛋，幹什麼？老師、國民黨，核能廢料貯存在我們達悟人的島嶼是國家的政策，這是什麼道理啊！國家的政策是要滅絕弱勢的民族嗎？」

「老弟，你看看，這群民代吃吃喝喝，核能廢料貯存在我們達悟人的島嶼，他們還高興得起來，一絲民族意識都沒有，這些人還是人嗎？」

也是因為有這個記憶，他非常厭惡鄉民代表，認為是一群蠢蛋。

想到這些他大哥過去跟他說的話，愈讓他怨恨殖民者，怨恨國民黨的黨工，說，核廢料貯存在蘭嶼是國家的政策，這是個狗屁政策，邊走邊想，讓他氣憤沖頭。

「上帝，祢告訴我，這是什麼政策？假如核能廢料是好東西的話，怎麼可能大老遠地從臺北運送到蘭嶼來，就說這一點，就可以證明核能廢料不是好東西。國民黨政府也不是好東西，你們把臺灣的壞人拿到蘭嶼來關，你們把最不好的老師丟到蘭嶼來，害得我不敢上學，還有警察，只會打麻將，只會喝酒，最不好的都丟到我們的島嶼，羅漢松、蘭花，你們把它偷走，偷竊的人就是那些警員，漢人不是好東西，我賣龍蝦給漢人，一公斤只有三百塊，你們賣給觀光客是一千兩百元，他╳的，今天一定要打人。」

他邊走邊說。當他走到機場的空地，他確實發現有許多膚色跟他一樣黑的原住民員警，似是鎮暴部隊的裝扮，在外頭抽菸。他赤裸著上身走向他們。

「上帝，祢告訴我，這是什麼政策？假如核能廢料是好東西的話，怎麼可能大老遠地從臺北運送到蘭嶼來，單這一點，就可以證明核能廢料不是好東西。」又重複地說。

他回憶，一九八三年蘭嶼有了電之後，他的大哥與張老師的對話：

「張老師，你們為何都說核能廢料貯存在蘭嶼是我們達悟人的福氣。」

「當然啊！核能廢料貯存場帶來電燈啊！你就可以把東西冰到冰箱，晚上就有電燈照亮你的路啊！」

「冰箱、電燈是我們的福氣嗎？」

「放屁，你知道核廢料會汙染我們的土地嗎？」

「原子能委員會的官員說，核廢料在蘭嶼很安全。」

「難道貯存在總統府就不安全嗎？」

「反正，這是國家政策啦！」

「國家政策有經過我們的同意嗎？」

「這是國家政策啦！」

「你們這些國民黨黨員像傻瓜，鄉黨部主任跟你們說，不可以反對，反對就是反國家。」

「反正，這是國家政策啦！」

「你們這些島上的國民黨黨員是一群最大的傻瓜，反對就是反國家，這是什麼邏輯啊！你們這些模範生，被國家培養，腦袋被欺負，霸凌，還要讚美說是我們的福氣，你們的腦袋真是有個壞死的血管。山地人老師就是最怕丟飯碗啦！」

「反正，這是國家政策啦！」

「呸啦！這是滅族的政策啦！你知道嘛！有一個山地的立委在立法院說：『要把我們達悟人搬到臺灣去住，這個島嶼就貯存高強度的核能廢料。』那個死王八蛋，一個不要臉的，拍漢人政權馬屁的低等山地立委，你看過那份報紙的報導嗎？學校有報紙，你一定看過，難道你看了不會生氣嗎？你們有薪水，你們可以去臺灣教書，我們這群靠海維生的族人，怎麼辦呢？什麼意義嘛，反正，這是國家政策啦！反正，你們就是怕丟飯碗啦！」這些對話，他還記憶猶新，內心的怨懟正如漲潮的潮汐、灌氣的皮球。

機場大門朝西，兩層樓的建築，走廊的上方是小塊瓷磚繪製的，蘭嶼達悟人的拼板船船型，硬邦邦的，在他眼裡看來就是醜陋的產品，是沒有一絲美學想像的設計，對於這一點，他認為自己有繪畫的天分，同時也是一位雕刻木船的高手，他在家裡不上學的那一段很長的時間，他就是依靠雕刻小木船，賣給遊客賺錢過生活的，再者，當他在臺灣K市當船工時，K市的大樓建築沒有一棟會讓他的視覺滿意，他搖搖頭，唉！臺灣的建築師多是小學生，唉！走廊站立著許多臺灣來的穿制服的警官、警員在抽菸，安洛米恩在他們面前左晃晃右瞧瞧，許多的面孔一眼就知道是臺灣的原住民族，當低階的員警，吃國家飯。在他眼裡，看來臃腫，肥肥的，看來也是呆呆的，來回數趟，傻笑數回之後「哼」，兩步路後，說道：「兄弟們，給個菸抽抽吧！」

他屌屌的樣子，擠出了員警們的笑容。

「兄弟們，給個菸抽抽吧！」

「你們來幹麼的！」

「我們蘭嶼都是善良的人，壞人在臺灣啦！去臺灣抓壞人吧！」

「兄弟們，給個菸抽抽吧！」

「你們來幹麼的！」安洛米恩繞著走廊柱子，他屌屌的樣子，擠出了員警們的笑容，彷彿他此等類型的人在原住民的社區比比皆是的感覺。

「你們來幹麼的！」

「我們蘭嶼都是善良的人，壞人在臺灣啦！去臺灣抓壞人吧！」他重複地說道。

安洛米恩繞著走廊柱子，他屌屌的樣子，再擠出了員警們的笑容。

「有誰想要打架嘛！」

赤裸的他，結實的二頭肌、三頭肌、肩背，還有很有型的兩塊胸肌、六塊腹肌、一張俊美的臉，約是一七〇的身高，在這群員警面前開始劈腿拉筋，彎腰暖身。幾回暖身活動筋骨後，對著他們左右腳兩旁側踢、迴旋踢，不時挑釁地說：

「有種的話，一對一來打架。」

「要打架嘛！」

「有種的話，一對一來打架。」

「要打架嘛！」

「打輸的話，你們滾蛋。」

「要打架嘛！來吧！來吧！」

「就知道你們多是孬種！」

忽然間，一位身材臃腫的，黑黑的，看來尚未清醒，身高矮他一個頭的人走出，說道：

「哦，原來是我們的黃黨員啊！」

「誰跟你是黃黨員啊！大哥我不姓黃，是安洛米恩，航海家族的的後代。」

「你不知道我是誰嗎？」他身上全是酒味，在很遠的地方跟他說，也說給鎮暴員警聽。

「你呀！是走狗啦！是吃國民黨的奶水啦！」

「黃黨員腦袋一直有問題，他的黨證還在我鄉黨部那兒。」

「你才是神經病啦！這傢伙天天喝酒，是國民黨裡的敗類，呸！你這個山地人走狗，呸！」

「黃黨員，來來來……這一百塊，拿去啦！」潘主任搭著安洛米恩的肩，好像在表現很熟識地說道。

「你怎麼全身都是酒味啊！你，誰跟你是黃黨員啊！」

「拿去，拿去啦！」

「這一百塊算什麼嘛！你這個走狗，晚上要不要買我的龍蝦，啊，走狗。」

「要打架嘛！有種的話，一對一來打架。」他繼續說道。

「黃黨員，五百元拿去。拿去，不要鬧啦！」潘主任搭著安洛米恩的肩說道。

「你這個臺灣來的山地走狗，走開。」

「五百元嘛！一千元啦！」

「晚上要不要買我的龍蝦，啊，走狗。」

「不要這樣說啦！不要這樣說啦！」

「他在蘭嶼天天喝酒，天天喝。」

「拿去拿去啦！拿去拿去啦！」

安洛米恩在那些員警面前，如是拳擊手賽前練習打拳的模樣，側踢、迴旋踢，說實在的，那是真材實料，是個練家子，學過跆拳道的人。

於是一位山地員警跟潘主任說：

「你出五百，我出五百。」

「一千元啦！拿去。」

「要打架嘛！」

「有種的話，一對一來打架。」他繼續說道。

達卡安忽然跑過來，拉住他的手，神情緊張地說：

「yaruwa kisat yani mayi do avang tu, tana.」（很多警察坐船來，走吧！）

他緩緩地移動身子，拿了錢，進了機場裡，看看裡頭的人群，一些男女背著相機的記者群站著閒聊，他若無其事地經過，斜視地看著，「哼，記者啊。」走出去，走出去，走過那群臺灣來的鎮暴隊，再次地斜眼怒視著，並再次抬起正確的跆拳側踢的模樣，迅速地拉回，再表演側踢數回。

「他的腦袋有問題。」那位鄉黨部主任傻笑地，或者酒醉還沒有清醒地說。

「很多警察坐船來，走吧！」

安洛米恩看著他的徒弟達卡安，說道：「Kongkwan muri.」（你剛剛說什麼！）

「Yaruwa kisat yami mayi do avang tu, tana.」（很多警察坐船來，走吧！）

「×，我們蘭嶼人是善良的民族，你們是來鬧事的嗎？」他擺出憤怒的眼神，對那些臺灣來的警察說：「你這個走狗山地人！」

潘主任故作清醒地看著安洛米恩。

他們在轉角的公路邊漸漸離去。

哈哈……安洛米恩假裝大笑，隨即憂鬱了起來。

「這一千塊，算什麼呢！是不是，達卡安，黑浪。」

黑浪跟隨其後，不時搖晃牠的尾巴。

他真的是神經病嗎？達卡安如此思忖，這事件發生在一九九〇年的二月。風影很乾燥，涼意很深，一樣從北邊吹來，他穿上汗衫，看看握在手上一千五百元的新臺幣，他邊走邊自言自語，竊竊私語數回，走了好一段路，說道：「哥，你怎麼就這樣自殺了呢！你若是還健在，即使只有我們兩個人，我也會跟你去廢料場抗議，抗議臺灣政府瞧不起我們的民族，抗議原子能委員會侵占我們的土地，可是你不在了，我一個人沒有辦法，我會怕，真的會怕，也不識字，哥，你怎麼就這樣自殺了呢！我們是航海家族的男人，是最勇敢的家族，你怎麼就這樣自殺了呢！我一個人，現在，家裡的父母親也走了。哥，你為何拋棄我呢！我好孤單，真的很孤單，哥……」

達卡安沒見過他的大哥，此刻聽著安洛米恩的話，不免讓他心生傷感，他陪著師父同時，深恐自己也被部落的人說也是神經病，他放慢腳步，假裝觀賞降落的飛機，說：「Manita kupa su xikuki an.」（我想看飛機。）

島上的警車來來回回地送員警到A部落裡，一九七〇年某位T縣縣議員蓋的旅館，於是也無數次地掠過安洛米恩身邊，他沉默地走著，黑浪緊跟在後。警車、警員不僅是國家維護治安的資產，來到小島阻止達悟人去廢料場抗議，不僅在浪費國家公帑，正確地說，也是國家霸凌弱勢民族的鐵證，不僅破壞了小島的寧靜，他們也正在證實捍衛漢人政權欺壓弱勢民族，漢人社會不變的歷史事件，抬高伸張中華民國憲法的正當性，說，蘭嶼島是國有的土地，而非達悟人所有。安洛米恩對於「國有土地」這個觀點，極為厭惡，認為臺灣政府才來幾十年，還沒建設，就先來個貯存核廢料，汙染環境，來個霸權與科技殖民的政策，來個國民黨鄉黨部，搞個撕裂民族，分化島嶼各家族內部原來的和諧，於是認定漢族政權絕非帶來和睦，而是專司破壞。

他怨恨學校老師霸凌原住民學生的制度，他厭惡臺灣政府頒布禁止說母語的教義政策。他認為同時說兩種語言，絕對不會阻礙他學習華語，他認為自己有語言學習的天分，認為海裡如果只有一種魚類的話，那就不是海洋，而是養殖吳郭魚的水池，當然也怨恨自己沒有忍耐，太早叛逆，認為自己是航海家族，資質不錯，想到此，他不免傷感了起來。

他看看海面，島嶼南邊在晚冬時節吹著東北季節風，波浪是平靜的，也是帶點灰灰的，很憂鬱，讓人感受環境給人的那股寧靜，令人心怡，這就是讓他常常下海抓魚、抓龍蝦的誘因，也是他療癒失去家人的傷痕的教堂。他走向他的祕密洞穴，取回他今天早上的漁獲，他與黑浪再次地穿越林投樹叢，此時黑浪快跑地驅趕洞穴邊的一群羊，就像是軍營裡的傳令兵，當前導傳遞長官即將來到的那種表現，只要有羊群，黑浪才有機會走在牠主子前面，黑浪這個行為，讓安洛米恩證實沒有白疼牠。

帶回魚乾之後，他再從雜貨店買兩瓶米酒，三包菸，一個番茄魚罐頭，十包泡麵，而後安靜地一人走回他的鐵皮屋。生火，讓升空的柴煙告訴部落的人，他在家。

「很多很多的警察，有來，今天在我們的島嶼。」他在鐵皮屋生火的同時，不斷地從隔壁家小孩子們的嘴裡聽見這句話。

「後天要去抗議。」他從達卡安口中聽到的，火苗漸漸地旺了起來，放一根如他大腿粗大的木頭讓火慢慢燃燒它，而後手提鋁鍋走出屋外，到隔壁家取水。

「後天要去抗議。」隔壁家的小孩跟他說。

把鋁鍋放在石頭做的，ㄇ字型的爐灶上，再放進兩片魚，水滾了之後，放進兩包泡麵，此時，他打開魚罐頭，倒在黑浪的鐵盤，說：「今天給你加菜。」

黑浪似乎是品種好的狗，兩朵豎起的耳，雙眼上方各有白點，黑色的，四隻腳前部也有白點，小跑起來十分地輕盈，狗臉看起來也比他部落裡許多的雜種狗來得優雅，毛髮很好，覺得黑浪的前主人已經給牠注射了什麼針的，讓牠的毛髮亮黑，他蹲坐看著牠吃，黑浪邊舔食邊抬頭看主人，牠慢條地品味牠的食物，安洛米恩心裡思忖著，他很幸運撿到這隻狗，他摸摸手腕，價值兩萬元的潛水錶雖然失竊覺得可惜，可是換來這隻狗，卻給他說話的對象，說什麼牠都知道似地，說真話的對象。

撈起鍋裡的泡麵，兩片魚肉，放在父親留給他的，吃男人魚的木盤上，他也坐在他家國宅上的走廊用餐，旁邊立著一瓶米酒、一個鋼杯、泡麵、魚肉、米酒、魚湯、泡麵混合的湯頭交替地吃，過去傳統初民的飲食變得多元了，也或許多了蛋白質的營養，左手邊放置著一個紅色的塑膠桶。他邊吃邊撿石頭，國家是大塊的一個石頭，代表核能廢料，它的兩邊是小粒的鵝卵石，這是他的戰略想像的圖示。

「核廢」、「核廢」——戰爭的導火線，一塊大石頭。

「警察」、「警察」——持槍彈的一方，外來者，合法的侵略者。

「族人」、「族人」——握長矛的，著盔甲的原住者，非法的守護者。

「合法的侵略者，非法的守護者」，怎麼會是如此呢?原住者是非法的一方，他死去的大哥稱之被殖民者；有文字的國家是侵略者，在他們的法律稱之統治者。他想到，原來多數人使用文字，寫著沒有文字的弱勢民族的土地稱之國有地，法規寫著合法侵略少數民族。原來上下班是有規則的，可以領薪水，如警察、老師、鄉公所職員，國家的官僚有制度，也可以領薪水，有制度有薪水，我沒有制度沒有薪水，達悟人沒有典章制度，大家都沒有薪水，達悟人依賴自然環境的律則過生活，海洋波動的律則沒有文字，哇！原來製造文字的民族就可以製造典章制度，沒有文字如我們就要遵守他們的遊戲規則。原來我們原住者被統治的同時，也被宣判為歸順者。

「可是，這個島嶼是達悟人的，不是臺灣人的。他們有槍，我們是長矛，對不對，黑浪，你說說。」

「誰製造了混亂？」

黑浪只能搖搖尾巴。

「他們為何可以持槍來我們的島嶼？」

「我們不是共產黨。」

「我們不是警察的敵人。」

「警察也是我們的同胞。」

「我們不是中華民國的次等公民。」

「核廢料貯存在我們的島嶼是國家破壞我們的土地。」

「搞什麼嗎？中華民國。」

「幹……中華民國。」

泡麵、魚肉、魚湯等，他混著吃喝，在湯頭倒上三分之一的米酒，他一口喝盡，而後用手抓魚肉。最後將一瓶米酒倒進仍然溫溫的湯裡，再把魚湯全部放進大大的鋼杯裡，這是他在船上抓魚時學來的喝法習慣。

他進屋子，在爐灶上再添加一些乾柴，有火有煙就是有活人，在他回祖島之前，他的家已經好久好久沒有火煙了，他也不知道母親是何時仙逝的，下落何處?沒有人可以告訴他，即使他的牧師表哥，周布良也不知道。

他繼續喝著混著泡麵料理包、魚肉與米酒的湯，黑浪也再繼續舔著魚骨，烏雲讓天空呈灰色的天，讓人感覺午後的白光特別短，他繼續喝著，背靠在水泥牆，柴煙很旺。不自覺的過程中，過量的酒精讓他在走廊躺了下來，原先向眾員警暴怒的氣勢像是柴煙揉合成白煙，結實的肉身攤成似是腐屍，任蒼蠅嗡嗡舔食其嘴角，沒有人知道是酒精，抑或是死去的大哥、消失的母親讓他爛醉成這模樣，在夜色降臨之後，只有黑浪繼續守著主人的肉身，真實的一個孤苦無依的人。

「又喝醉了，神經病的人。」隔壁家的小孩跟他們的父母親說道。

深夜，達卡安再次地來到安洛米恩的家，也再次地清理他師父飲酒的杯盤、酒瓶，又進屋添加乾柴，火勢旺了起來之後，再幫安洛米恩披上海水鹹味濃郁的睡袋。達卡安看著沉睡的安洛米恩，想著自己當初被他帶到野性的海洋，讓他現在年紀輕輕即可獨立在夜間抓龍蝦。那些海浪潮汐、月亮盈缺、雲層淡濃的變化等等的，安洛米恩十分細心地教他，一同抓魚，一同享用，也共同歡笑。然而，有更多的時間是安洛米恩賣掉他的漁獲、他的龍蝦的時候，在空腹下立刻買瓶米酒灌自己，成了他上岸之後的慣性，於是當他甦醒，常常雙手抱腹叫痛。

達卡安認為自己年紀雖小，但夜間在海裡捕抓龍蝦的時候，安洛米恩不僅很神勇、很有自信，成為自己學習的對象，在海裡完全是健康的。可是，當他回到陸地在家喝酒，他常常抱怨族人恐懼漢人，喜愛參加國民黨鄉黨部辦的黨員團聚的喝酒餐會，常常在達卡安面前說那些屬於國民黨黨員的族人是笨蛋，說，一到選舉，那個山地人，黨部主任說選誰就選誰；說，選舉改變我們的家族之間的和諧；說，選舉再多也改變不了核廢料貯存在我們島上的事實。許多的抱怨，讓他討厭島上的小政客，雖然如此，達卡安從未因政治的問題跟他辯證，他說，師父我不懂選舉啦，來緩和安洛米恩易怒的脾氣。

此刻，他仔細瞧一瞧酒醉而昏睡的，他的師父安洛米恩的模樣，想著清醒與酒醉時的睡姿差異，睡眠時腦袋是死的，宿醉時腦袋也是死的，說，核廢料貯存在蘭嶼為何一些人的反應激烈，多數人的感受卻是不痛不癢，沒什麼大不了的，想想自己是屬於後者，屬於不痛不癢的這個群族。問自己，學校考試都是零分，看到書就想撕裂書本，人家說去抗議，他卻想逃避到海裡抓魚，什麼的，如民族的未來、如國家霸權等等，他不僅聽不懂，同時自己的基因幾乎沒有反對漢人的意識，這是零分先生的意義嗎？

可是安洛米恩為何如此痛恨臺灣政府？他們同樣是不識漢字的人，反應卻是兩極，他摸摸自己的腦袋，事實上，除去海洋、魚類之外沒有什麼事情是他關心的，他或許比我聰明吧！達卡安想著。聰明與笨蛋或許從學校的考試卷可以證明，但不是全部，那些會念書的同學，在海裡獵魚卻是低能兒，他如此安慰自己。

「黑浪過來，照顧我的師父，啊！」

黑浪似是念過人的唇語，蹲坐在主子的腦袋邊。

第二天的傍晚，安洛米恩處在清醒與不清醒之間的狀態，繼續在他家的走廊發呆，黑浪也蹲坐在他面海的左邊，烏雲飄下細雨，風影也飄下比昨夜更低的溫度，安洛米恩穿上汗衫走進鐵皮屋生火，發現鋁鍋已被清洗，同時也裝了清水，火勢旺了之後，再把魚乾放進鍋裡，這是他這一天唯一的一頓，沒有地瓜，也沒有米飯。魚湯與米酒混著喝就是他的米飯。

「明天在村辦公處，舉辦黨員春節摸彩大會，獎品很豐富……。」一位老婦人挨家挨戶地宣傳。當她走經安洛米恩家的時候，老婦人跟他說：「參與的每個人也會發放一隻雞，回饋忠於黨的黨員。」

「Apiyapiya manuk am, apiyapiya o kusuzi?」（雞肉好呢，還是反核好？）

安洛米恩用很不屑的眼神問道。

「Nakem mu sawnam.」（用你的心選擇。）

「Kamu jyasnek ya?」（妳不覺得慚愧嗎？）

「國民黨」顯然是一九四〇年出生的達悟婦女最感恩的，一九五〇年國民黨實施山地平地化的政策，一九五八年退除役官兵進駐蘭嶼，成立山地文化服務隊，那位婦女就是其中之一的成員，也讓她的命格轉換，嫁給一位外省老兵，開始了她在蘭嶼為國民黨奔走的歲月。

那一年已是她第三任的鄉民代表，對安洛米恩說道：

「Ka tuda raku ya, nu yabu o kokomintu ya.」

（你是怎麼長大的，如果沒有國民黨的話。）

「Xiyabu kokomin tu yam, ta jyayyay?」

（如果沒有國民黨的話，我們就滅族了嗎？）

魚湯與米酒混著喝又激起了安洛米恩的想像，自言自語地說：「參與的每個人也會發放一隻雞，回饋忠於黨的黨員；三十幾年來，國民黨何時回饋島民呢？臺灣有了民進黨之後，每次的選舉有族人投給民進黨的候選人，你們這些人，潘主任等黨工就說我們的島嶼有了『叛亂分子』這是什麼道理啊？難道我們繼續要承受國民黨的霸凌嗎？幹！國家正在欺負我們的人，我們的土地的時候，你們卻說，核廢料貯存在我們島嶼是『國家政策』，不可以反對，你們這些笨蛋黨工。幹！幹！幹！幹！」

「Yana mi Kai-se mi sen-cin-pin iya.」（他要開始神經病了。）

隔壁家的那些小孩低語傳遞地說。

什麼「叛亂分子」，什麼「國家政策」不可以抵抗，核廢料爆炸，看你們敢不敢說，爆炸我們的島嶼是「國家政策」，幹！幹！幹！幹！安洛米恩穿上汗衫起身，黑浪搖一搖尾巴地跟隨主子後腳跟。他漫步隨著腳步的波浪走，在公路上，他憤怒的，幹！高分貝地叫囂。

冬天的夜，此刻是飄著細雨，溼氣濃厚的涼風，他邊走邊叫囂，「反核」與「摸彩」成為部落裡今夜群聚的小群體的話題核心，而國民黨小組的黨工穿梭在群聚的小群體裡，很費口舌地讚美國家核廢料的政策，很用力地貶抑那群具有民族意識的「叛亂分子」，他們不停地說，「明天是春節摸彩大會，還有免費的雞肉可拿。」

安洛米恩從雜貨店買了一瓶米酒，一包菸，沿著公路向東走向村辦公處，三、四位臺灣來的便衣刑警也從雜貨店走出來，尾隨在他身後，他若無其事地走著，幹！他高分貝地叫囂，那些便衣刑警，當然知道安洛米恩是部落人稱的神經病人。

「你們跟隨我幹麼？我是『叛亂分子』嗎？」黑浪不時地回狗臉看著那些人，警車也不停地繞著環島公路，就差沒有鳴響警笛。警車停下來瞧一瞧安洛米恩，他卻說：「我是『叛亂分子』嗎？」

他就停在村辦公處的小廣場，癱坐在水泥地上，並用牙齒開了酒瓶，順著瓶口喝下大口的酒精，劣質的酒精不比海浪的柔情，然而其內心急流暗潮般的憤怒如是颱風來臨時隆起的駭浪，幹！「國家政策」、「叛亂分子」，幹！

「哈哈哈……哈哈哈……」嘻笑的聲音從他對面的房屋傳出來，他分辨得出某個笑聲就是鄉黨部主任姓潘的那位。

他走過去，從窗戶瞧瞧是哪些人，濃濃的煙霧，厚厚的酒味從屋裡藉著風影從窗口吹來，他搗了鼻孔，並開了窗子，說：

「Sira kakakong. Yaka nyou masasarai ya, ikongo nyou I rasai ya?」

（各位哥哥，姊姊們，好。你們看起來都很喜悅，不知道你們在高興什麼呢？）

「Kaza dang mu sumagpiyan.」

（閃開，你，神經病人。）

「O kamu mamiminyako-min-da-youya, Hahahaha, mamimina Inu nu kokomintu.」

（哦，全是鄉民代表啊！哈哈哈，國民黨的狗。）

「Kaza dang mu sumagpiyan.」

（閃開，你，神經病人。）

「哦，全是鄉民代表啊！哈哈哈，國民黨的狗。」

「非常快樂的鄉民代表們。快樂的鄉民代表們。」

哈哈哈……安洛米恩的笑聲讓他們極度不悅又不安。

「Nyou I panci yaken a sumagpiyan a ta-u ？ kanyou jiyasnek ya, ikongo yanyou vazai do jiya ya, inyou rana ya Daiyou yam, inyou mamanong no icya tata-u ta a mi Kan-yi, am yakanyou miyan jya, inu nu kokomintu tu. pei...」

（你們說我是神經病的人，你們真的沒有羞恥心啊，你們在這兒幹麼啊，你們這些鄉民代表，是你們要帶領族人去抗議，這是你們的責任，你們卻在這兒，當國民黨的狗，呸……。）

「Kaza dang mu sumagpiyan.」

（閃開，你，神經病人。）

安洛米恩開了門，並在門口坐了下來，他這個動作舉止是這群鄉代們熟悉的，他不斷地嚷嚷，不時地低吟，自言自語，他們也習以為常了。然而，在這個敏感時刻，他的出現卻帶給他們壓力。

核廢料貯存在蘭嶼就要十年了，他們確實根本就不知道，何謂核廢料？核廢料安不安全？如此的問題已超越了他們只有小學畢業程度的知識，更何況那位潘主任不時地跟他們說，核廢料貯存在蘭嶼是國家既定的政策，帶給蘭嶼欣欣向榮的未來，還夾帶著威嚇的口氣。這一年的反核抗議，依然舉著「驅除惡靈」為抗議運動的口號。

「Jyabu nyou angangayan ya.」

（你們一絲用處都沒有啦！）

安洛米恩不時地嚷嚷，確實讓他們喝酒喝得十分不安，他們原來喜悅的氣氛，今夜完全被安洛米恩破壞，也拿他沒辦法。那群男士皆是島上獵魚的好手，他們更理解安洛米恩失去雙親後的這期間，他不僅努力過生活，更是他們認同的潛水射魚的好手，夜航划船捕飛魚好手，雖然他說的每一句話，聽在耳裡想在腦海確實讓他們極度厭惡。身為海洋民族的男性，他們日常生活面對的是土地的開墾，種植地瓜、芋頭，海上獵魚，於是身體的基因、細胞幾乎就是說明與環境相容的生活情感，女性代表也在她們的水芋田、地瓜園付出汗水，她們陸地上的世界。然而，即使到了一九九〇年，他們還沒聽過臺灣的知識分子在公開的正式場合，很大膽地說明核能廢料對環境的破壞，為蘭嶼的島民良心發言，他們沒聽過。至於「國家既定的政策」，這一點，他們更是百口千語難辨證，安洛米恩說的，沒有民族意識的一群人，然而何謂「民族意識」呢？即使他的表哥，那位周牧師也沒有知識能力解釋，小學畢業的程度阻礙了他們對自己民族在現代化的種種遭遇，於是就默認安洛米恩對他們的羞辱。安洛米恩說他們一絲用處都沒有，在面對反核廢、民族抗議的路上，他們確實受制於潘主任所言的，去抗議就是對抗國家，而國民黨黨員身分也是另類的黨殖民的身分，認同安洛米恩說他們是共犯群體。又從他們在地的傳統角度來說的話，安洛米恩是神經病的人，一個正常的有家庭的獵魚好手，欺負不正常的人就是表明了自己的涵養不夠，這是他們不去揍扁安洛米恩的核心，默認承受他的語言霸凌。

「Yamayan si kuyei tu a, tu tamu rana misyasyay, ikaru nu cireng nu icya tata-u ta.」（這個鬼在這兒，我們散會吧，否則族人也會對我們說短說長的。）

彼時，地方政客喝酒的滷味店，在人去樓空的同時，桌上殘留的滷味成了黑浪的美食，只剩安洛米恩憤怒的眼神與不安的心魂。

「幹！你這個山地走狗。」

潘主任很憤怒，很不情願地騎在機車上離去，對安洛米恩說：

「國家對你那麼好，你卻來搗蛋，明天你沒有雞肉可以領啦！」

「幹！你，國民黨的雞肉是大便啦！」

街燈照明細雨，只見安洛米恩左手提著米酒邊喝邊走，也不時地嚎叫：

「幹！核能廢料滾蛋。」

「幹！核能廢料滾蛋。」

黑浪辨別得出達卡安走過來的腳步聲，汪汪了兩聲，十分的孱弱，彷彿同情主人的醉態。安洛米恩家的巷口是斜坡的水泥路面，他酒醉的頭在下，雙腳在上坡段，達卡安蹲下來聽聽師父的呼吸聲，而後脫下輕便的外套，抱起了安洛米恩，黑浪跟著腳步聲，搖搖尾巴。黑夜寒風正敘述著安洛米恩因頻繁酗酒，讓他原來結實的肉體漸漸朝著孱弱悽苦的歲月。當達卡安把師父抱進鐵皮屋，讓安洛米恩平躺，沒幾步路的時間，他便抱腹屈膝側睡，呼吸喘急了起來，呼出殘聲，達卡安關起了鐵皮門，黑浪此後便躲在細雨淋不到的暗黑角落，等著主人第二天的清醒，守著自己身為狗的忠誠本色。

島嶼的冬天是東北季風的末梢站，達卡安一早去了海邊搜索父親在礁石海溝放置龍蝦網，從北方吹來的雲層雖然很厚，也飄著細雨，然而美麗的是，他眼前的灰色大海是平靜的，他心裡想著，若是有龍蝦的話，就拿幾隻孝敬祖母。他走經部落的村辦公處，只見少數的中年男子神情凝重地低聲交談，當然的，鄉代會主席是他父親的好友，也是同學，也是當年在學校裡的模範生，很自然的，他的父親就不會參與這一天「驅除惡靈」的反核運動，因為他認同核能廢料貯存在蘭嶼是國家既定的政策，不容質疑。

他試著繞過了那些反核人群的眼目，逕自走向海邊。只要父親叫他去收龍蝦網，他就會很勤快地起身走向海邊，這是他最愛的功課，同時也自我陶醉在祖母讚美他的語音裡：會抓魚抓龍蝦才是男孩，將來才會有女人愛，不會念漢人的書是正常的男孩。他喜歡聽這句話。

「Tagahan,syama mum?」（達卡安，你的父親呢？）

部落的代表人反問他。

「Ya meingen u velen na.kwana.」（他的肚子很痛，他說的。）

曲曲折折的礁石沿岸，自然蘊成許多深淺不一的海溝，灰色的海面，微浪宣洩在潮間帶，合著晨間的細雨的氣溫已讓他感悟到如此的海浪，溫度是龍蝦游出洞穴覓食的絕佳時段，這個常識不僅是父親的經驗知識，也是安洛米恩這些年來在海裡潛水傳授給他的，祖母讚美他是個早熟的漁夫，這是他上了國中念書的時候，他逃學的驅動輪軸，潮汐不好在學校，潮汐好在海邊岩洞煮龍蝦當早餐。這已是他的生活的節奏。

他數著，五隻煮給祖母吃，五隻給安洛米恩，八隻給父母親，此時心裡的喜悅已構成了他均分食物的數學概念，回敬對他友善的親人、朋友。他把五隻給安洛米恩的龍蝦掛在門上，然後快跑回家。

「Ka jini, mangai mi Kang-yi, muyama?」（你沒有去抗議嗎？爸爸。）

「Xi rakepen da yaken nu kisat.」（他們會逮捕我，如果我去的話，警察。）

「Ku mangai mangap su manuk.」（我要去拿雞肉。）

父親接著說。

兩刻鐘之後，他再回安洛米恩的鐵皮屋，此時黑浪起身抖一抖狗身，伸伸懶腰靠近他。他開著門，他感受到安洛米恩，他的師父抱腹側躺臥睡顯現出失去所有親人的孤獨感，一盞只有六十燭光的燈泡，也是一間沒有現代化廚具、電視、電鍋的簡陋房屋，陰溼幽暗的空間散射出幾分的悲涼，三張草蓆大的陋室，進門是安洛米恩的石頭爐灶，爐灶上是他儲放鋁鍋、鋼杯碗筷的地方，與他頭殼平齊的是他懸掛魚乾的地方，身體面海的右邊，太陽升起的方位是極為雜亂的衣物櫃。達卡安心中燃起了真心的同情，唉，這個男人，真是髒亂。

達卡安提了一桶水，在鋁鍋內倒進適當的水量，開始生火。柴薪的火，木柴的煙在小島嶼的上空，在島民開始住進水泥屋之後，如此的柴煙已逐年地減少了，當然達卡安的祖母還健在，他的父親依然用木柴生火，煮他祖母的食物，他不僅熟悉生木柴的火的技巧，他也非常喜歡柴火的火苗被微風吹拂時的飄飄火影。他注視著火影，想著周牧師為了爭取他的祖母接受他的洗禮，當基督徒的時候，周布良牧師給祖母說：

一九八七年已是安洛米恩的大哥去世的第二年了，就達悟人的傳統姓名習慣法，為人父，為人母來說，他的母親已經不可再叫西楠．金珊了。繼而更名使用次子的名字，次子叫沙洛卡斯，她因而更名為西楠．沙洛卡斯。很不幸的，安洛米恩在海上當船員的那幾年，沙洛卡斯聽說是在上山砍柴的時候，靈魂被惡靈奪走而消失隱沒，我上山找了好幾個月，也都找不他的身影，換句話說，她又再次地更名了，更名為西楠．安洛米恩，彼時阿姨信奉了基督教，可是上帝沒有算得很清楚，信教太晚了，安洛米恩在回祖島家之前的三個月，他的母親，我的阿姨也在山裡失蹤了，更悽慘的是，我到現在還沒有找到我阿姨的身影，希望妳，我親愛的阿姨，達卡安的祖母可以成為我的教徒。

「Apiya, makungo.」

（很好，當你的教徒。）

彼時達卡安在場聽到了這個過程，吃魚的嘴角不時揚起，露出微微的笑容，此刻他看著火苗，看著滾滾的開水而後放進剛抓回來的龍蝦，最後用木板蓋住鍋口，等著龍蝦被煮熟。忽然間，周牧師出現，左看右看達卡安，久久之後說：

「O, ka mango jiya mu Tagangan.」

（哦，你在這兒做什麼？達卡安。）

「Omaran kong, asyou kaya.」

（哦，叔叔好，你怎麼會出現在這兒。）

「Ku itazogaw Xi Ngalumirem.」

（我來探望安洛米恩。）

「Tangan.」

（為什麼？）

「Yaku rarahen du Kyokai.」

（想請他來教會。）

「Yapa mitkeh.」

（他還在睡覺。）

「Ikongo mu vazai du jya ya.」

（你在這兒做什麼？）

「Ma nengden su payi.」

（在煮龍蝦。）

「Xi mayou kai, Xi Ngalumirem am, ori kwan mu an.」

（起來的話，安洛米恩，你就說我來過。）

「Nuwun, kajini mangai mi Kang-yi.」

（好的。你沒去抗議嗎？）

「Naji miya a yaken ni Yama ta do tu.」

（祂不讓我去，上帝。）

「Ori yi.」

（原來，上帝不允許你去啊！）

柴煙從門口飄出屋外，安洛米恩分開爐灶上的柴炭，揉著眼睛看門。

「Asyou kaya mu Tagangan.」

（你怎麼會在這兒，達卡安。）

「Ma nengden so yakan mu a payi.」

（在煮你要吃的龍蝦。）

「Ori yi.」

（是哦。）

他穿上汗衫，起身走出屋外去洗臉，又說：

「Yana ci-dien?」

（幾點了？）

「Katengan.」

（不知道。）

「Xiya ni mangai mika-yi?」

（族人有去抗議嘛？）

「Nu wun, xiyani mangai rana.」

（有，很早就去了。）

在其體內循環的酒精也是他體內血液裡的波浪，達卡安不知道他的師父何時染上近似酗酒的習性，他感覺到他愈來愈寂寞，也愈來愈討人厭，就算周牧師看出了安洛米恩精神上有問題，也只能求他進教會聽耶穌的道理，他畢竟不是精神科醫生，可是他從未覺得自己的精神有異常，反而嗆周牧師，說，上帝是不存在的……。達卡安在這些年來與他相處，跟他聊天的時候，他有三分之二的談話是他聽不懂的，也許他真的一直吞忍逝去親人的痛苦，而以胡言亂語掩飾其心中的苦悶吧。

話說完，達卡安便悄悄地離去，安洛米恩撈起鍋裡的龍蝦放進木盤裡，並把鍋子拿出屋外，進屋拿出貯放在屋裡的米酒。用鋼杯舀一小杯的龍蝦湯漱口，呸……再裝滿半杯的熱湯，混著半瓶米酒漱飲了一大口，哦……抖一抖腦袋的把背靠在牆壁，時大時小的雨水在他眼前曲折落下，此時起身之後的安洛米恩在飲盡第一杯的龍蝦酒之後，身體溫熱了許多，某種難言的怒氣也在蒸騰昇華，讓顏面的表情與其算俊美的臉呈現出不對等的氣宇。由於是陰霾的天候，讓他不容易仰天辨別現在的時間，黑浪此刻感覺出主子的不悅，於是讓自己乖乖地躲在牠昏睡的地盤，等著主子叫喚牠喝龍蝦湯。

這些年帶著達卡安抓魚抓龍蝦是因為他們在學校的腦袋裝不下漢字，才讓他心魂感受出「同是天涯淪落人」的美感，訓練達卡安為優質的獵魚好手是基於此因的，至於達卡安對他的孝敬，不是他初始的期望，如今卻讓他體會他比親人更為親切的表現，尤其勝過於長他很多歲的牧師表哥。此刻吃龍蝦、喝龍蝦酒的情緒脈動似是激盪在去抗議的族人與去摸彩領雞肉的黨員拉扯的漩渦裡，一個心臟是敬佩去抗議的少數族人，一個肺是厭惡多數的，去村辦公處領取國民黨回饋黨員的雞肉，他認為，這是鄉黨部潘主任蓄意模糊族人反核的焦點，他✕的，國民黨的走狗，對著黑浪說。他優雅吃龍蝦的神情是想到去抗議的族人的行為表現，大口飲盡鋼杯裡的酒精是討厭那些國民黨的被殖民黨員。黑浪感悟得出主子的憤怒，還有他柔情的那一面，於是一直靜靜地蹲坐在牠原來的地方。

昨夜的酒精還沒有完全發酵，今天早上又開喝。他打開鋁製的便當盒，數一數盒內的臺幣，嗯，還有數百元，他想。那是達卡安送給他的，那是因為他們共同抓龍蝦賣出的錢往昔放在信封裡的時候，常常被某種蟲蛀蝕，新臺幣不是缺了角，就是破了很多洞，雜貨店因而不收，達卡安才用龍蝦跟他祖母交換來的，錢的用處非常廣，可是他們不識字，又羞恥於請教他人幫他們開戶，所以直到今天他們還是沒有郵局的存款簿。便當盒內只要有紙鈔，安洛米恩就盡情地花用，認為紙鈔不可靠，忘了蓋住盒蓋，紙鈔也很容易被風吹走，反而讓他煩躁、焦慮。此刻，他握著紙幣，喝完龍蝦酒，並留一碗龍蝦清湯給黑浪喝，他站了起來走路，隔壁家的小孩看著他如祖母似的走姿，一眼便知安洛米恩仍在宿醉。小孩們的父親是被他說成劣質的正常人，是他小學的同學，可是他這位同學比他會賺錢，高中畢業，蓋了二層樓的水泥屋，都在臺灣T市做工，小孩留在家裡與他們的祖父母同住，安洛米恩走向他們，說道：「拿去吃。」

「哇……三隻龍蝦呢！」

他們的驚喜，讓安洛米恩些些微笑。

「Ayoy, maran.」（謝謝，叔叔。）

他坐在村辦公處對面的巷子口，此處可以讓他不被淋到東北風吹來的雨水，用打火機撬開了剛從雜貨店買來的米酒，並順勢喝了一大口，放下酒瓶，點燃一根菸沉默不語地望著其右眼方向的灰色大海，灰色雲浪凌空低飛飛向海平線，氣候不佳，海面上沒有船隻獵魚，讓出了海洋的寧靜。想著，想著這些人不去核廢貯存場反核抗議，反而在這兒聽潘主任胡說八道，等著殖民者的黨工發放，說是國民黨回饋老黨員的春節禮物——一隻雞。

村辦公處面海左邊是辦公室，右邊是半個籃球場大的空間是交誼、開會的地方，中間則是開放性的走廊，四五人在那兒坐在水泥地上抽菸、閒談，恰好是安洛米恩的對面，神情符合安洛米恩的臆測，「國民黨一切在島嶼大大小小的活動勝過民族原有的文化活動」，尤其蔑視島嶼中生代，潘主任稱的「叛亂分子」他們也在小喝米酒。他始終認為，被他形容為殘障男的那位老師，他雖然也是黨工，但他的正職是老師，負責教育學齡的孩子們，算是有良知的知識分子，他有理由尊重他的老師。可是他眼前的這些中老年人，是國民黨地方黨部的小組長、黨員，他眼裡最莫名其妙的族人，最不可思議的被殖民黨員。黨員是幹什麼的？不就是走狗嗎！

他十分不屑地怒視他們，頗有對峙的姿態，唉！他嘆了長氣，再喝個大口的米酒，再抽根菸，與他們隔著一條公路，開始自言自語地說道：

這個時代已經是善惡不分的年代了，
漢人政權帶來了許多分裂我們民族祥和的毒藥。
我告訴你們，我們是同語同宗同是海洋民族（手指著對面的那些族人）。
我們絕對不是敵人，你們怎麼會如此的笨蛋呀！
怎麼如此輕易地被欺騙呢？你們的頭腦裝了大便嘛！
一隻死雞肉勝過一桶核廢料嗎？雞肉吃完變大便。
去抗議，反對政府欺負我們、破壞我們的土地，你們卻不認為是應該的。
你們的頭腦裝了大便嘛！
去抗議就是讓臺灣人知道我們不是啞巴，
讓他們聽見我們驅除惡靈的怒吼聲，
他×的，你們真的怕國民黨逮捕你們嗎？

國民黨是什麼東西啊！

呸……它會吃掉你們的老二嗎？

呸……。

他繼續大口大口地喝米酒，你們這些人啊……，他邊走邊用食指指著他們說，他再次地從雜貨店買瓶米酒，再次地坐回他原來的位置。

國民黨是什麼東西啊！

呸……它會吃掉你們的老二嗎？

呸……。

這個時候，活動中心陸續走出了部落裡老中青的族人，每一位的手上都拎著一隻冷凍雞，他搖搖頭說：「唉！雞肉真的勝過我們島嶼的尊嚴啊！唉！今天的雞肉，明天就是大便。」

走經他身邊的中老年人，回道：

「Yana ozmyak xiya nituei tu.」（這個鬼開始神經病了。）

「Obut nyo.」（大便啦，你們。）

安洛米恩，他的難過在於部落裡的族人，他大哥曾跟他說過的「一群沒有腦袋反思的人」。無論如何，他不理會自己被部落人稱患有妄想症、神經病的人，但他不能理解的是，核能廢料是遠在臺灣臺北核一、核二，屏東核三電廠什麼的，高度危險的人工核產物的輻射，運到蘭嶼，喂！你們這些人聽著！

（拎著雞肉的人停下腳步。）

核廢料若是安全，何須大老遠地從臺灣送到我們的島嶼？

因為核廢料有害於人體，有害於環境。

Nyou katenngan manga Sa-kwa.

（你們知道這些嗎？大傻瓜們。）

Nyou jyarilawan o pahad nu pongso taya. Obut nyo.

（你們不可憐我們島嶼的靈魂嗎？）

Kamu jyasnek ya, mangap su manuk nu Kokoming. tu ya, Pei...

（你們真不知廉恥呢，拿國民黨的雞肉，呸……。）

Obut nyo.

（大便啦，你們。）

雞肉既不正當，又不好吃，傻瓜啦，你們，不知恥嗎？你們。

「幹……」大聲嚎叫，驚動了拎著雞肉的村民，紛紛把眼睛轉向發了瘋似的安洛米恩身上。他坐了下來，流著淚水，再次地大聲嚎叫，「幹……」

這一刻，拎著雞肉的人說：「他開始發瘋了。」

也是黨工小組長的張老師、鄉民代表周牧師站得遠遠的，看著自己的學生，自己的表弟大聲嚎叫，咆哮，哭泣，想著他們自己在現代性的身分，想著安洛米恩說的這些話，不免讓他們有很深的愧疚，一個是受過漢式師範傳統知識系統的訓練，一個是受過西方宗教神學的訓練，但是打從心底說，他們卻是沒有安洛米恩在民族意識、民族情感方面的深層覺醒，事實上，他們是膽怯於出現在反核群體裡，也是百依國家霸凌而百順的人，安洛米恩很早就看出了他們害怕站在自己民族權益的弱點，這就是他瞧不起他們的理由。

當然，今天的活動，他們兩位早已知道，那是潘主任的陰謀，幾乎是恐嚇黨員不可以參加「驅除惡靈」的反核運動。然而，他們卻是選擇站在潘主任這一邊。達卡安在適當的距離都看見了這條馬路上演的故事。

天繼續下著雨，他們撐傘逃避安洛米恩的視線，偷偷離開了活動中心，然而他們在「驅除惡靈」這一役的缺席，參與拎著一隻死雞的這一方，除去安洛米恩之外，他們在反核人群的心中已注定是弱者，肯定是沒有民族意識的人。

參與「驅除惡靈」的反核運動的族人，年輕人載著少數的老年人家，淋著雨騎著機車，從核廢料貯存場一群一群的，逆著雨逆著風，順應島嶼之魂的紛紛回到自己的部落。在自己的祖島，被T縣的警察總長舉牌說，「違反國家集會遊行法」，那群可愛的叛亂分子，他們都聽見了「驅除惡靈」的幾位首腦說道：「許多許多的漢族政權與海洋民族相遇的荒謬，幾乎是國家自導自演的，說，這群維護民族尊嚴的人，是『叛亂分子』，T縣的警察總長的腦袋是很有問題。」

對自己民族被撕裂的憂心，對祖島的珍愛，天空的雨水，天空的雲浪，風的影子，海浪的心臟已經感受到了。於是淋著雨騎著機車的神情書寫著憂患者的優雅，反觀拎著冷凍雞肉的這群人，坐在滷味店裡的達卡安，都已經看在他的眼裡了，如安洛米恩說的，劣質的正常人，包括自己的父親在內。他腦海低度的想像，可以判決國家把核廢料放在蘭嶼島的政策是霸凌，是錯誤的。

幾位優秀的黨工、鄉民代表，在潘主任的引領下，從活動中心走進了滷味店．遇見了腦袋低度聰明的，經常逃學的，已經是國中生的達卡安，潘主任很殷勤地跟他說：

「你在這兒做什麼？」

「賣我抓的龍蝦。」

「我買。」

「兩千五百元呢！」

「好。」

「嗯，二千五百元，給你。叫你爸爸來喝酒。」

酒精，吶喊，憤怒，以及陰霾寒雨都讓安洛米恩心靈潰堤，肉體疲憊。此時，他已經醉臥在巷道邊，延續昨天的酒精，呼呼地再一次地昏睡。

達卡安拿了錢，師父再一次地昏睡，在巷道邊停住想著，看著。兩步路之後用自己的外套披在躺著的安洛米恩身上。他再一次地用低度聰明的腦袋想著「他真的是神經病患者嗎」，然後借了滷味店店主的雙輪手推車。

「Jimu bunbuni u wuwu na, ta makaniyaw.」（不可以蓋住他的頭，那是禁忌。）

「Ikongo makaniyaw.」（什麼禁忌。）

「Akmei nima rakat a ta-u rana.」（蓋住頭象徵是死人。）

「Katengan.」（知道了。）

達卡安笑著看這些莫名其妙成為國民黨黨員的前輩，還有他的父親，說：

「Sira maran kong.」（各位叔叔，好。）

他把師父抬進手推車裡，兩步路後，說道：

「我們不是必然的輸家。」

烏黑的雲浪飛得很低，灰色的海面很平緩，風影從北方來，溼漉漉的馬路已經四天了。瞧瞧安洛米恩還在呼吸的嘴巴，眼睛閉著，此刻的雨天，驅除惡靈的反核廢的活動落幕了，冷凍的雞肉分完了，馬路上只有達卡安推著安洛米恩的手推車，還有不離不棄主人的黑浪還在移動，他們正是周布良牧師與張正雄老師在教會走廊繼續聊天時談論的對象。

然而，他們正在享受天宇的寧靜，雨水的清洗，在上坡的巷道轉角，達卡安再次地抱起安洛米恩喝醉的身體進屋，說：「到了，你的家。」

當柴煙緩緩地從屋裡昇華到屋外的那一段煙色，那確是讓人心情愉悅的青煙，十步路之後，達卡安說道：「安洛米恩，你不是必然的輸家。」

黑浪搖搖尾巴，坐在門邊等著主人的腦袋清醒。

霍斯陸曼・伐伐

〈玉山魂〉【節選】（二〇〇六）

Husluman Vava，一九五八年生，臺東海端鄉廣原村龍泉部落（Takimi）布農族。二〇〇七年過世。

長年擔任教職，致力於推廣、保留布農族文化與文學創作。伐伐少時以優異成績保送屏東師專攻讀數理組，也是一名短跑健將。他曾和屏東的好友一起架設「伐伐的文學殿堂」網站，定期發表文章。創作融合了布農族的口傳故事、生活祭儀與文化典故，深入摹寫了布農族的心靈世界，多篇作品收錄於教科書，曾獲得教育部文藝創作獎、吳濁流文學獎、原住民族文學獎、臺灣文學獎長篇小說金典獎等多項肯定。著有《玉山的生命精靈——布農族口傳神話故事》、《那年我們祭拜祖靈》、《中央山脈的守護者：布農族》、《黥面》、《玉山魂》等書。

玉山魂【節選】

最初

天地開始之後，大地顯得空虛而憂鬱，需要特別的生命來填補一切。Bunun[1]的祖先帶著滿意又謙卑的靈魂寄居在大地之上。從此之後，大地就像一個充滿愛心和包容的吉娜[2]，日日夜夜、細心呵護這一群善良又單純的族群。太陽或月亮存在的每一刻，大家總會看到一個忙碌的身影，穿梭在日月光輝之中，彷彿在她的心目中，總覺得還有一件最重要的事情，始終沒有完成。白天的時候，她站在天地交接的巔峰處與Dihanin[3]交談。至於談些什麼？沒有人知道，因為屬於神靈的事情，布農族人從不敢過問。不過從雙方嚴肅的表情來看，似乎討論著很重要的大事。當兩人的意見十分友好的時候，和諧、愉快的氣氛讓四周的景物清新亮麗起來，萬物的笑聲四處響起、接連不斷，就像一首首令人陶醉的大地之歌。遇到意見不合的時候，脾氣暴躁的天神立刻以雷電和烏雲大聲吼叫，固執的大地也毫不懼怕地以暗沉的臉色表達自己的不滿。剎那間，天昏地暗、萬物哀號，受到驚嚇的族人一個個躲到黑裡最黑的角落，像一群膽小的

Sakut[4]心中一點主見都沒有，只能默默祈求兩位最聰明的長者趕快平息怒氣，好好找出最和諧的答案。

當黑夜取代白天腳步，族人帶著一天的疲憊癱軟在Batakan[5]架設而成的大通鋪上，沉睡的孩童帶著笑容在夢中繼續與白天的玩伴追逐嬉戲。吉娜不敢休息也不敢懈怠，取代族人看顧耕地上的農作物。為了消除白天的熱氣，她輕輕吹拂耕地，惹得身上樹木隨山風的方向「沙、沙、沙」作響；她不時以Mamaghans[6]的雙手撫摸泥土中的種子，就像撫摸小女孩的長髮，輕輕柔柔、十分仔細，耕地上的作物在她的疼惜之下，很快地從泥土中長出美麗的綠葉，結出肥美的果實，讓族人平安度過最寒冷的冬季。

---

1 Bunun：臺灣布農族人。

2 吉娜：母親。

3 Dihanin：布農族的神靈之一。天神。

4 Sakut：山羌。

5 Batakan：臺灣桂竹。

6 Mamaghans：屬於神靈的強大力量。

吉娜眞正的容顏對住在不同山頭的族人而言，有著大不同的印象。有些族人居住在高聳瀑布的附近，當風雨前來拜訪的時候，瀑布的樣子和聲音讓他們感到慌恐，居住在另一山頭的族人就會笑著說，你們住在吉娜的大腿內側，所以你們會經常看到吉娜尿尿的情形。有些族人住在山風喜歡遊走的山凹處，他們曝晒在庭院的衣飾和食物經常被貪心的山風偷走，讓他們感到非常生氣，其他的族人認為那個地方是吉娜的嘴巴，當她與天神或各種 Hanido[7] 說話的時候，聲音的力量就會引起走風的現象。至於附近山壁容易坍落的部落，大家都相信那是吉娜的腳板，當她奔波勞動的時候，引起大地震撼及滿天灰塵是非常自然的事情。

有個自信滿滿的族人說：他們是最幸運的一群人，因為他們住的地方除了 Dunqul-Savi[8] 比較靠近天空之外，沒有什麼東西可以擋得住眼睛想去的地方，他們可以輕易地瞧見隱藏在山林深處的住民，例如：遠遠避開人類的山鹿和山羊、山腳下追逐嬉戲的山羌、用小爪子洗臉的松鼠以及相互整理羽毛的老鷹夫婦。對他們而言，眼下的山脈彷彿是綠色的波濤，時時刻刻洶湧出無限的驚奇。他們甚至揚起眉頭，驕傲地說：我們住的地方擁有兩個世界，一個是和大家一樣的世界，一個則是我們獨有而大家看不見的美麗世界。

但是許多人打從心底就是不相信，因為大家都住在吉娜的身上，共同分享 Vali[9]

的熱情和 Buwan[10] 的溫柔，偉大的天神不可能將全部的福氣讓一個部落單獨擁有。不過大家都相信一個事實：布農族人是非常有福氣的族群，因為大家都活在被眾神靈祝福的土地之上。

雄偉的山脈從最高處向下蜿蜒出優美的稜線。一位少年坐在邊坡上的草地，一雙黑白分明的大眼睛宛如深邃不見底的山谷，兩眼中間的鼻梁好似遠方孤傲、挺拔的山峰。優美的唇線順著紅潤的嘴唇伸展，每當嘴唇輕啟的時候，粗大整齊的牙齒猶如溪水沖刷過的白石，凶猛健壯的動物都擁有這種牙齒，一身黑亮的皮膚與泥土的色澤相近。

少年兩手撐住後方讓身體往後斜靠，雙腳隨意交叉，帶著笑意的眼神四處瀏覽，看起來十分閒適。附近的 Tusisidie[11] 長得十分茂盛，淡紫色的花散發一股羊騷味，也許

7 Hanido：大地上的精靈。
8 Dunqul-Savi：布農族人公認最高的山峰，指玉山。
9 Vali：太陽。
10 Buwan：月亮。
11 Tusisidie：草本植物，具有一股羊騷味。

是這種味道，族人才特別給他取這樣的名字吧！濃濃的羊騷味在空氣中四處飄蕩，讓少年不得不皺起眉頭讓鼻孔縮小，企圖婉拒這股羊騷味的挑逗。

少年右肩方向的坡地，全被枝葉茂密的假酸漿與月桃所占據。布農族人喜歡收集山月桃，將莖幹剝片、晒乾，細心整理之後，就可以依自己的喜好隨興編織出各類型的蓆墊、置物盒等日常生活用品。一株株的 Pusaksak[12] 則利用假酸漿之間的空隙，綻放豔麗的花朵，增添了幾分誘人的色彩。更往深處，相思樹、九芎樹、櫸樹、楓香等繁雜的樹種組成了千變萬化、極富特色的優美林相。穿梭其中的山黃梔頂著銀星般的小白花，十分瀟脫；一片密密麻麻的虎杖也不甘寂寞地吐出淡青色的花束，讓林間彷彿起了青色的嵐煙。

清涼的山風學著蝴蝶的樣子，悠悠忽忽、飛來飛去，大地萬物隨風起舞，有的左右扭動；有的前後擺動，樣子十分流暢、優雅。少年一邊整理舞在風中的長髮，一邊賞玩著美麗的山林景色。

左肩方向的山脈，蒼翠的層巒相互堆砌，高高的插入深藍色的天空，某些山巔從胸口的位置開始裸露出光光亮亮的大峭壁，其中懸掛著許許多多大小不一的石頭。一隻老鷹沿著峭壁的曲線上下飛翔，輕盈、緩慢的樣子彷彿是對著石壁傾訴心中的寂寞和孤單。峭壁下方堆疊著許多巨大的落石，猶如被丟棄的物品；有的筆直站立，有的相互依靠，有的斷成數塊躺在地上，不過上面厚厚的青苔掩蓋了它們的表情。高聳蔥鬱的樹木從懸崖延伸出來，密密麻麻的葉片在陽光的穿透下，化成一片片半透明的綠色精靈，隨著山風的方向來回跳躍，十分活潑。

「山林啊！山林，您是大地上最美麗的精靈。」少年心靈深處敬畏又滿意的吶喊著。

山林擁有超乎常人想像的力量，在無時無刻中，它可以自由自在、隨心所欲的裝扮出不同的容顏。山風懶惰的時候，近處的山巒披著深綠的顏色，把自己優美的輪廓清清楚楚的晾在天空中，微風中只有潺潺的流水聲和鳥兒的歡唱聲打破了四周的靜寂；那是山風掃過河流、山林所組成的大地音樂。山風是永遠吹著的，彷彿痴心的詩人，不斷吟詠心中的喜、怒、哀、樂。到了傍晚時分，某些翠綠調皮的山峰卻頂著抹上夕陽餘暉的雲霧，就像部落的大人入山狩獵前，頭上綁著紅布條，表示自己十分英勇的樣子。山風激動的時候，一團團一層層灰白相混的雲層掩蓋整座的山巒，天與地之間看起來又近又

12 Pusaksak：野牡丹。

密，那種詭譎的氣氛讓族人的心情跟著慌亂，就連雙腳也急躁的四處亂跑。當肥胖、膨脹的雨雲在山谷之間飛舞、飄蕩，加上強風的推擠、帶領之下，一個不小心被石頭堆疊而成的尖銳山峰劃破肚子，傾盆大雨開始從天上傾瀉而下。

山巒最貼近天空，因此最了解天空的脾氣，聰明的族人經常從山巒顏色的變化判斷氣候變化，每次的判斷從來不會出差錯，因此族人出門之前都會以虔誠的心靈仰望高聳入天的神聖大山。

少年專心觀看山脈的顏色，試圖找出它與天氣之間的神祕關係。看見了遠方連綿而來的群山，從峰頂到山腳彷彿被鋒利的大刀切斷似地，形成一道很深很長的峽谷。一條古老的大河順著蜿蜒曲折的峽谷奔流而過，好幾處，河水在狹窄的河床裡憤怒的沖擊擋在路中的巨石，白色的水花騰空爆開，發出「轟隆！轟隆！」的怒吼。平靜之後，河流一如羞澀靦腆的少女曳著絲帶，靜默而莊嚴地行到天邊的最遠處。兩面山壁所形成的深淵讓人兩腿發軟，某些峭壁寸草不生，像是巨人裸露的胸膛，十分強壯。

右眼稍遠的峭壁被一個較小的橫向峽谷斷開，從小峽谷中吐出一條如緞帶般的清澈小溪，溫柔的模樣經常引來成群的山鹿、山羊、山羌前來飲水，逍遙自在，最後小溪像一道亮麗的銀光蜿蜒般的流向大峽谷。小溪和大峽谷的交接處現出一片幽祕的美妙仙境。當高大的山壁中段陷入陰影朦朧，仙境上卻是陽光普照，一片蒼翠。生命力強大的各種蕨類鋪滿整個地面，各色各樣的樹木披上精緻小巧的葉片，五顏六色的野果點綴樹林之間，恰似掛上五彩繽紛的花環，令人眼花撩亂的惹人迷戀。這塊瑰麗美好的地方沒有人家居住，因為大家相信：那裡是大地最純潔的角落，也是 Masial-Hanido[13] 居住的聖地。

少年的智慧似乎無法理解山巒顏色和天氣的關係，索性閉上眼眸稍作休息。一道電光般的念頭，讓他再度將眼睛落在蜿蜒曲折的大峽谷，認眞地舉起右手，順著峽谷的形狀左右擺動，好似蛇行的樣子。

「峽谷眞的是戰敗的巨蛇所留下來的凹痕嗎？」少年人想起前些日子，呼達斯[14] 口述大螃蟹與巨蛇作戰的 Palihansiap[15]。

---

13 Masial-Hanido：善靈。具有善良力量的精靈。

14 呼達斯：祖父。

15 Palihansiap：流傳於部落的神話故事。

每當黑夜開始統治山林的時候，族人總喜歡圍著Banin[16]取暖、聊天，那是千百年留下的生活習慣，這種習慣就像入土極深的老根，已經沒有人敢多事的改變它。洩了一地的火光，像一群調皮的紅色精靈，四處閃爍，四處跳躍，不但熱鬧了整個屋子，也讓大家看清了每個人的位置。

一頭白髮，臉上布滿歲月刻痕的達魯姆，含著頭大管細、樣子十分古怪的Kakaunan[17]。老人不時用手壓著菸絲上的火種，深深地吸了一口，然後一臉舒爽地吐出一團白煙。香菸在他的面前緩慢地擺盪，浮映出斷斷續續、模糊不清的老臉。達魯姆卸下口中的長菸斗，縮起雙頰，然後往火焰中射出濃濃的黃痰，「嗤！」的一聲，黃痰立刻在火紅的木炭上化成焦黑的汙點。這種情況驚訝了所有的孩童，大家睜大著眼睛，彷彿對大火毀滅黃痰的場面，感到十分有趣。有些孩童甚至彎起赤裸的腳趾頭，將爐灶外的木材輕輕地推進火堆之中，讓火焰快速壯大。有些孩童們專心地望著老人口中黃痰累積的情形，當口水溢出嘴角而閃閃發光的時候，孩童們興奮的將脖子拉到最長的位置；一種雛鳥看見母鳥銜著昆蟲返巢的興奮。等待的孩童特別安靜，他們都希望能夠清清楚楚地看見大火毀滅黃痰的激烈場面。

「呼達斯，您講祖先的事情給我們聽，好不好？」一個機靈的孩童看到呼達斯將菸斗藏放於胸前的Kulin[18]，知道大火與黃痰的戰鬥即將結束，於是想出更有趣的事情。

達魯姆知道現在還不是最黑的黑夜，自己也不想太早躺在冰冷的竹床上，像個被人遺忘的黑石頭。

「Luhi[19]，把你們的眼睛和耳朵全部放到我這裡，讓嘴巴休息。我現在要將祖先那聽來的故事告訴你們，等到你們像我一樣擁有白頭髮的時候，也要將這個故事說給你們的孩子聽。」

「好，好。」「一定，一定。」

為了想進入迷人的神話世界，大大小小的孩童們認眞的點頭承諾。

達魯姆慈祥的眼神灑向每一個孩童的臉上，慢慢說出一個曾經發生在古老歲月中的故事：

---

16 Banin：三塊石頭架設而成的爐灶，族人烹煮食物的地方。

17 Kakaunan：竹製的傳統菸斗。

18 Kulin：胸袋。布農族人傳統服飾的配件。

19 Luhi：尚未斷奶的幼狗，族人稱呼孩童的暱稱。

「大地最初的時候，原本是一望無際的大平原，只有幾座半圓形的大山聳立在平原之上，彷彿是大怪獸在無意間生下來的蛋。我們布農族就在平原上生活，肥沃的土地讓農作物長得茂盛又肥碩，充足的水源讓野獸快速的成長，布農族人的日子過得輕鬆又滿意。

「幸福、快樂的生活總會讓人得意忘形，也會讓族人失去了謙卑和感恩的心。祭拜神靈的神聖儀式逐漸被大家遺忘，原本莊嚴、神聖的部落集會所雜草叢生，景象十分荒涼。部落的族人開始變得驕傲和自大，每個人都認為自己的力量已經可以掌控自己的生活和未來。這種情形讓天神感到十分生氣，決定要懲罰狂妄自大的布農族人。

「一個被詛咒的日子，來自天神的怒氣幻化成記憶以來最強大的狂風暴雨。滿天的雨水像一群暴躁的精靈，『嘩啦！嘩啦！嘩啦！』發出巨響，雨水像一支支憤怒的弓箭，從烏雲的裂縫中射向山林，伴隨著尖銳、強大的雷擊聲，掩蓋了屬於白天的聲音。

「豪雨形成的洪水像黑色的 Makuan-Hanido[20]，毀壞了耕地上所有的農作物，狂風像瘋子般的將山林的大樹連根拔起，部落的石板屋在狂風驟雨中搖搖欲墜，十分驚險。更不幸的是，一條巨大的 I-vut[21]，擋住了洪水的去路。漫天呼嘯的洪水在無路可走之下，四處橫衝直撞，最後更以數千隻黑熊的力量衝向布農族部落。」

呼達斯的語調彷彿是洪水當前的部落，十分危急，膽子小的孩童跟著坐立不安。

「那條蛇有這麼大嗎?」剛剛學會說話的孩童，天真地伸出短短肥肥的小手比出最大的樣子。

「大!非常大。那條巨蛇躺在地上就像一座山，力量強大的洪水不但無法衝過去也不能翻過去，只能停下腳步，鼓動憤怒的身體。」

達魯姆把手向上伸到最高處，孩童們抬起頭跟著手的方向往上看。

「突然來襲的大洪水，讓族人驚慌失措的只帶著簡單的生活用具;男人牽著女人，大人背起小孩，匆匆忙忙地逃到附近的大山——Asan-banud[22]，美麗的家園和辛苦豢養的牲畜，在洶湧的洪水中消失得無影無蹤，彷彿不曾存在過。

「幸運逃過災難的族人擠在寒冷的巒社大山，有人躺在樹底下，有些人擠在昏暗的洞穴中，每個人都顯得驚慌、疲憊。

---

20 Makuan-Hanido:惡靈:擁有惡質力量的精靈。
21 I-vut:蛇。
22 Asan-banud:巒社大山:南投鄉信義鄉境內。

「『這樣下去，我們會死在陌生的地方。』慌恐的婦人抱著幼小的嬰兒，憂傷地說。

「『是啊。Madadaingath[23]曾經告訴我們：所有的苦難都是從腳跟離開家園開始。如果不馬上回到我們熟悉的土地，我們真的會活活的餓死。』年紀很大，經歷過不少苦難的長者也開始擔心起來。

「『洪水什麼時候離開我們的部落？』

「『誰可以想想辦法？誰可以救救我們？』

「大家你一句我一句不斷地抱怨。大家面對大災難的時候，心靈除了恐懼之外，一點辦法都沒有。

「『我的族人！你們吵鬧的聲音會被洪水精靈聽到，它們為了追擊我們，會盡一切的力量衝到山頂上來，將我們現在僅存的運氣全部奪走。』長老對著吵雜不休的族人說著：『安靜地聽我說，洪水一直停留在我們的部落不肯離去，那是因為巨蛇堵住了洪水的去路，使得洪水無法回到它們該去的地方。』

「『祖先曾經告訴我們：什麼路都可以擋，就是水路不能擋。如果巨蛇能夠讓出洪水回家的路，那麼我們的土地就會自然而然的回到我們的面前，但是有什麼辦法可以讓巨蛇離開呢？』

「『Makavas[24]！為了族人的生命安全，為了保護我們的家園，我們必須向巨蛇開戰，直到巨蛇死亡為止。』平常備受族人尊敬的勇士，握著弓箭大聲說著。

「『對！我們是喜愛和平的民族。我們一直希望能夠與大地上所有的生命和諧平安地生活在一起，但是當我們的生命財產受到威脅的時候，我們不會退縮，我們會毫不懼怕地加以反擊，連神靈都無法阻止，因為我們的名字叫做布農族。』勇士們下定決心誓死為生存而戰。

「『這條巨蛇擁有大地上最邪惡、最強大的力量，你們可以擊退嗎？』

「『經過山林多年的磨練，勇士們已經是打獵的英雄，擁有瞄到哪哩，射到哪裡的能力，而且我們還擁有與外族作戰的經驗。只要我們把恐懼丟到黑裡最黑的地方，將每個人的精靈力量集中在一起，一定可以讓巨蛇感受到一個優秀族群的偉大力量。讓牠帶著前所未有的恐懼，躲到我們眼睛看不到的地方。看吧！我們的弓箭是那麼的鋒利，可

---

23 Madadaingath：祖先或先人。

24 Makavas：出草或作戰。

以射穿任何惡魔的Haputons[25]，一定可以輕鬆的將巨蛇送入死亡之谷。』勇士從箭袋中抽出弓箭，箭頭散發出冷冷的光芒。

「第二天清晨，經過祈求神靈保佑的儀式及老弱婦孺們的祝福之後，三十幾位勇士懷著維護生命尊嚴的熱情，毫不猶豫地跳進洪流，奮力游向巨蛇躺臥的方向，準備驅趕巨蛇，要回從前所擁有的一切。

「巨蛇看到怒氣沖沖的勇士，心中認為身材短小的勇士不會造成任何傷害，因此，一動也不動地繼續躺在原地，無憂無慮地享受洪水帶來的清涼。當勇士們游到弓箭可以射擊的範圍之後，Lavian[26]指揮大家一字排開，拿出弓箭瞄準巨蛇開始射擊。『咻！咻！咻！』一支支銳利的弓箭像一頭頭凶猛的山豬衝向巨蛇龐大的身軀。

「這時候，奇怪的事情發生了，弓箭碰到滑溜的蛇皮竟像碰到堅硬的石壁一樣；有的滑向遙遠的地方，有的應聲折斷落在水面之上，並且隨著波浪浮浮沉沉、四處遊蕩，完全失去弓箭該有的能力。領袖立刻要求大家集中射擊巨蛇的眼睛，因為眼睛是身體最軟弱的地方，但是，狡猾的巨蛇不慌不忙的把堅厚的眼皮輕輕一閉，弓箭一點辦法都沒有。最後勇士們的攻擊行動惹火了巨蛇，憤怒地張開血盆大口準備吞噬來犯的敵人。

「巨蛇的反擊動作，嚇壞了所有的勇士，領袖覺得不妙，大聲地對著同伴說：『這是惡靈的化身，在他的面前我們的力量渺小如螞蟻，我們沒有戰勝的機會，大家趕快退回巒社大山！』

「勇士們在波濤洶湧的洪水中爭先恐後地逃回山頂，體力不佳或運氣不好的人被巨蛇活生生的吞噬，有的被咬成重傷而淹死。這一次的人蛇大戰讓族人死傷慘重，十分狼狽。

「戰敗之後，不安和恐懼再度籠罩著整個巒社大山，大家一點辦法都沒有。正當大家唉聲嘆氣準備等待死神降臨的時候，忽然傳來悶雷般的聲音：『朋友們，讓我試著解決你們的苦難吧。』

「大家搖晃著頸脖上的頭，尋找聲音的來處，看到石壁旁的 Kakalans[27] 揮舞著銳利的巨螯。大家看著大螃蟹，原本充滿希望的表情立刻凝固成冰霜般的懷疑，因為在大家的心目中，大螃蟹是個非常善良的好人。平常的時候，調皮的孩童喜歡利用牠那凸出的

25 Haputons：心臟。
26 Lavian：軍事領袖。
27 Kakalans：螃蟹。

眼睛邋鍬韆，螃蟹不但不生氣，還會用巨螯接住墜落的小孩子，大螃蟹純潔的個性和孩童的天眞，彷彿來自同一個靈魂。

「『跟邪惡的巨蛇作戰，就像與死神打交道，你知道嗎？』長老好心地對著大螃蟹解釋事情的嚴重性。

「『知道。這個我心裡知道……不過，平常的日子裡，大家都很照顧我，我想報答時刻到了。』螃蟹的聲音依然低沉。

「族人聽了齊聲歡呼，對這位好友能夠在最危急的時刻挺身而出，感到非常感動。

「『有什麼地方需要我們幫忙？』面對如此重大的事件，有些長老還是不放心。

「『我的雙螯堅硬鋒利，身上的力氣足以擊倒十隻大熊，但是我的背部十分脆弱，恐怕禁不起巨蛇那雙大毒牙的攻擊，這讓我十分擔心。』大螃蟹知道自己的弱點，不過這種憂慮卻讓大家束手無策、無言以對。

「這時候一個婦女正在烹煮食物，由於逃難中的環境髒亂又擁擠，她一個不小心就把身邊的 kama[28] 碰倒，落地之後，陶鍋立刻在原地打轉，然後一點一點、緩慢地往低處移動。一路上，許多東西被旋轉的陶鍋撞得破碎不堪，當陶鍋停止轉動之後，奇蹟似地完好如初，安安靜靜地躺在角落。看似平凡的陶鍋經過轉動之後，竟然擁有如此神奇的力量，這種情形讓所有的族人感到十分驚訝。

「充滿智慧的長老突然得到啟示，高興地對大家說：『神奇啊！祖靈的力量已經來到我們的面前。原來每一個東西都是有生命的，我們只要喚醒它們的靈魂，就可以召喚它們塵封千年的偉大力量。』長老走到大螃蟹的面前，繼續說：『我們可以連夜燒出巨大又堅硬的陶鍋，加在你那柔軟的背部，這樣就可以抵抗巨蛇的毒牙。』

「事情決定之後，族人開始運用大量的清水和泥土，準備製造與螃蟹身軀一樣巨大的陶鍋。幾天之後，終於燒出與巨蟹軀體一樣龐大的陶鍋。長老望著被烈火燒得通紅的大陶鍋說：『等到陶鍋冷卻之後，立即套在大螃蟹的身上，讓我們勇敢的好朋友迎戰巨蛇。』

「巨蛇經過勇士們的攻擊之後，脾氣變得非常暴躁，用巨大的身軀在水中不停搖晃，讓洪水掀起陣陣的巨浪，像惡魔般的湧向巒社大山，大山在巨浪的衝擊之下，一寸一寸地陷入水中，情況愈來愈危急，但是剛做好的陶鍋仍然冒著炙熱的透明氣體。

「大螃蟹對族人說：『時間不多了，現在就把陶鍋套在我的背後，我要馬上下水

28 kama：陶製的飯鍋。

作戰。』族人拗不過大螃蟹的要求，數十個族人合力抬起陶鍋放在大螃蟹的背上，『嗤！』的一聲，大螃蟹被燙得口吐白沫，牠頂著滾燙的陶鍋立即下水游向巨蛇的方向。族人一邊看著冒白煙的巨蟹，一邊祈求祖靈的力量能夠幫忙化解這一次的苦難。

「巨蛇被吵雜的水聲驚醒，看到巨蟹迅速的靠近自己，不經思索地張開血盆大口，準備咬死敵人。聰明的大螃蟹立刻沉到水底用鋒利的巨螯不停的攻擊巨蛇的腹部，巨蛇也不甘示弱地從水面上死命地猛咬巨蟹的背部。在陶鍋的保護之下，巨蛇的攻擊沒有造成很大的傷害，只在陶鍋上留下一道道不規則的咬痕。兩個龐然大物激烈的廝殺、搏鬥，讓水花澎拜洶湧、四處飛濺，遮蔽了整個天空，暗了整個大地，陰暗的大地在巨蟹和巨蛇強大力量的對抗之下，不停地搖晃，彷彿美麗的世界即將到此為止。

「最後，巨蛇的腹部被巨蟹咬出許多破洞，肚腸流到水中，巨蛇忍不住腹部的疼痛，一扭一扭地往大海的方向逃竄，所經過的地方被龐大的身軀壓成很深很深的凹痕，沾滿血色的洪水開始順著凹痕流向大海。一段時候，好久不見的陸地慢慢地浮現在族人的眼前，大地影像漸漸地恢復了原來的樣子。」

「孩子們，你們有看過蛇的肚子嗎？」達魯姆望著專心聽故事的孩童。

「現在的蛇的肚子都有一節一節的疤痕，那就是螃蟹咬過之後留下的痕跡。一直到現在，蛇總是一扭一扭的往前爬行，那是因為蛇怕觸動了古老的傷口而引起疼痛。」

「我知道，我抓過蛇，牠們走路都這樣。」年紀稍大的孩子用手掌左右擺動，做出蛇行的樣子。

「巨蛇逃跑的時候，留下彎彎曲曲的凹痕最後變成很深很深的峽谷。聰明的水就順著峽谷輕輕鬆鬆地流向大海。螃蟹經過那次大戰之後，養成了口吐白沫的習慣，背上許多不規則的紋路就是巨蛇咬過的傷痕。你們都知道，螃蟹被火燒烤後，背殼就會變成紅統統的顏色，那是因為螃蟹的背殼是我們用烈火燒得通紅的大陶鍋。」夜深了，達魯姆的語氣顯得有點疲憊。

「我知道，我摸過螃蟹的背部，巨蛇咬過的傷痕清清楚楚印在上面，我也烤過螃蟹，牠的背殼真的會在大火中慢慢的變紅，十分美麗。」一個孩童得意地說著。

「Bahan[29]！Bahan!」許多孩童一邊咒罵，一邊舉手作勢打人。大家不敢相信，竟然有人會將自己的好朋友放入火堆中燒死。

---

29 Bahan：族人的咒罵聲，意旨屁股。

一個名叫Lumah[30]的地方

「烏瑪斯……烏瑪斯……你跑到哪裡？」一個婦人的聲音穿破空氣傳了過來。

「吉娜，我在這裡。」少年從草地上站起來，拍了拍滿手的枯草和碎葉。

「你在那裡幹什麼？不要像Hathan[31]一樣，在山林間到處亂飛，可不可以回家幫忙做事？」

長髮披肩的婦人，雙手沾滿溼答答的白色木灰，臉上的表情好似被繁重的工作壓成一塊僵硬的石板。

「烏瑪斯，勤勞自己的雙手，做個讓人尊敬的男人好不好？不要浪費了長輩煮給你吃的食物。」

「我在觀賞美麗的山林景色。」烏瑪斯指著山林，順便張開手掌學著峽谷的樣子，左右擺動地說：「吉娜，有什麼事？」

「達瑪[32]，正在整理Pagilasana[33]，趕快去幫忙。」

「好的。對了，吉娜，我不是山鳥，我是您的大兒子。」

烏瑪斯說完之後，像隻靈巧的山羌一蹦一跳地跑進茅草屋，留下風中的一臉石板。

部落所有的茅草屋幾乎都是一個樣子，剛學會走路的孩童和醉酒的大人，有時候還會弄不清誰是誰的房子。這裡的房子若要強行區分的話，就只能以大小來分別。族人的茅草屋都選擇在半山腰的坡地之上，族人先將較高部分的土石向內挖取，再將土石填滿於較低的坡地，形成一塊人工的小平地，住屋面向視野寬闊的峽谷，後方及側面緊靠著人工開挖所形成的土壁。住屋「居高臨下」的樣子，讓烏瑪斯非常喜歡，因為這種態勢可以清楚看見任何想靠近住屋的人和動物，包括前來拜訪的族親以及居心不良的毒蛇、猛獸。茅草屋大都以就地取材的方式建築；四面的牆壁選用扁平的石片，以精準的技巧堆砌而成，屋頂使用大量的茅草鋪設而成，柱子和屋梁分別以粗細適中的原木來架設。

烏瑪斯進入長方形的家族住屋，結實縝密的竹牆將屋內的空間，分成三大部分，兩側各有一間臥房，屬於父母及成年之夫婦居住的臥室，因為他們擁有勇士的技巧和強大

---

30 Lumah：住屋或出生地。

31 Hathan：山鳥。

32 達瑪：父親。

33 Pagilasana：儲存食糧的穀倉。

的Hanido[34]力量，可以護衛家族成員的生命安全。正中央是平坦的客廳，也是全家人共同的生活空間。左右兩端延伸出細長的走廊，底端各設有傳統的爐灶。左邊用來烹煮人吃的食物；右邊烹煮牲畜的食物，禁止混雜使用。左邊的爐火，終年不得熄滅，那是觸犯Samo[35]的行為，會招來惡靈的詛咒，讓族人的生命財產受到嚴重的傷害。後方最接近外圍土牆的地方則是儲存食物的米倉，與地面之間，擺設了一床低矮的大通鋪；那是留給遠方親戚或朋友暫時居住的地方。

不知道自己多小的時候，住在太陽回家方向的親戚，因為他們的行為觸犯了傳統禁忌，導致耕地上的農作物無法收成，獵場上連個動物的糞便都沒有，整個家族陷入毀滅的危機。為了全家大小的生存，他們低著頭前來尋求幫忙。

達魯姆看到孩童們皮膚發青，肚子鼓脹得好似女人懷孕，心中感到十分不忍，立即將穀倉下方的大通鋪作為他們的安身之地，並且邀請他們加入家族的農耕和狩獵團隊。雖然他們臉上充滿著對災難的恐慌，不過人多帶來的熱鬧經常營造出許多快樂的氣氛。其實，烏瑪斯心裡還眞的喜歡那一段擁擠的歲月。

米倉內，巴尼頓緊閉著嘴脣，專心補修穀倉邊緣的竹圍欄。漫長歲月的破壞讓竹圍欄歪歪斜斜、破破爛爛，他希望能幫助竹圍欄恢復當初的能力，讓小米安穩的生活在穀倉上而不致摔落地上；因為不尊重食物不但會遭到神靈的詛咒，也會讓食物覺得不受珍惜而離家出走。

巴尼頓彎著脊背勞動，赤裸的腰身往上拱著，好像拉滿的黑弓，油黑油黑的，上邊落下幾隻小蟲子，也看不出來。身體突然來個大晃動的時候，小蟲子才驚慌地飛起來，繞了一繞又落在弓背上，再度融成同一顏色。

「達瑪，我可以幫什麼嗎？」

烏瑪斯蹲在巴尼頓的旁邊，小手不經意地碰觸赤裸的背部，卻弄得一手汗水。

「吉娜在忙什麼？」

達瑪編織竹圍欄的技巧十分純熟，雙手的動作像流水般流暢，全身的肌肉跟著舞動起來。

「她在庭院忙著用木灰讓家人的衣服重新美麗起來。」

---

34 Hanido：生命精靈。族人相信每一種存在的東西都有屬於自己的精靈，精靈的力量則決定生命力的強弱。

35 Samo：禁忌。做某些事的過程中，禁止的特定行為或態度。

吉娜是個聰穎靈巧的女人，從小到大跟著自己男人的家族，從這一山頭翻越到另一個山頭，不斷遷移的經驗，吉娜早已學會在山林生存的所有技巧。為了讓家人擁有乾淨、舒適的衣服，吉娜經常從山上背負許多的 Tulpus[36]，並且燒成灰燼，然後小心翼翼地存放起來，因為用櫸木燒成的灰燼加上乾淨的泉水，會讓衣服顯得乾淨又美麗，彷彿蝴蝶一身的色彩。

達瑪和吉娜像極了地上的 Haluwa[37]，整日不停地移動，不停地工作。當太陽帶著惺忪的眼神來到山林的時候，他們早已用著銳利的眼神盯著眼前的工作，大小不一的汗水不停的在額頭上流竄。當月亮取代太陽統治山林的時候，屬於白天的工作都在父母勤勞的雙手之中，十分完美地跟著黑夜消失。他們之間似乎擁有一股別人無法體會的神祕力量，所有冗雜、繁複的事情在這股神祕力量的牽引之下，都會自然而然、有條有序的被分工、被完成。部落的老人說，讓兩個男女共同生活叫做 Mapadangie[38]。或許男人和女人一起生活之後，經常會把什麼隱祕的東西加在一起或放在一起，然後產生一股相互扶持的神祕力量。烏瑪斯想著。

過去數不清的深夜裡，大家都躺在通鋪上尋找屬於自己的夢境，烏瑪斯經常察覺到，通鋪角落的父母有時候會顯得焦躁不安、無法成眠；或許工作勞累，或許擔心未來的日子。烏瑪斯除了尊敬和感恩之外，心靈總會浮現出難以承受的不忍。不過今天想到Mapadangi這句話，一個想法在心中一閃即逝，讓全身熱了起來。

「巴尼頓，工作做完之後，你帶烏瑪斯到溪澗取泉水好不好？太陽已經累歪在山脈上了，我要煮飯給大家吃。」瑪拉絲踩著忙碌的步伐走進來。

「再眨一次眼瞼就做好了。烏瑪斯，你到倉庫先把裝水用的Muusulan[39]拿出來。」巴尼頓一邊搖晃竹圍欄堅固的程度，一邊說著。

「瑪拉絲，我們的小兒子舒巴里在哪裡？怎麼沒有聽到他的哭鬧聲。」巴尼頓擦著身上的汗水，關心地問著自己的女人。

「他在床上睡覺。你們趕快去取水吧，舒巴里由我來照顧。」瑪拉絲轉身離開米倉，步伐依然忙碌。

---

36 Tulpus：臺灣櫸木。
37 Haluwa：螞蟻。
38 Mapadangie：加在一起或放在一起，這裡指結婚。
39 Muusulan：汲水用的竹水桶。

烏瑪斯在倉庫的角落，將八個長竹筒分別裝入兩個 Palangani[40]。汲水用的竹水筒是由粗大的 Batakane[41] 將內部挖空，留下底層的竹節，是個簡單又好用的長形容水器。

烏瑪斯跟著達瑪的腳步，進入陰暗的山林小徑。身邊的樹木緊密的站在邊坡之上，有些樹木散發著巨大高聳的驕傲，蔚藍的天空在樹葉間的裂縫中，一小塊、一小塊的出現。山壁垂掛著數不清的小溪澗，乾淨的溪水發出淙淙的水聲，或輪流、或重疊的在山谷間響起，聽起來，就像族人在祭典儀式中所吟唱的 Pasibubute[42]。

「裝滿水的竹筒非常重，你可以背幾個？」

巴尼頓選擇水質清淨、流量充沛的小溪澗，用肥厚的山芋葉將山泉水引入長竹筒。

「達瑪，您能背幾個，我就背幾個。」

烏瑪斯似乎對自己身上擁有的力量充滿信心。

巴尼頓斜著眼看了看年輕的兒子，心中不經意的浮現出毫無惡意的藐視，他輕輕地搖著頭，臉上現出一道古怪的笑容。烏瑪斯似乎對達瑪的表情毫無興趣，逕自爬到溪澗旁的大石塊上，眼睛毫無目的的四處優游。身邊的山林十分幽靜，茂密翠綠的樹林，使得這裡的土地常年陰涼潮溼，他相信這樣美麗的地方，肯定引來眾多的山鳥在樹林裡歌唱，許多的動物順著坡地的起伏追逐嬉戲；奔馳所形成的氣流，必定會讓成群飛舞的蝴蝶在亂流中跌跌撞撞，讓林間現出一團團錯亂的彩色精靈。附近的邊坡上，許多還沒有被族人命名的野花，正應用著屬於自己的顏色，在每一個角落爭相彩繪著大地。

「嘎！嘎！嘎！」一聲聲高亢、清脆的鳥鳴聲從角落的深處響起。

烏瑪斯循著聲音的方向望去，發現月桃叢下，一隻胸前彷彿穿著紅色布條的栗背林鴝，在布滿青苔的石堆上不停地跳躍，焦急的聲音和鼓起的身體，似乎對人類的來臨並不友善，附近的小樹叢跟著傳出小鳥逃竄的驚叫聲，巨樹的頂端也傳出大型山鳥振翅飛翔的沉重拍擊聲，原本幽靜的山林似乎在栗背林鴝的憤怒中騷動起來。

「烏瑪斯，你到附近摘一些較大的葉子把竹筒塞緊，我們回家吧。」

巴尼頓看見栗背林鴝依然在附近不停地跳躍，而且愈跳愈近，凶狠的樣子就像驅趕敵人的戰士。

---

40 Palangani：背簍。族人搬運物品的工具。

41 Batakane：桂竹。

42 Pasibubute：祈求小米豐收歌。布農族人獨有的多音性音樂。

「這隻小鳥是不是自認為是山林的主人，把我們看成偷水賊。」烏瑪斯走向山芋叢，然後故意使力地扯下又大又肥的山芋葉，強大的晃動力嚇得栗背林鴝四處逃竄，消失在山林的幽暗處。

「走吧。烏瑪斯，要不要我幫你把背簍放在背上。」

背簍放了三個盛滿水的竹筒，巴尼頓擔心這樣的重量會讓兒子承受不住。長輩們都有著相同的心理，總會懷疑後輩們應付生活的能力，這種心態讓許多年輕人感到非常氣餒；烏瑪斯就是其中一個。

「不用。我可以一路背回家都不休息，達瑪，您甚至可以把一個竹水筒讓給我。」

烏瑪斯抗議似地指著巴尼頓的背簍；背簍中裝了五個長竹筒，顯得十分臃腫。

太陽帶著疲憊的身軀累歪在山巒的凹處。許多不知名的山鳥貼著夕陽飛行，讓人看不清飛回窩巢的路線。柔和的夕陽用盡最後的力量，將每一座山巒抹上金黃的顏色，金黃的天地讓人覺得很不實際，彷彿自己跌入了一個虛幻的世界。

「烏瑪斯，你的呼達斯回來了嗎？現在請他到客廳一起吃飯。」瑪拉絲兩手捧著盛滿小米飯的陶鍋走向客廳，為了忍住雙手傳來的燒燙，瑪拉絲的臉扭成了一團。巴尼頓將圓形的Tanpu[43]擺在空地上，讓陶鍋的圓錐形底部，安穩地落在藤圈的中央。

烏瑪斯看到客廳的空地上除了小米飯之外，旁邊還擺著一鍋由Sanlay-hudu[44]、Samahs[45]、Duduk[46]和Hulidan[47]合煮的雜湯，另一邊的扁平木盤裝著燙過的Talum[48]，為了增加鹹味，上面撒滿厚厚的Hasbitath[49]。不是祭拜神靈的日子，族人很少在食物上花費心思，千百年的簡單生活一直被大家所遵循。如果哪一天，大人在山林中無意間發現蜂蜜、甘蔗或汁液甜美的野果，對孩童而言，那就是運氣最好的一天了。

「聽到我的呼喚的人，全部到客廳來吃飯。」每一次要吃飯的時候，瑪拉絲習慣性地大喊一次。

---

43 Tanpu：黃騰編成的圓形器具。

44 Sanlay-hudu：野菜的名稱。

45 Samahs：俗名鵝菜。

46 Duduk：生薑。

47 Hulidan：樹豆。

48 Talum：箭竹筍。

49 Hasbitath：鹽膚木的果實，帶有鹹味，猶如鹽巴。

巴尼頓的弟弟霍松和他的女人哈娜姑帶著三個孩子，像一群大小不一的螞蟻前後有序的進入客廳。最後達魯姆牽著剛學會走路的舒巴里，歪歪斜斜地走過來，原本寬闊的客廳被家人擠得小了許多。瑪拉絲將小兒子拉到身邊，好讓老人家能夠安心吃飯，全家族圍住地上的陶鍋，就等老人家帶領大家先吃上第一口飯，大家才可以用手上的Taku[50]，填飽自己的肚子。

「小米大過天。」這是流傳很久的布農諺語。諺語產生的力量讓大家面對食物的時候，都能心存感恩和尊敬的態度。

祖先流傳下來的各種諺語和傳說非常多，年紀大的族人都會以精準的記憶力和優雅的口才傳述給下一代，並教導他們以宗教信仰的態度來遵守，雖然族人從不為諺語和傳說舉行任何形式的祭典，也不曾為它們建立任何圖騰，但是在族人的心目中，諺語和傳說所包含的道德理念，已經與眾神靈居於同等重要的地位，成為族人重要的生活規範。

為了讓後代子孫也能以感恩和尊敬的心靈對待豢養族人生命的食物，食用小米飯的時候，祖先以諺語和歷史傳說為依據，規定了許多的飲食禁忌。例如：食用小米飯的時候，禁止大聲說話和用木匙敲打陶鍋，因為這種行為好似慶祝小米被大火烹煮所受的苦難，這會讓小米的心裡很不是滋味；個人的木匙禁止與他人的木匙相互碰撞，這是搶食的貪婪行為，況且木匙發出的獨特聲響也會引來惡靈的詛咒。許多輕浮、嬉鬧的行為往往引起大人的憤怒，甚至用湯匙敲打觸犯禁忌的人。因為這樣的行為會讓以後的米飯煮不熟，神靈因人類不尊重食物而遠離耕地，讓耕地上的農作物受到惡靈及害鳥的侵害，無法成長。從此之後，孩童們因飢餓而日夜不停地哭泣，大人在飢餓中失去了精靈力量，被病魔輕易擊倒。

年幼的舒巴里一邊接受瑪拉絲的餵食，一邊好奇的四處張望。好動的結果讓他的嘴角掛滿了許多的小米粒，瑪拉絲看到這種情形，立刻用手將米飯掃入兒子的口中，掃不進的就塞進自己的嘴中，深怕米飯掉落地上引起老人的不悅。蹲在外圍的獵犬則趁著舒巴里轉頭張望的時候，用大舌頭舔走掛在嘴角的米飯。烏瑪斯立刻伸手推開自己心愛的獵犬，深怕大人會將獵犬打傷。不過他的擔心是多餘的，大人看到獵犬的舉動，除了皺了皺眉頭之外，繼續低頭吃飯，彷彿什麼事情都沒有發生。或許大人的心中認為獵犬也該吃飯了，何況牠還阻止米飯從孩童的臉上掉落地面，不讓孩童觸犯飲食禁忌。

---

50 Taku：木匙。

部落的獵犬是幸福的。烏瑪斯很少看到獵犬無緣無故的受到族人的毆打和謾罵，大家都把牠視為最親密的親人，部落的獵犬一向活得很有尊嚴。

因為族人都相信，那則古老的傳說確實曾經發生在布農族的部落：

在一個遙遠又陌生的地方，一個族群頭目的女兒得了一種怪病，全身的皮膚又紅又腫，讓她日夜哀號，不能停止。為了化解女兒的苦難，頭目宣布一道命令，什麼人能夠治好這種怪病，就把女兒嫁給他。一隻公狗得知消息之後，表示自己可以治好這種怪病。毫無辦法之下，頭目只好讓公狗試看看。公狗不停用舌頭在腫痛的部位舔舐，最後女兒的怪病奇蹟似地好了起來。但是頭目認為公狗不是人類，心中開始反悔，捏造出許多奇奇怪怪的理由來阻擋這門親事，最後頭目並沒有把女兒許配給牠。憤怒的公狗變成人形之後，帶著公主穿越大海來到一個美麗的島嶼，他們開始在那兒居住、耕作、繁衍。他們的子孫即是後來自稱「布農」的民族。

因為這個傳說，讓布農族人對狗特別尊重並加以保護，即使狗死了，也要以親人的儀式正式埋葬。

平常獵犬喜歡舔舐族人手腳上的傷口和爛瘡，或許是牠依然記得自己擁有一股無人能及的能力吧！

達魯姆從陶鍋挖出一匙米飯時，十分謹慎，並且將另一隻手放在下方，防止某些調皮的小米飯掉落地上。不過他也忙著觀察家人進食的情形，在適當的時機會將菜餚推向動作比較慢的家人，希望全家大小都能夠吃得飽。

達魯姆是個令人尊敬的老人。山林中的生活，並沒有想像中的容易。經常會遇到讓人無法應付的難題，讓大家感到十分痛苦。但是他總有辦法解決所有的難題，不管問題是多麼地複雜、多麼地嚴重。加上天生睿智、善良的本性，讓他受到了全體族人的信任。

最早的當初，蟠踞在巒大山的Take-Banuao[51]，人口愈來愈多，耕地和獵場已經不能養育龐大的族群，社群領袖開始允許能力強大的勇士，帶領自己的家人外出尋找新天地。

達魯姆可以說是巒社群支族Husluman的年輕族長。新的機會展現在大家面前的時候，幾十位與達魯姆年齡相近的族人，興奮的與達魯姆商討出外開創新天地的各種計

51 Take-Banuao：巒社群。布農族六大社群之一。

畫。下定決心之後，他們象徵性地把石板屋前的石柱拆除，表示將祖屋讓給埋在屋內的先人[52]。在啟程之前，除了接受原鄉族人的祝福之外，達魯姆和遠離故鄉的族親宰殺了一隻健康又美麗的大公雞，祭拜無所不在的祖靈。他們相信這樣做可以得到祖靈的力量，步上平安的旅程。最後一行人背起簡單的生活必需品，帶著家人跟隨達魯姆的腳步，向命運無法預知的遠方前進。

達魯姆一群人並沒有確定的路線，他們把目的地託給萬能的天神，因為達魯姆相信：人的生命是卑微的，這樣卑微的生命根本無法按照自己的意思，獨立於大地之上，唯一的機會就是依靠天神的領導與憐憫，才能實現自己的夢想。

旅途中的每一個夜晚，一群人在陌生的地方休息過夜的時候，達魯姆總會叮嚀大家，一定要記得自己所作的夢，因為所有的夢都是天神給大家的啟示，他可以從大家的夢境之中，得知天神的心意以及判斷漂泊、尋覓的歲月還要多久？對遠離故鄉的人而言，這是非常重要的儀式，沒有神靈的允許，大家將在尋尋覓覓之中耗掉所有的青春，當初的夢想都將落空，過著沒有未來的日子，直到與死神為鄰。

又到了一個陌生的地方，大家決定就地過夜，養足精神準備迎接明天的新旅程。那天晚上，達魯姆夢見眼前的大地，宛如穿上了輕輕柔柔的透明紅布。樹林、山巒、岩石、河流以及眼睛能看到的所有風貌，神奇一般地透著紅色的光芒，這種異象讓他驚慌的四處逃竄，卻沒有成功，因為不管逃到任何角落，紅色的光芒早已等著他的到來。

達魯姆憤怒地喊著：「到底發生了什麼事？為什麼要這樣對待我？」山林一片沉寂，彷彿紅色就是大地千百年前的顏色。這是什麼地方？達魯姆更加強悍、毫無懼色。一陣沉默之後，突然響起一種必須由心靈才能聽到的聲音：「Madanhasan[53]！就像你的眼睛所看見的。」

第二天，達魯姆將怪異的夢告訴跟隨的族人，大家你一句、我一句搶著發表自己的意見。有人認為紅色是「流血之地」，是凶惡的地方，不是天神的本意，應該儘速遠離；有人則認為紅色是「勇士之地」，因為只有勇士才能佩戴紅色的頭飾。

達魯姆皺著眉頭，默默地看著疲憊的族人，想起這些日子的艱苦旅途，攜帶的小米和乾菜所剩不多，雖然一路上大家依靠祖靈的運氣捕捉了幾隻猴子和山羌，但是這樣的

---

52 布農族人是實行家葬的民族。

53 Madanhasan：紅色的地方。

食物是無法換回長途跋涉所失去的體力，有些婦女的腳板早已浮腫、變形，腳上的血管像古老的蔓藤攀爬在消瘦的腿上。可憐的孩童肚子餓得乾乾扁扁，兩眼目光無神、渙散，每一個人的身上都散發出疲憊不堪的臭味。

看了這種情形，達魯姆毫不猶豫地告訴族人，這裡就是勇士之地。眼前的山林就是天神賜給我們的新天地。他叫族人砍掉濃密的樹林，在山坡地上清出平坦、乾淨的土地，開始建立屬於自己的家園。當大家在庭院前興奮地看著新建的住屋時，達魯姆才清楚知道，跟隨的族人總共有七個家庭、五十六個大小族親。

新天地是坐落在山巒高處的青蒼和近景的嫩綠交融相接且陽光充足的和緩斜坡之上。因此年長的人按著獨特的地形相貌，替新部落取了一個名字，叫做 I-pahu，意思就是「掛在山坡上」的地方。這裡的楓樹出奇地多，大小不一的楓樹林遍布每個角落，彷彿這裡就是楓樹最初的原鄉。楓樹變紅的季節，山坡上的楓樹林在夕陽的照射之下，迸出許多不知名的紅色精靈，在茅草屋之間追逐嬉戲，從這一間茅草屋跳到另一間茅草屋，讓人分辨不出這些跳躍的精靈是楓葉的紅？還是夕陽的紅？後來其他部落的族人，驚訝於這樣的景觀，就稱呼這個地方為「紅色的地方」。

剛到 I-pahu 的初期，達魯姆和妻子塔妮芙，各憑著一身的經驗和記憶，教導族人種植農作物和養育孩童及動物。為了能在陌生的環境中活下去，他們與每個族人合作無間，甚至帶頭從事最粗重的工作。達魯姆也是最公正、最有智慧的領袖，他安排各家族建屋的位置，讓每棟住屋都能平均享受溫暖的陽光和清涼的山風，連每家去溪澗取水所花的路程和力氣，幾乎差不了多少。

塔妮芙尚未回到 Maiasan[54] 的時候，是個靈巧、謹慎的女人。她和達魯姆的情愛，是以純潔的良心來維繫的，這使得他們的婚姻猶如巨大的山脈，內斂、沉穩且永恆。

塔妮芙經常跟著達魯姆一起勞動，她的工作能力讓人覺得男人和女人似乎沒有什麼分別。她的一生充滿勇氣，做任何事情總是勇往直前，毫不退縮，每當面對最艱苦的情況，喜歡以歌聲來征服心中的憂慮，悠揚的歌聲讓人覺得她總是無所不在。從天亮到天黑，她穿著自己用 Liv[55] 親手編織的衣飾，四處勞動，硬邦邦的苧麻布長裙經常發出細微的「沙、沙」聲，尤其大家忙翻天的時候，長裙發出的響聲更為清晰、更為急促。

54 Maiasan：祖靈永久居住地。族人死後最後的歸宿。
55 Liv：臺灣苧麻。

當塔妮芙回到祖靈永久居住地的時候，達魯姆領導族人的精神一夜之間消失了，起而代之的是永無止盡的沉默。達魯姆從整潔而富有活力的人，變成一個心靈頹廢、衣衫不整、外表亂七八糟的老男人，家人的擔憂和關心似乎與他沒有關係，或者他心中認為自己已經跟著妻子離開了這個新天地。跟隨的族人十分慌恐，他們認為達魯姆的能力已經到了盡頭，無法駕馭新天地的眾多精靈，他是惡靈詛咒下的犧牲者；有些人甚至起了返回戀大山的念頭。

記得太陽最大、最熱的季節，烏瑪斯已經過過了六次的小米收穫祭，他一生都忘不了那個傍晚，達魯姆一如往日坐在窗口旁發呆，從屋外而來的斜陽，射在蒼老、僵硬的臉龐上，映出了悲傷最深沉的影子，這道影子讓家族所有的成員跌入一個沒有太陽的世界。直到有一天，達魯姆看到一地陽光的庭院裡，一個赤腳的孩子嚎啕大哭地抱著淌血的膝蓋，這種景象驚訝了自己的靈魂，讓他想起了童年的歲月，所有的記憶開始在自己的心中活躍起來。

一個年輕的婦女穿著與妻子相同的裙子，拖著「沙、沙、沙、沙」的響聲，急急忙忙的趕到孩童的身邊，抱著孩童一起哭泣。達魯姆此刻才驚覺到家人一直在自己的身邊活著。當孩童躺在婦女懷中停止哭泣的時候，他的心中燃起一股堅定的信念：從今以後的下半輩子，他要盡一切的力量守護家人和眼前的新天地。他帶著專注的神情望著庭院的一切，心中浮現出與妻子共同生活的甜蜜時光。數不清的歲月，兩人曾經快樂地攜手度過。每一個到來的日子，布滿著一道道充滿希望的朝陽以及帶著傻笑隱沒山脈的夕陽，還有……還有……許許多多……直到他的眼睛潤溼，才用手背擦乾眼角的淚水，聽天由命般地長嘆了一口氣，然後移動身軀，走到光亮的屋外。

達魯姆的長子巴尼頓已經養育兩個孩子，可以單獨耕作及帶領部落獵團入山狩獵，臉型方正，身體高壯，吃苦耐勞的性格來自歷代祖先的遺傳。次子霍松養育四個孩子，個性溫和沉默，工作的熱情源源不斷。原本還有兩個令人不得不疼愛的女兒，可惜在巒大山生活的時候，她們陸續死在病魔的手中，雖然達魯姆曾經用盡所有可能的方法，卻無法抗拒環境的蹂躪和命運的撥弄。

入夜的山林沒有一點動靜，沒有一點聲音，一切都浸在深沉寂靜的睡鄉裡，如此的寂靜讓烏瑪斯都不相信大自然能夠這樣的安靜。潔淨的月光像厚厚的Pusur[56]撫蓋著冷

56 Pusur：苧麻編織而成的蓋被，即麻被。

冷的山林，讓大地散發著乾淨的銀色光芒。

晚來的山風順著山脈的形狀起伏飄蕩，並且調皮的把月亮一點一點的吹向另一邊的山巒，大樹下數不清的碎光，跟著風的方向不停的四處舞動，彷彿是螢火蟲們正忙著舉行屬於牠們的祭典。

月光順著住屋的縫隙閃進來，床上的烏瑪斯用手撥弄一束束的月光，月光文風不動，只在胸前映出黑色的手影。

「明天一定是屬於太陽的日子。」烏瑪斯躺在床上睜著疲憊的雙眼，勉強望著窗戶外的小天空。

拓拔斯・塔瑪匹瑪

〈夕陽蟬〉（一九八七）
〈馬難明白了〉（一九八七）

Topas Tamapima，田雅各，一九六〇年生，南投縣信義鄉人和村人倫部落（Landun）布農族。祖父為部落頭目，父親為牧師，他則是行醫原鄉的筆耕者。

他的小說在八〇年代出現時，有別於漢人作家，其語調、節奏與摹寫都帶有濃厚的布農族氣息，時常見載於報章，是臺灣最早嶄露頭角的原住民小說家。拓拔斯的作品富有溫厚的人道精神，流露在字裡行間戲而不謔的布農族式幽默，也常讓人笑中帶淚、淚中帶痛，傳達對原鄉現況、族群認同的觀察思索及對都市族人、女性的真摯關懷。少時他參加阿米巴詩社，以同名小說榮獲南杏文學獎第二名，並以《最後的獵人》榮獲吳濁流文學獎；赴蘭嶼衛生所任職後，拓拔斯寫出《蘭嶼行醫記》；之後服務於省立花蓮醫院、高雄縣那瑪夏鄉、桃源鄉、臺東縣長濱鄉衛生所，現回部落開設「人和診所」，持續行醫。著有《最後的獵人》、《情人與妓女》、《蘭嶼行醫記》等書。

夕陽蟬

「媽，我出去一下。」

金谷打開抽屜拿出一包袋子，裡面裝著兩枝原子筆和一疊厚厚的稿紙，前幾頁被磨黃但裡面沒有一個字兒。暑假他回來，一心想成為作家，小時候他曾寫一篇有關地瓜的文章，得到九十八分的讚美，從此他自信頭腦與眾不同，他的母親也常對他說，金谷的聰明伶俐是毫無疑問，他是天才。他穿上媽媽的拖鞋，白色短褲，做他例行的遊玩。

金谷緩緩越過庭院，打開竹籬笆的板門，他家的獵狗想跟去，趁金谷還沒關上由門縫裡鑽出來，他向來不喜歡帶獵狗出來，因為他無法忍受邊走邊拉屎的狗性，欣賞鳥獸時，牠會無理地嚇跑牠們。他抱起狗，丟進庭院裡，牠吠個不停吵著要出去，好像臭罵金谷的自私與無情。他快步離開，擺脫獵狗的糾纏。

金谷穿過教堂前的廣場，這棟白色教堂矗立在部落的中心位置，它是部落裡最昂貴的建築物，三層樓高，從教堂的鐘樓可以鳥瞰整個部落，就算是在樹林裡躲藏的木屋，十字的霓虹燈也可以照射得到它們的屋頂，教堂一直是族人活動的中心，而高掛國旗的辦公廳則不甚起眼，冷冷地座落教堂邊。

走經部落唯一的大道，它貫穿村頭到巷尾，坡度很斜。三個頑皮的小孩正搬運滑板走上來，遇到金谷，他們害臊地問：

「戴眼鏡的，你是誰？要去哪裡？」也許因為他們國語講不清楚，他們感到有些困窘。

金谷要回答時，他們卻笑著跑走了，他搖搖頭，看著他們跑上坡時吃力的小腿。穿過起伏不一的小巷，走到小石路來，小路沿著水溝伸到水源地。水清澈而且速度比河水快，他邊走邊看水流的方向，期待水中漂流一些好東西，沒多久他感到頭暈。他停下來看打在水閘的水花。忽起忽落，永恆不變，如果生命如此多好！他已經好幾週在此思考這個問題，想到這裡得到生活的啟示，但手上的筆沒有一次在此動過。

他繼續隨著河床逆水而上，卸下不合腳的拖鞋，留在一塊大石頭上，以小石頭壓著，這是布農族的習慣，墊上小石頭的東西，表示它有了主人他在亂石與細砂上亂闖，像小孩不怕皮破般活躍，他走近水道較寬廣的地方，河水變得很薄，可以清晰看到小魚拚命往上游，有些魚翻起雪白的肚皮，隨河水漂流。虎視眈眈的紅尾蝦，架起比它體長一倍的手臂，在石縫裡探索。他害怕捉蝦，以前他常來河裡捉蝦，曾經有次被紅尾蝦夾到拇指的傷口，他永遠忘不了那可憐的景象，他哭著回家。

兩邊山谷流出來的河水在此會合，水聲愈來愈響，形成一個橢圓深水窟，水底深藍像個湖，水面飄著幾片樹葉，跟著漩渦打轉。他曾在這裡消磨多年的假期，游泳和捉魚摸蝦，潛水欣賞魚的生活，最令他感到驚奇難忘的事，是魚鱗受透進水裡的陽光照射，忽暗忽亮地閃動，像旋轉的鑽石使他產生野心。有次為了要捉一隻鮮豔的彩色魚，折騰到黃昏，他媽媽氣憤地帶竹條找來，打得他痛哭流涕。想到此，他笑笑，注視著埋藏回憶的水窟。

河床兩岸是平緩的山坡，原始相思樹緊密排列，摻雜一些喬木，每棵樹幹粗大，葉子深綠細長，枝條繁密，風在樹幹間隙柔和地流竄，造成一片沒有溼氣的樹蔭。底下長滿零亂的蒲公英和一片繁殖力極強的白茅。放大眼睛可以眺望整個部落。金谷雙手環繞兩個小腿坐著，下顎緊貼在膝蓋，望著田裡的農夫熟練地插秧。

梯田的水面，像一面巨大鏡子，農夫站在水田裡反映出迷人的景色。

樹林很靜，除了幾隻弄大嗓子的蟬叫聲，它們慵懶地叫，有的已經變了調，甚至叫不出來，但仍然有規律地敲擊樹枝，好像企圖於黃昏之前耗盡聲音與生命。淡淡的夏風吹得樹葉互相磨擦，發出令人昏睡的聲響，他伸張兩臂，把兩腿擺在最輕鬆的位置，躺著欣賞樹林，漸漸感覺自己漂流在遙遠的地方。

空氣慢慢轉涼，金谷打個噴嚏，揉揉鬆弛的瞳孔，他戴上眼鏡，此時午蟬已經停止鳴叫，模糊的山風滯留山坡上，樹林沒有因而安靜，接著不同音調不同音色的蟲鳴，頻率較高而且急促，好像催促貪戀異鄉晚歸的頑童趕快回家，又好像牠們因錯過了一天，所以不停地叫。金谷趕忙起身，不小心搖動一棵小樹，驚動樹上一隻夕陽蟬，蟬聲突然停住。金谷收回跨出的右腳，不願讓夕陽蟬飛離辛苦找著的安適家園，但牠依然不聲不響地飛走。金谷心裡感到歉疚，自己並不是有意破壞牠的寧靜，牠原是緊緊抱住相思樹的樹幹，不該因小小的驚嚇就拋棄他辛苦找到的安全園地。更何況沒有任何情況威脅牠的生命。金谷正尋求夕陽蟬為何易受驚嚇的原因，有個黑影急促掠過他頭頂上方，然後緊貼在夕陽蟬先前飛離的那枝樹，他尚未看清是否牠就是剛飛走的夕陽蟬，蟬聲漸漸由低變高，音調由顫抖而穩健，奏成高且緩慢的樂章。再聽見牠的聲音，且飛回自己的家園，金谷心中高興，然而暗自猜想，牠是否發現沒有比自己的園地更安全更寧靜的地方，或是牠又到處受到威脅。金谷發現整個部落已不再受陽光照射，兩腿連跑帶跳衝回部落。

金谷由夢中醒來，右臉特別紅潤，浮現床單的痕跡，金谷匆匆收拾被踢到床下的棉被，揉揉鬆弛的眼球，直到看清楚已經是下午四點，他戴上眼鏡，坐到軟軟的沙發椅上，抽一支兒子由美國寄來的香菸，在睡意猶存之下懶懶地吐煙圈，他為剛剛出現的夢境感到納悶，好像有一圈解不開的結，他抽完一根菸，把最後一個煙圈用力吹散，伸展兩臂，起身進行每日該做的事。

這天是第二個星期日，他開始在三十坪大的屋裡踏步，盡量放鬆步伐，這是他養身的方式，並且打開電視，邊走邊收看電視新聞的報導。又是慘不忍睹的姦殺案，又是一件令人不願再聽的小學生耍弄槍刀，談了五十年至今還是熱門話題——保護地球的生命。又是……，他聽煩了也走累了。停下來逗逗兩隻小麻雀和三隻小田鼠，在這島上牠們的種族瀕臨絕種，因此金谷特別照顧牠們，倒一杯蛋白精粉和澱粉液，而後撫弄田鼠金黃色的背毛，田鼠吃飽後，瞳孔漸漸放大，眼皮也開始滑落。於是金谷走到窗邊的小水池，倒放一些魚餌給金魚，牠們似乎不被魚餌吸引，拚命往冒氣泡的充氣管衝撞，金谷發現魚兒不被魚餌餐所誘，只管往氣泡游，他頓時想到剛剛夢裡的魚是往水源街，和水族館金魚的景象似乎相同。金谷收下魚飼料，坐回沙發靜靜地回想。

下午五點半，金谷不再繼續每日同樣的工作，想了許多日子，下了幾次不很確定的決心，現在他終下定決心要回到山上，做他想做的事，重溫孩童時所擁有的喜樂。於是拿起電話。於是拿起電話，撥給在省府上班的朋友。

「喂，我是金谷，對不起，請問是高公館嗎？惠蓉有沒有在家？」

「我就是，請問貴姓？」

「我是金谷，請教妳一些問題，最近幾天我想……我想重新歸化山地籍，你們山地課會不會刁難？」

「當然不會，但是自從西元一九九〇年以後，有關當局為了提升山地人的社會地位，規定要是遠離山地保留區，更改戶籍，以及自願放棄山地人的身分，這樣就可以和都市人共同生存，我想那時你應該二十出頭，一定知道這回事，五年之後，他們山地人的人口總數只剩一萬五千多人，所以有關當局把省府唯一的山地課取消，編入我們山地農務局，一方面管理山地的森林財物，並且輔導進步緩慢的山地人……」

「我不管它有多落後！現在我只想到山上看看自己的故鄉，到底要辦什麼手續？」

「有關當局早已明定既然歸化平地籍，就不能再享有特別保護與優待，我們山地農務局就是怕有些人好吃懶做，或不求進步的人，而故意加入山地籍取得生活救濟金，所以如果你要回到自己的族籍，就永遠翻不了身，也無法自由出入城市，你最好詳細考慮再做決定。」

金谷面色突然改變，臉上浮現著苦悶的氣色，他急著想回到曾經養育他九年的土地，回家鄉呼吸不會忘記的草香味。他小聲地向電話另一端道謝，而後放下電話，全身倚靠著沙發椅，像患蒙古痴呆症似地眼珠盯著電話。

幾乎過了半小時，他又走回電話桌前再次撥給高惠蓉。

「喂，再打擾妳，明天一大早我會親自到農務局，希望妳幫我整理文件，謝謝妳，再見。」

第二天金谷來到農務局，在卡片上填寫履歷表，然後輸入電腦，不到半分鐘，允許他申請入山地籍的答案呈現在表格裡，於是他繼續走向高惠蓉的桌前。

「喲！金谷你早，你眞下定決定了嗎？」

「妳好，我的文件齊全了嗎？」

「好了，但需要最後的約談，等一下你到A室找林主任。」

金谷走向貼滿梅花樣式的磁磚走道，走近門前兩公尺，電動門自開啟，他走到一個寬敞的梅花型桌前，門自動鎖上，有三個人靜靜地埋頭工作，似乎不知道金谷的來臨。

「請問，哪位是林主任？」

坐在最左側的一位頭髮白皙但身體健壯的先生悠然抬頭，睜大兩眼在金谷身上搜索，一會兒他放下原來的工作。

「請你到桌前。有何貴幹？」

「我要申請重新歸化山地籍，可以嗎？」

「哦，金谷就是你吧？高惠蓉跟我提過你的事，好，把桌上的表格填完。希望照實寫上，但最後我要問你幾個問題。」

「你哪一年出生？家住哪一區？什麼時候歸化平地人？」

「一九二〇年出生，家就住在中正區，四十年前歸化平地籍，我原是布農族人。」

金谷一面填寫一面回答問題。

「你曾在哪裡工作？收入多少？是否已退休？」

「我在IBM電腦公司上班，五年前退休，現在靠點存款生活。」

「家裡有幾口？對，還有你的財產。」

「現在只剩我一個人在臺灣，一個孩子在美國修太空博士，大兒子在東歐已經成家，女兒也已成為他人的孩子。至於家產……只夠我平安地回到地裡安息，我現在六十五歲，所以請你幫個忙，讓我回到自己的家鄉。」

「金谷先生，你應該了解有關當局的做法，想通之後，再回來取准許證明。」

「不用了，我心意已定，等待對老人來說，是一件殘忍的事，所以如果今天可以批准，那就批下公文給我。」金谷堅定帶有顫抖的語氣回答。

「既然等待誠如你所說的那樣可怕，那就拿走吧！但記住，我們有關當局不會同情你的反悔。」

金谷由他們上揚的眼角可以看得出事情已獲得解決，手續辦完之後，興奮地離開。

第二個星期的週末，金谷把家裡的大小事情辦妥。準備先在老故鄉尋好定居之處，再全部搬走家具。他搭乘往水里市的快速電車，車廂裡擠滿出去郊遊和踏青的年輕人，他們臉上一副疲憊相，大家爭先恐後地往市郊擠，唯恐新鮮的空氣被別人吸完；有些年輕人帶著齊全的登山設備，像是要在剩餘的草地過夜，嘗嘗前人露營的歡樂。電車愈接近水里市，車廂內的人群漸漸蠢動起來，不到一小時，金谷收拾行李，落後在人群中徐徐下車。

水里市名符其實是一個大都會，和五十年前一樣是遊客的交會點，不同的是不再遇到下山吃麵的山地人，也看不到山地人與平地人在地上做山產的交易。金谷直接搭上往東埔的電車，遇上一群去東埔洗溫泉的遊客，他面向窗外，不再縮回視線，他懷疑自己是否搭錯車，心裡暗自猜想，一路上到部落可能已經和城市一樣發達。電車有時穿越五公里的隧道，一切車外的景物顯然令金谷感到陌生，當他正試著尋找可證明有迷路的熟悉物時，服務生已走來催促金谷下車。

電車又開始發動，金谷不再想知道它的去路，現在他關切的是盡快找到曾相識的親朋好友，以及盡快看到老家。金谷睜大眼睛，臉上露出歡笑，宛如遇見久未謀面的老友，部落依然存在，還有那顯著的白色教堂，只是十字架已換成飄揚的旗子，部落周圍蓋了許多新房子，家家擁有獨立庭院，門上都掛著五十年前此塊土地上不曾看過的鎖鏈，設計奇特並且顏色鮮豔，有些人在路上做黃昏的散步，每個男人都挺著貯藏啤酒的肚子，看來顯然是別墅區。這裡是他小時住過、玩過的地方，他邊走邊想，難道以前的玩伴都已發達起來？

「喂，你是誰？要去哪裡？」三位挺胸的小孩向金谷問話。他們臉頰紅潤，戴一副厚厚的眼鏡，好像眼鏡是他們的外衣，沒有一個裸著眼睛。

他被小孩叫住，告訴他們他就是部落的人，當他走進部落，突然有位身穿制服的人攔路。

「進去觀賞一定要買票。」

「我是部落的人，我的親戚朋友住裡面。」

「這部落沒人住了，這是東埔的舊址，現在已列入甲種古蹟，要進去就得買票。」

「那麼那些人怎麼住這裡呢？」

「他們是有錢人家不願在城市生活的人，只能聚集在部落附近，至於部落的人自己選擇新的環境，絕沒有遭受侵犯，如果要找到你的族人，必須有入山證明。」

當他明白自己的家園已變成遊客眼裡的古蹟，他低下頭，不敢再多看部落一眼，照著管理員所指的方向快速離去。

金谷走到柏油路末端，接著是崎嶇不平的泥土路，路邊豎起一張標示板，白色字體寫著新東埔二公里。此時剩下他一人走向新東埔，他縮小步伐，穩健小心，像走在田埂的農家少女，輕微搖搖擺擺，別墅區的吵雜聲由大而消失，他覺得耳裡有一陣粗且節奏緩和的嗡嗡聲，耳膜瞬時放鬆，像飽受壓力的肌肉突然解放的舒適。他好久沒再看過、走過泥土路，也不曾行二公里遠的路程，漸漸興奮的心情壓抑住疲勞的怨言。他沿著一步寬的人行道，相信這是新東埔的路上，正當金谷放心地快速疾走，遠端突然出現一個模糊的身段，彷彿黃昏使那人得病似地，腳步毫無力氣地走向金谷。

「平安，你要去那裡，進去是新東埔，再進去就到森林了。」那人先出聲向金谷親切地問安。

「請問你帶這袋東西上哪裡？我要到新東埔。」金谷顯出不自然的臉色，看著那人手上提的東西。

「我要去舊東埔賣掉這袋四季果，今年夏天只能依賴四季果的收成，新東埔有你的親戚朋友嗎？」

金谷的脖子像圓輪緩緩轉動，視線移到那個人的臉上，突然害羞窘迫起來。

「可以說我是部落的人，但也可以說是客人，我從未來過新東埔。你認識烏茉芙．卡芙大日嗎？她是我的表妹。」

「當然認識，部落就是一個大家庭，雖然大家的長相不大相同，我們和睦相待，就像對待鏡子裡自己的面孔，大家不敢露出難看的顏色，我知道烏茉芙，你原來就是她的表哥，你一定也是從城市回來的。」

「是的，你怎麼知道我是城裡的人？」

「聽你的口音啊！最主要是看到你與我講話的神態，加上烏茉芙的孩子和親戚到城外好久沒回來，你是不是和烏瑪斯一樣落魄地回鄉。」

「烏瑪斯是誰？」

「他是你表妹烏茉芙的兒子，那天聽說他回部落，我就知道他必定是一身窮德性，他把離家前變賣的財產用光了，可憐的是又找不到適合的工作，回來沒多久，最近又跑回到城市。」

「你怎麼知道我必定和烏瑪斯有同樣的不幸。」

「我只是猜測罷了。有辦法在城市生活的人，寧可在方便的手續下變為平地人，絕對不會回部落，好像山上的生活沒有一點尊嚴，絲毫得不到喜樂，即使在城市裡卑微地生存下去，他們也不打算回到山上。」

「你猜錯了，我不是完全因為無法適應而被城市淘汰，倒是想念故鄉的心愈來愈強烈，走到山上來，我可以體會得到自然的自由氣氛，蜂窩樣的公寓生活確實令人窒息，我不想在喧鬧的最後一刻離開，我要一塊寧靜的土地，所以決心搬回來。」

此時夕陽蟬聲開始奏起，天色漸漸由藍變紅，遠處物體的輪廓也漸漸膨脹，金谷失神似地緊張起來，並拿起行李準備繼續走。

「我的名字叫馬尙，你呢？」

「我是金谷，我要走了。」

「烏茉芙的家是用紅磚瓦蓋的，部落裡最耀眼的房屋，你先回去與他們團聚，明天中午再來我家，我把賣四季果的錢去買一些酒和菜，一定要來喔。」

「一定會的，部落就順著這條小路嗎？」

「你看山後紅紅的雲層，像不像火堆裡的餘燼？它會指引你不致迷失，到達部落時應該還不會熄滅，再看看地上，長長的影子也會把你從小徑帶到部落。再走幾分鐘就到了，希望你還記得布農的一句話——不守諾言的人將失去耳朵。明天中午我等你，除非部落沒有我。」

他們匆匆地互送道別，各自走向忽亮忽暗的小徑。

金谷恐懼幽暗且不可預料的旅程，他無法換算馬尚所謂的再走幾分鐘的距離。他保持緘默，走入相思樹林的小徑。他發現山腳下的樹林逐漸變暗，隱隱約約可看到部落的屋瓦，夕陽蟬逐漸升高音調，他張大嘴巴，深深吸一口氣，好像將要釋放什麼。

他繼續往部落推進，走過看來是農田的山坡地，他們似乎缺欠人手，一眼就看到青草夾雜在快收成的稻禾裡。金黃色的穀穗覆蓋整個山坡。

草地在他腳下沙沙作響，漸漸地可感覺部落的氣味瀰漫整個空間，一切變得活潑舒暢，層層起伏的梯田令他興奮，他想坐下來欣賞久未見面的黃昏，可惜黑夜降臨得很快。現在他眞正發現原來黃昏這麼美，在城市只看到太陽與燈火的替換，人們闔眼睡著時，黑夜才遲遲到來，此刻他只盼望回到部落。

黃昏悄悄結束，金谷踏進部落的巷子，又喜又懼，心亂如麻，他走進紅磚瓦的房子，看見幾個小孩在客廳玩電腦，他不想干擾他們的遊戲，逕自走到廚房，看到他似乎仍記得的影像，烏茉芙正在移動火堆裡的番薯。

「請問妳是烏茉芙嗎？」他因疲倦，喉嚨不通暢地叫道。

「對。你是誰？是金谷嗎？眞的是金谷嗎？」烏茉芙在他臉上瀏覽一遍，才發現他臉上的大黑痣，他就是金谷。

「烏茉芙，很高興我終於回來了。」

他們互相擁抱，烏茉芙差點順勢被推倒。過不久金谷清清興奮的喉嚨說道：「妳的男人和小孩子呢？」

「我的男人早就回到土地，小孩都已長大了。」

「不要難過，妳的日子會感到孤單嗎？」

「我已過二十幾年的單身生活，沒有想過要再嫁，我不怕孤獨，因為它不是我的敵人。何況部落的老人和五十年前一樣，大家和諧相處。坐吧，你如何找到這部落的？」

「也許是冥冥中的神安排吧！」金谷依舊保留年輕時的信念，他寧願有未知的力量來主宰他的生命，而不願由別人來安排他的一生。

金谷先安置所帶的東西，和小孩們招呼互相認識，之後跟烏茉芙到庭院閒聊，互相了解這幾年來的生活。

「你會再回城市嗎？」

「我先回來看看，然後就搬來定居，我不想永遠住城市，來到山上之後，我突然醒悟，城市就像個大監獄，大家都在鐵門窗裡生活。況且農務局不會讓我再回去。」

「九歲時你就離開舊東埔，今天總算回來了，城市有什麼東西把你絆住了嗎？」

「既然已經回來，不要再提過去好嗎？」

「金谷你眞的老了，讓你走了又長又遠的路，累了吧！那麼大略說說看，好讓孩子也聽聽吧！」

「城市容易令人嚮往，尤其是不曾住過城市的人，和充滿理想抱負的年輕人，只有城市可滿足他們的野心。那時我害怕山上的懶散，它會使我看不見年輕，不知別人怎麼想，但我不想過著平凡的日子，這樣的藉口好像比較直接明瞭。」

「那麼當初你遠離家鄉，放棄你祖父給你留下的土地，甚至擦掉祖先給你的記號，是為了幸福快樂嗎？」

烏茉芙的言詞變得鋒利，像法官質詢要求悔過的犯人。

「可以說是為了追逐幸福安樂的生活，我認為有財富才有幸福才可以穩住家族的命脈。但自從我兩個兒子往國外發展自己的事業，僅用錢來問候他們的父親，唉！我真不想否定自己的過去，但對於有金錢才有幸福快樂，我已不再相信這種說法，幸福可以用其他方法得到，我正在努力追尋。」

「照你這樣說，你已厭煩城市的生活，而不是家鄉吸引你回來？」

「我和你們一樣承受勞苦，差別只是我們可用許多方法來隱藏，好讓自己認為生活充實又愉快。像宗教家永遠認為自己做的事都合乎道德。為了鋪更暖的床墊，為了使餐桌顯得不寒酸，就得要加班犧牲假日。」

「你的意思是家鄉一點也沒有吸引力？」

「當然有的，在電視上妳可以看到，草地樹木在平地幾乎已絕跡，有些只能到博物館看它們乾枯的軀體。黃昏時沒有蟬聲，夜晚沒有冷風，早晨不再出現露水，這種好似離開原始地球的生活，對即將回到泥土的人來說，真的會擔心無法回到故鄉，這也是我回來的原因。」金谷低下頭，後悔不應說那麼多話，好像觸到使他抬不起頭的弱點

「這些年來在這地方我發現許多人吸收錯誤的思想和做法。他們和那時的你一樣，正當年輕力壯，但都失去反省的能力，把父母的教導當耳邊風，譬如因為受生意人的敲

詐、欺騙，反而使他們覺得自己變聰敏了，可以適應這個互相欺瞞的世界，於是更多的人都下山與城市人競爭，而我這種愚笨的人，只有山上才能容得下我。」

「留在山上的未必是愚笨，只是他們的純樸不能適用於城市，如同一個城市人絕對不能久居部落，他會厭煩你們的單調與幼稚，現在許多有錢的人也開始學聰明人住到山上來，學像部落寧可落後來取得寧靜。」金谷想了一會兒，又繼續開口。

「有時候我也喜歡一個人關在門窗緊閉的房間，我發現寧靜才有快樂，就好像安睡才有甜美的夢，在吵雜擁擠的人群中，找不到眞實的朋友。日夜混在人群中的人，更不容易找到痛苦的解答，因為頭腦與情感慢慢遲鈍淡薄。」

金谷看來昏聵懶散，眼睛露出疲倦的神情，仍然凝視烏茉芙的臉。

「我們那些親戚還在部落嗎？」

「我也不知道他們走到哪裡去了？也許跟你一樣吧。那時你們歸化平地籍是為了什麼？」

「那時我認為本身擁有一些才能，必須要在另一個環境才能顯露，所以必須離開家鄉，這樣才可以進步。我想發揮自己僅有的能力貢獻給其他人，我曾經因為我的才華夢想成為拿筆的人，沒想到把青春埋在電腦公司。」

「你們的進步給我們帶來什麼？只讓我們的部落遷來移去！」

「部落的遷移是為了什麼？我不知道。我想可能是為了提升生活水準，至於我沒有直接給你們什麼成長，但今天部落裡的水電設備、舒服的床，都是求進步的人所貢獻的，不是嗎？」

「對了，你父母還在嗎？算算應該九十多歲了吧！他們隨你遷入平地，快樂嗎？」

「他們走了。我不敢說他們生前有多大的滿足，至少不曾盤算回到山上。」

「那也許是他們不敢認錯，怕被部落的人知道他們無法適應城市。不過你還不錯，還會回來，一定有什麼東西催你回來。」

「妳懷疑我父母的堅定是虛偽的？我也懷疑妳留在山上是否真由內心出發，也許是不敢面對現實社會，逃避心理作祟，妳教育的孩子不也離開山上嗎？」金谷馬上回答，不讓烏茉芙有說話的機會。

「至於什麼引誘我回山上，絕對不是懶，更不是回來懺悔。退休以後，我常踏回童年時的夢境，把自己幻想成天真的孩童，我常陶醉在夢裡追尋自己的影子，雖然河裡不再有往上游的魚，偶爾可看到亮出雪白肚皮的魚，但看來都已無法翻身，景物也變得荒涼殘敗，不過我確信重逢是快樂的。」

「你也不要懷疑我，我們都老了，追求快樂的日子為時不多，但我絕不後悔，也不會離開這裡。我堅守像小孩眼珠一樣潔淨的生活，複雜只會帶來煩惱，如同繁雜的法律，製造更多的犯人。」他們依然像童年時喜歡吵嘴。

「那妳永遠不會有進步的日子，而且舉的例子太離譜，難怪部落差城市好幾倍。」金谷聳聳肩表示他的無奈，他不想一見面就鬧得不愉快，因此停止他們的話題。

他們不再出聲，金谷想安靜一下，打發烏茉芙回去睡覺。自己就到花園欣賞已經高掛天空的月亮，一切與五十年前一樣，星星沒有缺少舊陪伴明月，他開始愛上這寬廣的天際，傾聽、冥想、注視著天空。城市的夜晚，天上的景物被四周燈火蒙蔽：白天的人、事、物一天比一天複雜，金谷盼望此刻時間突然停止多好。

月亮緩緩移動，蟲鳴聲漸漸消失，金谷突然無法適應大地的寧靜，好像人失去了聲息，令他感到恐怖，山裡的氣候慢慢轉涼，正好十一點，部落的人都早已進入夢鄉，金谷更懼怕長夜裡的虛空，對赤裸裸的大地毫無安全感，開始懷疑自己是否已經不屬於山裡的人。今天所看到的景物重現他腦海裡，老家已成為收門票的古蹟，曾經是清澈見底的河水，五十年之後是別墅區的水溝，在這裡幾乎看不到童年的影子。他想到在國外的兒子，他們為什麼不想回家？難道不喜歡這個土地？還是異域的生活更美更豐盛，他們應該引我出境，如同我帶他們的祖父母到城市生活一樣。他開始害怕未來的日子，他害怕別人好奇的眼神，把他視為遭受憂患而鑽回山上的浪子，投予憐憫的眼光，談及讓金谷反感的話題。他摸摸冷冷的耳朵，好像又聽見馬尙的咒語，還有農務局的規定，這一切使金谷陷入惱人的遭遇。

金谷縮回盤坐的兩腿，揉揉屁股上發麻的壓跡，得病似地搖晃走回去，他不小心撞上一棵樹枝，搖醒一隻安睡的夕陽蟬，牠放一泡尿水，一聲幽怨的叫聲劃空而去，金谷感到難過，心情極端低落地想，眞可憐，黃昏時，牠幾乎耗盡生命，找到令牠感到安全的樹梢，以為今晚也許可以安穩地蛻變，卻被我的無心破壞，牠是否能以剩餘的力量找到安全的地方?也許掉入泥沼，掉落水中，而不能在開始牠生命的園地裡結束一生。

金谷等了一會兒，再也不見夕陽蟬回到樹梢。

馬難明白了

鳳凰花開，亮片似的落葉灑滿地，使得光禿禿的操場增添了些色彩，每到六、七月，整個校園煥然一新，夏天是國光國小最美的季節。校園四周圍著兩公尺高的水泥牆，與牆外的車道隔絕，並且阻止汽車廢氣滲入校園內，牆內種了又高又壯的鳳凰樹，以減緩車聲、行人吵雜聲的干擾，學生一到下課時間，最喜歡跑到樹下玩各項遊戲。

男生與女生都以大樹幹作為家，兩眼矇上學校規定每日必帶的手帕，玩起捉迷藏，男生蹲跪在挖了幾個小洞的地上，他們不在乎泥土是否帶有細菌，他們只專注於如何使晶亮的彈珠滑進洞裡。有些女生找到太陽照射不到的樹蔭下，在地上畫上深深的幾條粗線，組合成好幾個方格子，她們玩著踢石子的遊戲，格子中間放了塊正圓的石塊，左腳往後屈曲，用右腳一格一格踢向前。

有的學生戴著與面額不成比例的眼鏡，低著頭正聚精會神看著漫畫書和故事書。有幾個頑皮搗蛋的天才兒童，用凋落的鳳凰花黏成蝴蝶，輕輕地放在女生的頭髮上，當她們頭上的花蝴蝶被發現時，他們便哄然大笑，然後逃之夭夭。只有少數的人冒著砂塵吹進眼睛的危險，在滿地灰土的操場上盪鞦韆、玩蹺蹺板，至於內向溫靜且懶惰的學生則擠在走廊上，他們似乎找不到比走廊更合適的場所。

跳遠場地邊的一棵樹下有一堆人在打紙牌子，史正的左手正拿著一疊厚厚的紙牌，胸前的衣袋也裝滿了紙牌，右手舉得高高準備把對手的王牌掀起來。

右手猛力一拍，紙牌轉了二個圈而後翻到鐵金剛的正面，他贏得對方一張最後王牌。史正跳了起來慶賀著自己獲得全勝，並趕緊把對方的王牌拿起來，放進口袋裡，兩手抓起全部的牌子，並舉起來向正在打牌子的同學們炫耀，同學們看了一眼，然後繼續玩他們的遊戲。

有一張牌由史正的左手飄落下來，史正把牌子裝進口袋，彎腰把掉在地上的牌子撿起來。

「喂！黑人，黑人牙膏，把我的牌子還給我。」

史正看了他一眼，不理會，轉身就走。

「你聽到沒有？全部還我。」

對方又一次大聲吼叫，嚇得其他同學轉過頭來。史正也莫名其妙地轉身瞪著他。

對方突然抓起他突起的口袋，要把牌子搶回去，其他人看到這一幕，向前攔住對方的手，並合力把他推倒。

「王志豪，你怎麼那麼番，輸了就輸了嘛！何必再討回去，以後不要跟你玩了。」大家異口同聲地說。史正把贏回來的紙牌丟到地上，大聲對王志豪發誓不再與他玩紙牌。

操場上的學生及校園各角落的學生都停止他們的遊戲，衝向自己的教室，全校四千多位學生在狹窄的校園同時衝向教室引起的騷動，提醒了史正他們，原來上課鐘響了。

史正與其他同學急忙拔腿跑回教室，留下王志豪撿著散落於地上的紙牌。

國光國小是這城市西區的一所小學，校園面積長有六百公尺寬四百公尺，除了操場之外。有五棟教室，每棟四層樓高，史正就讀四年七班，他們使盡全力快速跑上三樓的教室，到達教室時同學都已坐好，等著老師上課，幸好老師還沒到教室。

史正他們尚未整理出這節課所需要上的教材，老師已拿著一本課本跨大步登上講臺。

「起立！」班長喊了口令。

「好、好！請坐下來，不用敬禮了。」

此時王志豪從後門悄悄地進教室來，被正翻動課本的老師看到。

「王志豪。」老師用著嚴厲的語氣叫道。

王志豪站在他的桌旁不動。

「怎麼遲到呢?」

王志豪低著頭，滿臉通紅講不出話來，兩眼斜看著史正。

「好!坐下，以後再遲到要處罰你。」

「今天要上第五課，把生活與倫理課本翻開來，我們講吳鳳的故事……」

下課鐘響了，有些人早就把課本塞進抽屜裡，也有人的腳已跨出課桌椅旁，準備搶先占領一處樹蔭。

史正心情沉重地坐著不動。

「吳鳳就講到此，你們這班有誰是山地人。」

「老師!黑人牙膏史正。」王志豪舉手搶答。

大家哄然大笑，史正原本紅棕色的臉孔現在變得更暗了。

「各位同學，不是老師要歪曲山地人的本性，以前的山地人因未受中國倫理的薰陶，所以我們不怪他們，今天講的故事與現在的山地人無關，現在的山地人已都進步了，已變得很聰明，大家不要笑，史正雖然是山地人，但是他的功課相當好啊!」

老師止住大家的笑聲。

「好！下課。」

大家一哄而散，只剩下幾個人在教室，史正依然坐著發呆。

突然有位同學跑到史正面前擺出殺人頭的姿勢，十指緩慢抖動跳起山地舞。

史正並不被王志豪過分扭曲的動作所激怒，他低下頭來整理課本。

王志豪看到史正不理他，而其他在教室的同學，沒有人前來附和他，終於沒趣地走出去。

史正把頭埋進雙臂之間，將老師講的故事再回憶一遍，他盡力想把吳鳳的故事排擠出自己的腦海裡，沒多久，上課鐘響，他這節下課沒走出教室一步。

最後一節上算術課。史正無精打采，老師沒有發覺到史正異樣的舉止，整整一節課的時間，史正的心裡只想快快打鐘下課，但心愈急時間更慢。

下課鐘聲終於響了。

史正整理好書包，老師離開教室時，他打算搶先第一位衝出教室。

突然王志豪跑來攔住他，又擺出祭人頭的姿勢，雙手在頭上舞動，兩腳大力地跳起山地舞，頭頸誇張地搖晃，口裡以閩南語大聲地朗誦著：

「黑肉番、番仔番、眼珠大、皮膚黑、黑仔番、殺人頭、吃人肉、眞殘忍、是番仔。」

幾乎全班同學都停止收拾書包，搶著看王志豪在史正面前耍戲，有些人拍手出聲相應和，使得王志豪更大膽地走向史正面前，相距不到半步。

他不聲不響地拉住史正掛在脖子上的山豬牙項鍊，以右手用力扯斷，並掀起來讓大家看。

「看！這是番仔的標誌，他們都是很殘忍的，不但殺了吳鳳還殺了無辜的山豬，再把牙齒狠狠地拔掉。」

王志豪學拍賣場商人的音調，且使出全力喊著。

史正不能穩穩地站著，他眞想瞬間消失在這間教室。但大家已把史正圍起來了。

王志豪又拉開嗓子唸三字經。

史正立刻抓著王志豪的手，並把他推開。差點把他的頭推到桌角上。

王志豪迅速站起來，向前把史正抓住，他倆扭成一團。有些女生尖叫起來，常在一起打牌的幾個男生向前抓住史正，並幫王志豪用力把史正推走。

「番仔！走開啦！快點滾回去。」

史正抓起書包猛力衝出教室奔向校門……。

史正還在樓梯走道上，但哭聲已經傳進屋子裡來。休假在家的父親趕緊幫史正開門，打開內門，史正一看到爸爸又提高聲調。

「怎麼了？打架輸別人是不是？」史正的爸爸邊開外門邊說道。

外門一打開史正丟下手裡的書包，緊緊抱住父親的雙腿，流下許多的眼淚，弄溼了爸爸的休閒褲。

「阿正，你受了什麼委曲？」

「為什麼？為什麼？大家都笑我是番仔子，我住平地，一句山地話都不會講，同學們都笑山地人是野蠻人。」

「阿正！山地人有什麼不好，你不想當『布農』[1]嗎？」

1　布農：布農語，指布農族，但也解釋為山地人，或指人類。在布農語裡，布農＝山地人（山胞）＝人。

父親停頓一會兒！看到史正不回答繼續說道：「你雖然不住山地，但是你有雙大眼睛、棕色皮膚、濃眉這些都是布農的記號！你能丟掉它們嗎？」

史正頭垂得很低，不吭一聲，只知道哭。

「別哭了！晚上爸爸叫你媽媽帶你逛街買玩具，然後再帶你上館子。」

「不要！這些我都不要，我只要……」

史正搖著頭大聲地回答爸爸，又繼續抽泣。

「是你自己說的唷！讓你享受一晚，你不要，你到底要什麼？」

史正此次倒向爸爸胸前，他父親兩手抓住史正的臂膀，輕輕地撫摸他的脖子。

「阿正你的山豬牙項鍊跑去那裡了？那是你祖父送你的禮物，不能送人或丟掉唷！」

他父親把史正拉到椅子上坐著，並詢問山豬牙的下落。

「我……對不起，已不見了。」

「是被人偷走了？還是你丟了？」史正的父親口氣變得比較強硬些。

史正又傾身靠在他父親的大腿上大哭。

「幹麼！不能掉眼淚，否則給你罰站。」

「同學說山豬是益蟲，戴上山豬牙就代表我是眞正的野蠻人，在回家的路上我邊走邊感到羞恥，所以把它脫下丟掉了，丟到臭水溝了。」

「丟掉後，有什麼改變嗎？」

「心裡比較舒服些。」

他爸爸知道把心裡的氣憤發洩出去是健康且無害的，因此不再繼續追究下去。只是感到可惜，遺失了代表祖先勇猛的山豬牙。於是撫摸他的頭髮，要史正放輕鬆些，並叫史正停止住他的哭聲。然後關心地問道：「同學有出手打你嗎？」

「上次爸爸你教我如果遭受同學的侮辱，就與他們抗衡，看看誰比較強，我就照爸爸的話去做，大家不敢隨便欺負我。今天那些頑皮鬼笑我是番仔、不要臉、番仔殺人頭、吃人肉、番仔最殘忍。我非常生氣，我心裡已有反擊的準備，但全身都在發抖，兩手發軟，不能抬起雙手與他們摔角，我知道我已哭著掉眼淚，所以趕快逃回家。」

史正不再哭泣，語氣變得較平穩。

「爸爸！我們的祖先眞的很殘忍嗎？」

「誰告訴你的？」

「課本寫的，說山地人砍了義人吳鳳的頭顱。」

「哪個老師教的？」

「我的生活與倫理老師，故事記載在課本的第五課。」

「當時山地人可能看錯人了吧！誤殺了那個叫吳鳳的人。」

他父親終於知道是課文傷了史正，因此開玩笑地說道。

「我們的祖先眞笨，人家吳鳳對他們說有人穿紅衣、戴紅帽、騎白馬的人會路過，他們怎麼聽不出來那紅衣人就是吳鳳？」

「祖先他們並不笨喔！過去是靠狩獵和採集水果為生，他們都要具備靈敏的手腳才能捕獵比人類跑得更快的動物，頭腦也是聰敏的，才能設計出各種狩獵的方式，我們可以在這寶島上傳宗接代，到今天你這一代，可以說明他們是聰明偉大的。」

「祖父不是獵人，他是農人，那他最笨了。」

史正又開始他頑皮的個性調戲自己的祖父。

「到了你祖父這一輩，森林全部受到嚴重的破壞，動物不但找不到糧食來延續他們的生命，找不到可築成家園的空地，你祖父他們不能再繼續以狩獵為生，他們不得不尋找另一種取得食物的方法。於是開始開墾山林，觀察四周環境及注意氣候變化，尋找適合的植物來種種，這些都需要頂聰明的頭腦才能做得到，所以你不要看不起農人。」

「祖先聰明，祖父也很聰明，爸爸你是醫生，那我應當更聰明了是不是？」

「那當然！」

爸爸又一次抱起史正的頭搖一搖。

「我們的祖先為什麼不做買賣呢？輕鬆又可賺大錢。」史正好奇地問道。

「誰告訴你的，我們祖先以前那裡有商業行為，哦！買賣的交易活動。」

「課本說吳鳳是商人，常到山上做生意的呀！」史正胸有成竹地告訴爸爸。

「那是吳鳳到山上賣他的東西，那些物品大多是山地人不曾見過的，所以就拿出山產與吳鳳交換，有時一隻鹿只換來幾盒火柴哩！」

「山地人為何不下山賣山產？平地人沒有智慧去捕捉山豬野鹿，他們一定會搶著用更多的火柴跟山地人交換。」

「以前沒有現在那麼好命，全家大小都要去尋找食物，哪裡有時間到處叫賣，你這種年齡早就加入尋找食物的行列，獵人要不斷改良狩獵技巧，農人要時時照顧農作物的生長，待在家的女人負責飼養雞兔及抓回來的豬羊，不但可以保持充足的食物，有時還會有剩餘的，那時大家互相信任、尊重對方，所以只有互相交換所需的東西，沒有買賣行為。買賣是因為與外族有了往來才漸漸應用得到的。」

「那麼是因為大家互不信任才有買賣的唷？」

「不完全是這樣，主要是因為大家互不相識，必須用買賣，作為溝通的橋梁，物與物的交易是最根本的。」

「吳鳳僅僅是個商人，他也是一個人，山地人為何砍下他的頭？」

「吳鳳是什麼樣的一個人，沒有必要去追究，更不需要記住他，如果爸爸活在那個時代，也會雙手贊同砍下吳鳳的人頭，因為他註定要被山地人砍頭祭神。」

「爸！想不到你也那麼殘忍啊！」史正指著爸爸的臉。

「那是吳鳳的命運不好，山地人無法制止。」

「爸！你不是常說，布農不相信命運的安排嗎？」

「那只是一個小學課本裡的一個故事罷了，不要當眞，如果太重視這段神話故事，只會帶給雙方不必要的困擾與仇恨。」

「是課本裡的課文咧！不是老師用嘴巴說出來的神話故事。如果吳鳳是編造出的故事，那麼應該表明是傳說呀！」

「阿正！你三年級時不是說國語課本講到布農的弓箭手，同學有沒有羡慕你這布農小子？」

「才怪，老師說那已是幾百年前的傳說故事，現在的布農可能一個鋼板都彎不起來。大家只是把它看做一個好玩的故事罷了。」

「算了，爸爸今晚可以講一大堆故事，或寫幾篇山地人遭不幸的軼事，保證比吳鳳更精彩。」

「太棒了！太棒了！一言為定喔！」

史正要他爸爸與他勾勾手以保證實現諾言。

「對了！你山上的祖母不是養了許多雞嗎？」

「嗯！」史正開始動動他脖子點點頭，對父親的問題感到很奇怪。

「那麼雞有幾種顏色？有幾種不同的體型？」

「那麼多我怎麼知道？」

「你每次回山上時，雞的數目是不是愈來愈多呢？」

「對啊！」

史正肯定地點頭，每次回山上，他必先到雞舍丟米粒，觀看雞搶食物的情況，他對雞舍的印象特別了解。

「那就是因為牠們能和睦相處在一起，才能生出那麼多的後代，至於顏色、體型的不同已不重要了。」

「但是雞有時會打架哩！」

「牠們只是因搶食物或無聊或被關得不耐煩才會以打架來消遣，最後牠們仍然可以住在一起。」

「哈哈！雞跟人沒有什麼兩樣嘛！」

史正聽懂了父親的一番話似地，兩手拍著、笑著。

「對！你說不要大眼睛、棕色皮膚，你難道不喜歡爸媽？」

「爸！剛才只是講氣話嘛！」

「這些都是因環境不同，氣候及種種因素所形成的，影響了整個人體的外型與顏色，世界那麼大，一定會產生各種不同的人種，但這些只是外表，與智慧、道德沒有多大的關係，所以皮膚黑並不代表就是野蠻。」

「爸！我明白了。」

「你告訴爸爸，你還要不要棕色皮膚及大眼睛？」

「爸！我說過只是氣話罷，不然我把它再收回來。當然我要大眼睛，眼睛大才會跟我的小花一樣可愛。」

史正養一隻吉娃娃，名叫小花，他每天下課之後，常與牠玩耍，他最喜歡牠的大眼睛。想到小花，他臉上露出微笑。

史正聽了他爸爸的一番解說後，漸漸地變得活潑，心裡充滿了信心。

「爸！其實他們才野蠻，他們家人常常吃狗肉，噁心死了！」史正作出噁心狀。

史正的父親以前也遭遇過被視為他族的痛苦，平地人都不信任他，甚至受到莫名其妙的看待，他自己無法找著肯定自己的理由，但他相信父親說過的一句話，不管任何種族都會合作抵抗侵犯臺灣本土的敵人，他開始謙卑，溫馴地對待別人，因此度過了迷失自我的階段。

他不願讓史正與平地人繼續持著不信任的態度一起生活，因此好言相勸說道：

「那不能說是野蠻，因為他們不會跟狗親密地相處在一起，所以不了解狗也有靈性。以前獵狗和布農的勇士日夜相伴追尋獵物或幫女人看門，當然布農就不敢吃牠們的肉，也禁止自己的族人吃狗肉。過幾年後，布農成為都市人時，說不定也有人吃狗肉。」

「太可怕。」

「人本來就沒有所謂殘忍的種族，或是天生善良的種族，但是不要因為身為布農而感到羞恥，就想拋棄自己的祖先，而是應該要與同學們好相處，讓他們知道你是布農但絕不是野蠻人。」

「塔瑪[2]！我知道了，我要讓同學們知道我不比他們野蠻。」

他父親聽到兒子用平常極少用的布農語叫他，頓時感到心靈與兒子緊密地聯合在一體，心中興起一陣欣慰感。

「馬難[3]！把臉洗一洗，等一下你叔叔要與爸爸喝一杯聊聊天，他看到男孩流淚會生氣的喔！」他父親也回叫史正的布農名字。

「是不是在東區區公所上班的那個叔叔？」

「對！他上次回山上看他爸爸，誤了上個月的每月定期餐聚，而且爸爸已兩個月沒喝酒了。」

「爸爸！我最後問一個問題，老師說山地人愛喝酒又容易鬧事，是不是眞的？」

「去吧！趕快洗臉。那是他們對山地人的『稀利斯、稀利斯』[4]，千萬不要中計。」他父親小聲地說道。

好不容易才使史正卸下內心的武裝，他不願史正再戴上沉重的負擔。因此不再繼續談論，催史正去洗澡準備上街。

史正又拾回往日的歡樂，蹦蹦跳跳，跑進洗澡間裡放水，洗澡，準備今晚與母親出去玩個痛快。

2 塔瑪：布農語，意指父親。
3 馬難：史正的山地名字。
4 稀利斯、稀利斯：布農語，布農祭司或巫婆的咒詛分兩種，一種是為人祈求福氣，另一種是咒人陷入惡運中，此句屬邪惡的咒詛。

瓦歷斯・諾幹

〈這，悲涼的雨〉（二〇一三）
〈計程車〉（二〇一三）
〈我知道你的明白〉（二〇一四）
〈好奇〉（二〇一四）
〈一百年前〉（二〇一四）
〈文字〉（二〇一四）

Walis Nokan，一九六一年生，臺中市和平區自由村雙崎部落（Mihu）泰雅族。師專時加入「彗星詩社」，熟讀周夢蝶、余光中、洛夫、楊牧等人的詩作；後因閱讀吳晟的詩作轉而關注社會底層的生活。

瓦歷斯曾以柳翱為筆名，族群意識覺醒後曾和夥伴創辦《原報》，之後和利格拉樂・阿𡠄創辦《獵人文化》，著重於「原住民文化運動」的實踐。他從省立臺中師院畢業後，任教於臺中市和平區自由國小，並持續參與部落田調、文學創作。瓦歷斯創作豐富，涵蓋散文、詩、報導文學、小說等，得過時報文學獎、聯合文學小說新人獎、散文獎、吳濁流文學獎及臺灣文學家牛津獎等大獎，近來嘗試漢字新解、二行詩、微小說等實驗性作品，以「二行詩」的教學另闢蹊徑，可見其創作的自我挑戰。作品譯成英文、日文與法文等多國語言。

著有《荒野的呼喚》、《番刀出鞘》、《想念族人》、《戴墨鏡的飛鼠》、《蕃人之眼》、《伊能再踏查》、《迷霧之旅》、《當世界留下二行詩》、《城市殘酷》、《瓦歷斯微小說》、《戰爭殘酷》、《七日讀》等書。

這，悲涼的雨

他隔著一條川流不息的馬路凝視對面的校門口。

大約在十五分鐘前，他的視線前開始拉下一層細細的雨幕，幕裡的校門口，女學生一陣吱吱亂啼地快速奔動，女學生僅一雙單薄細瘦的手臂作勢掩住雨水，她們經過他身旁時，他輕蔑地笑了一下，覺得這世界上最無聊的動物大概就是十三、四歲的小女生了。

最後，他步出騎樓把視線擴大，便發現原來整個城市完全陷落在雨水當中，小小的他自然也陷落其間。

現在，他已經陷落在陌生的城市了。

下雨天，使得城市重新換上一張面具。

通常在放學過後，校園裡的兩座網球場會穿梭幾位年輕而有活力的教師，在擁有近三千學生、百餘位教師的這所城市學校，他並不太認得他們，但網球場上來回跳躍擊球的身姿，毫無疑問是動人而優美的，以致於男教師面對女教師毫無禁忌地嬉笑，不免令人聯想到動情求偶的昆蟲世界。

另外，黃昏的餘暉（假如當日天氣晴朗，而廢氣不致於凝聚在上空的話！）偶爾也會適時地把教學大樓照拂得無比蒼勁，而他就在四樓往右數第三間教室上課，時常他把視線移到遙遠的灰綠色的山脈時，他的耳朵就會輕脆地跳響著一組熟悉的音節：

——陳保羅，陳保羅！

——上課要專心，陳保羅。

——發什麼呆？

——又再畫了，又再……。

——陳保羅，要誠實！

——陳保羅……。

有個聲音傳了過來。

一如往常，他驚訝地回過神，面露惶惶不安的神色。在背後，一個被雨水打溼頭髮的女人微笑地出現。

「還不回家？這雨會愈下愈大的。」

雨後的楊老師竟然和平日有所不同，那雙眼鏡後銳利的眼神不見了。她此時面露溫柔的笑意，在眉毛的下端聚合著微小的雨珠，臉龐因避雨而跑步過來時，抹上了一排酡紅。陳保羅一時感到短暫的茫然。

「怎麼了？」楊老師望著發呆的陳保羅，擔心地問著。

「沒有，我等姊姊。」

（姊姊不會來的，忙著上班上班上班……。）

「老師回去了。」

「再見——」

楊老師旋個身，把孤獨重新留給他，並且輕聲地留下一句怨責的話——倒楣，碰到這場雨。

這個城市再度展現冷漠的單調音容。

「回家吧！」他聽到有個聲音襲上腦海。

回家，就要面對監牢一般的公寓；回家，就要面對一連串的寂寞。

通常，他由窗戶往外望，這個城市就迅速地被切割成長條形狀的世界，一個毫無關係的世界。他就曾經親眼看到有人在樓下的街巷相互追殺，前面的少年撲倒在地，後面的人猶兀自揮動著木刀，那些人吆喝些什麼，自己也聽得不真確，整個囂鬧的市聲把他們吞沒了。

他驚異地回頭告訴姊姊：「有人在打架，有人在樓下打架……」他的聲音因為姊姊的回答而逐漸軟弱起來。

「管那麼多幹什麼，讀書去。」

最後是一陣尖銳的笛音趕跑那群滋事者，警察只帶走那個倒楣的被害人。

一切就如此結束，像電影散場後，沒有人去關心這到底是怎麼回事。

——我當然關心你。

他在記憶裡找到姊姊的聲音，這使他獲致短暫的滿足，然後他就接受姊姊的擁抱，接受姊姊那一排細柔的髮腳輕輕搔弄著他的脖子。

可是，現在姊姊在城市的某個角落上班。

姊姊出門時說：「好好上課，放學後自己弄點東西吃。」

他伸手摸索出褲袋裡發皺的紙幣。馬上，腦海嫌惡地浮現魯齊一那胖得扭曲的臉。

說，你從那裡來？

（你要我說什麼？我已說過一百遍了……。）

我從山裡來。

（你從我的肛門裡出來……。）

他發現到廁所以外的世界雖然吵雜而毫無秩序，但畢竟還有足夠的呼吸空間。從排氣孔那兒，他也聞到人類的糞渣正開始做劇烈地化學反應，然後灌進他的兩個鼻孔間，甚至氣味一路暢通無阻地通到腦門、胸腔、全身。他很快地就受不了了。

說，我是番仔。

（老天，還要再說一遍嗎！）

我是番仔。

哈哈哈——聽說你們會殺人頭。

（為什麼教科書要這麼寫，吳鳳捨身取義，被曹族人用箭射落；如果我會出草，第一個先出你魯齊一魯蛋的頭……。）

我不會、我不會……。

魯齊一他們那一票人把陳保羅按在廁所排氣孔只有三分鐘的時間，隨後是上課的鐘聲迫使他們停止這無聊的遊戲。

陳保羅俯臥在水泥地面上，側著眼看了魯齊一邁著笨重的腳步離去。

「還有續集。」他們順便把這句話丟到地上。

為什麼要對我如此？

他並沒有把這問題想得極深入，因為他必須馬上爬到四樓上課。

上歷史課的時候，他並不在意清代那一段史實，反正不是割地就是賠款。老師擺動誇張的身體大聲疾呼著——中國的歷史要靠自己，我們不要恥辱……這些話就像牆壁或是電線桿上隨時都可以看到的符號或文字一樣，令人產生固定、毫無意義的模式：做個堂堂正正的中國人；保持距離以策安全；此處禁倒垃圾，違者……。

他偏著頭不再聽那些口號，只著力地在紙上畫出各種番刀，明淡有致地刻劃在書本封面、封底。

他用鉛筆、原子筆輕描、深刻，終於讓他畫出一支憤怒的番刀。

「陳保羅，站起來！」

一顆白色的粉筆從他的耳際飛過，因為距離太遠，失去了準頭，擊中左後方的同學。

「第二次英法聯軍，清廷開放那些港口？」

他強迫自己進入歷史的通道：明末清兵入關，吳三桂、陳圓圓、山海關，都是人名、地名……然後他再也無法前進了，整個清朝的歷史都缺了好幾張嘴，每一張缺口都對他訕笑。

「哼！不知道對不對？上課不專心怎麼會知道！要搞清楚我國的歷史，沒有歷史意識就是壞學生，以後就是社會的敗類——」

隨後，他的番刀就從歷史課的窗口飄到圍牆外的街心，他的心也隨之沉陷下來。

「我不是，我不是。」陳保羅對自己說。

走在潮溼的騎樓，他奮力地用右腳踢翻開特力運動飲料，空罐在掉入水窪中並沒有發出預期的聲響。現在雨勢愈下愈大，行車道上來往的車輛隨時會濺出令人煩厭的髒水。他只好靠內側行走，書包和臂部等距等時的摩擦，發出了異於往日的沉悶的嘆息聲。

他轉過另一條街。街道上懸掛的招牌突然霸占了城市原本就稀少的空間。

他注意到一塊壓克力招牌，上面用燙金的深藍色宋體寫著「天才繪畫教室」，左邊二行小體字：延請一流名師指導，小班制收費低效果佳。

因為雨水的關係，招牌內隱藏的燈光霎時放亮，把這些字照得比原來的大，尤其是「天才」那兩字，令他產生興奮的幻想。

他從教務主任手中接過一張獎狀。

「陳保羅，你有繪畫天才，希望你努力……」

主任把肥碩的手掌壓在他的肩膀上，刻意地抖動了幾下，彷彿一個重擔掛在他肩上。

他愉快地想，那是幅題為「夏天」的水彩畫，以家鄉部落為背景。

當時，他在校園一角苦思良久，那張畫紙差不多空了六、七分鐘，很快地，他就替畫紙加上略具雛型的線條。

多年以前，父親常常帶他上八雅鞍部山脈狩獵，父親有一張蒼勁的獵人的臉；回程的路上，他們父子就站在穿龍隘口往下望，在大安溪右側一塊隆起的小臺地上就會出現他們安靜的部落。

父親手指著山下說：「美不美？我們的部落。」

去年夏天，父親在山谷摔斷一條腿後，他們父子再也沒機會一起站在穿龍隘口遠望部落了，他甚至被送到城市謀生的姊姊處。

他禁不住好奇，往虛掩的鋁門探視，一條小小的縫隙裡冷氣轟然撲向他的門面，另外，在這充塞寒氣的空間裡他發現一張清秀的屬於女孩的臉龐。

女孩低低地垂下，黑髮綰在另一邊，看不出會有怎樣的眼眸；他再度欺近，鋁門「哎呀——」一聲，把那張臉舉起來納進他的視線裡。

「上課還是報名？」

（真像吳敏敏的眼睛，會說話的、同情的眼睛。）

他停頓了一會兒，通往二樓的樓梯崩然踢踢踏踏落下一串蹄音，那些抱著書冊的學生魚貫地向門口奔來。

「老師再見，老師再見，再見……」

他隨著隊伍被沖散在走廊上。

再見，他恍惚聽見了吳敏敏的聲音。

「再見——」

學校裡大概只有吳敏敏懂得他的喜怒哀樂。

當吳敏敏說「我了解！」時，他整個心便飽滿起來。

但魯齊一那個超級大魯蛋狠狠地別在他的臉上：

不准你去找吳敏敏。

「為什麼？」

「還問為什麼？」

（他又聽見他們歹毒地叫罵。）

「你是山地人、番仔，聽懂嗎？吳鳳就是被你們用亂箭射死的。」

「我沒有，我沒有。」

（吳鳳是誰殺的，你也沒看到。）

他把魯齊一那一段記憶用手抹掉，專心回憶和吳敏敏同在一起的甜蜜時刻。說是同在一起，也不過是短短幾分鐘。他其實並不注意誰是誰，而吳敏敏卻被他的畫所吸引。

「你畫的是什麼？」

那時他陶醉在畫紙上的部落，冷不防被別人一問，自己卻感到意外。

「風景。」

「我知道這是風景，哪裡的風景？」

陳保羅這時候才仔細打量這位闖入者。

她有一付嫌瘦的骨架，姊姊也是，他得意地想，削得整齊的黑髮，和一對柔如明鏡的眼睛！喔！少年的矜持使他不敢凝視那雙使人臉紅的眼睛。

「是我家鄉的風景。」

「喔！好美！在哪裡呢？」

被眼前的女同學當面讚美，他像被激起勇氣般與她快樂地攀談。談著學生時代的遊戲，到山上狩獵的情景，他覺得那是他進入這所學校講最多話的一天。

「我是山地人。妳不會討厭山地人？」

「喔！我從沒見過像你這麼風趣的人。」

他用懷疑的眼光望著她。

「怎麼會，山地人也是人，你不是人嗎？」

女孩吃吃地笑起來。

直到比賽的時間終了，他們也結束了愉快的交談。

「二年八班吳敏敏，再見。」

他咀嚼著她留下來的話，整個身子忽然變得輕快而甜蜜；此後，他們偶爾會在校園裡用身體語言交談，大部分是眼睛，有時候擺動手勢。直到魯齊一憤怒地威脅他，他只好站在四樓努力地想攫住吳敏敏在右側三樓的影子，但失望的時候還是居多。

騎樓裡的人紛紛雜雜地走動，使他確定「再見！」這句話純粹是自己豐富的幻想力又再作祟了。

最初來到城市的時候，面對新奇的事物總令他興奮不已。城市裡鮮目的市招，入夜後霓虹燈散發出誘人而迷離的感官經驗，漢堡店光鮮而潔淨的室內布置，亮麗的櫥窗內擺設的摩登服飾，它們像旋轉木馬不停地攫住他青澀而期盼的目光。

幾個月以後，他已經失去了許多活潑的想像，正確說來，他身體裡每一根神經末稍似乎都停留在麻痺的階段，打消了腦際突起的念頭。

他接受幾次同學的嘲弄以後，有天，他極其厭煩地衝口而出：「我要回部落。」他的姊姊才梳洗完畢，工作後的疲倦把她的身體癱軟地貼在床被上，她怔了一會兒，隨即大聲地對他吼叫。

「你想幹什麼？你想幹什麼？」

陳保羅一時之間無法確定什麼原因促使姊姊發怒，驚訝地像一隻小狗縮躲在椅背上。

「你要讓部落的人說笑話對不對？你自己說，姊姊對你不夠好嗎？要吃、要穿、要用，誰給你準備的！爸爸把你送來這邊讀書就是要你將來考個好學校，以後有個好職業，不要像姊姊這樣……」

不容他分辯，姊姊稀里嘩啦地開口劈了下來，說到最後，幾乎是聲嘶力竭，陳保羅看在眼裡，心底陡地升起傷感的情緒；那一晚，他們姊弟倆相擁而泣。

事後陳保羅回憶起來，當時自己並沒有流下多少淚水，大概是被驚嚇的成分居多。

至於姊姊，不知道為什麼反而呼天搶地，好像壓抑了過久的情緒遇到一處缺口，適時地抓到機會，便盡情地奔游。

他來到一處十字路口，紅燈使他卻步。

雨勢依然繼續地占領整個城市，那稀疏的來往車輛彷彿不甘被擊敗似地，到處逃竄。車過處，就驚起一陣水花，兩道筆直的車痕很快地被雨水淹沒。

他看到對面的路標模糊地印著「民生路三段」，沒有料到，漫無目地遊蕩在街道上，卻是一步步逼進姊姊。

綠燈乍亮，他愉快地舉起書包快步穿越雨幕。

姊姊，姊姊……

他在心裡呼喚著，好像如此，姊姊就會出現在他眼前。

放下書包，他絲毫不在意雨水的洗禮，只希望沿著這條街很快地找到姊姊工作的地方。他的心脹得滿滿的，有如一根漂流的浮木正待泊岸，而姊姊就是泊岸的居所。

姊姊的工作一定是很累的，每天夜晚書讀到半夜，才看到姊姊拖著疲憊不堪的神態回公寓；陳保羅想到這裡，便不由自主地憂傷起來。他很後悔最近老是對姊姊發脾氣，若不是魯齊一那群混蛋，他的心情也不會如此惡劣。

真的，姊姊，我不再對妳發脾氣了。

他這樣說的時候，自己就莫名地想哭起來。

姊姊在咖啡屋裡賣命地工作，都是為了一家人。

老師說：「憑勞力賺錢的人，是可敬可佩的。」

可是陳保羅的腳步又猶豫起來了。他曾經好幾次說要去姊姊工作的地方，都被回絕了。

「你去那裡幹什麼？何況我又那麼忙。」

「姊，我只是去看妳，又不妨礙妳工作。」

「老闆會罵人的，工作時間最討厭外找了。你不要害我扣薪水啊！我還想領全勤獎金的。」

好，不去就不去。

答應過姊姊的。陳保羅洩氣地想到這樁事。

他回頭的時候，發現一個老婦傴促在騎樓一角，手臂上挽著竹籃子，正單調地向過路行人兜售竹籃中的花朵。

「玉蘭花，玉蘭花。」

經過老婦身旁時，幽香的氣味滑進了他的鼻孔。

「一串多少？」

「十塊錢，便宜啦！」

他接過玉蘭花，把一枚銅幣遞過去。

老婦人像獲致恩寵地忙向他說：「少年仔，謝謝，好心有好報。」

他拎著一串玉蘭花穿行在人群裡。

只要把花送給姊姊就回去。那麼辛苦的人，玉蘭花掛在胸前，希望能減輕姊姊工作時的疲倦。

陳保羅一邊打定主意，一邊忙著找姊姊工作的咖啡屋。

「珍珠城咖啡屋」，陳保羅終於在街的另一頭找到。

在咖啡屋的面前，陳保羅鄭重地停下來。暗灰色的玻璃並不能看到裡面的情景，反而反射出對街的雨景。

他有些急躁，但連忙又告訴自己冷靜，他打算先編好臺詞，用短捷有力的一句話表達對姊姊的尊敬，然後就安心而且愉快回去。這樣子不消用到一分鐘的時間，姊姊應該也不至於扣薪水。

他小聲地對著下雨的街道喃喃道：「姊姊，我愛妳。」

一轉身，他就向自動門前進。

冷不防，他的書包被一個強而有力的東西抓住。

「死囝仔，要幹什麼？」

「沒有！」

他聽到一股濃重地帶著閩南腔的國語。

「我要進去找……」

一個魁梧的男人站在他前面。

「你要進去！有沒有搞錯？」

「沒有啊！」

男人往地上吐了口紅色的汁液，繼續怪異的腔調問：

「你是幾歲，當兵沒有！」

另外又有一人站了出來，也斜著眼看他。

「我只有國中。」

陳保羅只好據實回答，手上那串玉蘭花搖顫了起來。

「死囝仔，那麼小也想進去開。」

那兩個男人忽然邪惡地笑作一團。

「不是啦！我要送花給我姊姊。」

這回他真的想哭了，急忙把手上的玉蘭花舉到他們眼前，怎麼也沒料到，會是這個情形。

「你姊姊什麼名字？」

「陳美英。」

「沒聽過，你自己進去到櫃檯問。」

自動門打開，裡面混合的酒味、菸味、脂粉味的空氣就自動地洩了出來。在通道右側，桌椅隔著一道道的屏風，他看到在幽暗的燈光下，一個女人的奶子慘白地跌在胸前，女人的身體不停地晃動，身旁好像還有人。

櫃檯有人問：「小孩子，你找誰？」

先前的那女人適時地抬頭，露出了可怖的面孔，陳保羅一瞧，腦門迅即「轟！」的一聲，姊姊！一個清晰的影像天羅地網地罩了下來。

為什麼，為什麼……。

陳保羅加快步伐，毫無目標地往前奔跑，越過了街道，進入雨中，又重新進入一個不知名的街道。

他希望現在躲進安全陌生的世界，沒有學校，沒有魯蛋，沒有吳敏敏，沒有姊姊的地方，讓全世界的雨水刷洗著他的淚水。

過了一陣子，他在大雨中聽到自己的名字。

「保羅，保羅，保羅。」

他抬起頭，姊姊溼淋淋地喘著氣在他後方。

「妳不要過來，過來我就撞牆壁。」

他作勢要撞牆壁的模樣，他手上的玉蘭花被憤怒的手掌折碎了，一瓣瓣的玉蘭花寂寞地飄落下來。

他們彼此對峙著。

「保羅，聽我說——」

「不要，騙子騙子，妳騙我。」

「我沒騙你，跟你講過不要來的……」姊姊無力地說著。

「妳沒有講妳做這種事！」

「以前我不是做這一行，後來……」

「以前是以前，可是現在跟以前有什麼兩樣！」

「妳不了解我的感受。」保羅生氣地說：「同學罵我是番仔，老師說我沒有歷史意識，這些妳都不懂，我被人家壓在廁所，妳都不知道我的感受。我把妳當聖人，好偉大，今天看到玉蘭花，就特地買一串給妳，妳說妳工作累，我還想以後每天買一串玉蘭花……」

保羅斷斷續續地講，最後因悲戚而無法說下去。

「你就了解我嗎？」

「你還小，以後會知道的。」

「對，以後我會知道，全部落的人也會知道妳是……」

「好，我是妓女，全世界的人都知道我是賣肉的，可是沒有我，全家都餓死好了。你以為我喜歡賣，像豬肉一樣一斤五十元？我也有血，我也有淚，去年爸爸跌斷腿，我在工廠做工的錢只能替爸爸消毒，肉一寸一寸爛掉，再爛下去就要死，誰想過辦法，誰借到錢了？一年八十萬，我用身體換爸爸的命，你現在知道我是妓女了，你傷心你難過，你的自尊心被毀了是不是?你有沒有替我想過，我的自尊心早就被撕破了。」

「姊，妳不要說下去了，我很難過，真的很難過。」

「難過你就哭，我已經不曉得怎麼替自己難過，我已經沒有感覺了，只有對你有期望，就是你好好地讀書，以後就不會像姊姊……像姊姊一樣被別人欺負。」

這城市的雨依舊下個不停，好像替他們奏起悲涼的曲調。

在城市的一隅，有一對姊弟正拖著蹣跚的腳步。

不知道誰說：「走吧!要感冒了。」

計程車

我自己開車，從部落到十三里外的小鎮或是更遠的城市，所以通常沒有機會乘坐計程車。

有一天週三下午的教師研習活動，地點在小鎮，偏偏我那三菱休旅車耗完了九二汽油，只好坐上同事的車一同參加研習，活動結束後還一同喝杯讓人放鬆的下午茶——時間其實已經接近傍晚——同事住在小鎮上，客運末班車也已發完，我只好招來一輛黃色計程車，計程車從街角轉過來時，我看到駕駛座旁有個女子的模樣。

等到計程車停到我的面前，車門打開，一位中年溫和的客家男人催我進來，計程車裡，我是唯一的乘客。

小鎮到部落是彎曲起伏的產業道路，隨著進入雪山山脈南端的山裡，夜空開始降下溫度，雖然已經是四月，但是違常的全球氣候讓島嶼的溫度依舊停留在十二月冬日。我將車窗掩上只留小小的縫隙，運匠專業而致志的運轉駕駛盤，我們話不多，但我看到了這個男人臉色的變化——從溫和到逐漸哀戚——短短的十三里路不到二十分鐘就到了部落，我下車、遞紙幣、找錢，車子就要轉回小鎮，我終於忍不住對著他說出自己上車前有關視力的錯覺，運匠——那張哀戚的神色已經由輕微興奮的紅潮取代了——回答著：「喔，許多人都看到了，是我的妻子，我喜歡她陪著我。」

計程車轉向小鎮的方向，他鄭重地說：「九二一大地震時，我們在這條產業道路上，只有我活著回去。」

我知道你的明白

在我們部落有個獨特的酒鬼，他說的話並非含混籠統、語焉不明，反而是字句清晰人人能懂，儘管如此，我們還是無法與他對話。

例如說，「比浩，吃飯了嗎？」比浩回應的時間不一，像是突然或是興之所至，冷不防才有聲音傳來：「現在輕鬆了喔！」

你懂我的意思嗎？我們根本就不是他說話的對象，也許對話者是飛鼠、山頭、破碎的玻璃、小黃狗……很多小孩乾脆直呼比浩瘋子，這或許是較為稱職的稱呼。

過幾年，我不幸過世了，比浩繼續擔任瘋子的角色。

我走在部落，在商店前又見到喃喃自語的比浩，他看著我，「你現在輕鬆了喔，回部落看孩子？」

啊，我聽懂比浩說什麼了，川流在我身旁那些認識或不認識的人，大家都含笑以對呢！

好奇

計程車司機停在休息站，隨即打開報紙閱讀。店員只要有了空檔，隨手就是一本雜誌或書冊狠命讀著。一入夜，小販拉開油布，書市應聲如群星占領國境。

我從來沒見過如此喜愛閱讀的國度，每個人聚精會神將心力與勞動貢獻給大小不一的字體。經過一個星期的感動觀察，我終於忍不住提問，雖然這是對外國記者自由參觀的溫柔禁令之一，但我怎能按捺住人類都會有的好奇欲望。

一位老人以全國一致的溫和語調撥開了我惱人的追問：「請不要再打擾我，我已經夠老了，我非得更加認真閱讀，非得找到一句真話不可！」

一百年前

一百年前，有個號稱人類學家的日本人，帶著笨重的機器上山，找到了記憶很好的老人（奇怪的是，每個老人的記憶都好得不可思議），人類學家將聲音和面貌躲藏在大機器裡，回到森林長得很衰弱的城市，他的論文果然獲致博士的榮耀，老人家也為他高興。

我的父親說出這一則往事，曾祖父就是其中的一位老人，我很為這類殖民科學抱屈，「那是沒有用的，」父親說：「那個人只有紀錄和文字，沒有神話、故事、夜晚和風。」

文字

當泰雅人知道自己是從石頭蹦出來的人類時，就已經知道了文字，神話傳說把文字安放得很遙遠，必須一次又一次地聆聽，才能捕捉到文字蘊含的意義。

泰雅人也把文字雕琢在臉上，但必須是有資格成為保衛家族的「人」，後來的漢人誤解那是古老的易經圖案。知道文字的存在並不只是男人，女人將文字織在衣服、帽子、裙子、綁腿甚至是被子，泰雅人讓文字包圍，感受到大自然的脈搏，賁張的眉毛也都像嬰兒睡著了。

到了我們生活的時代，每一個用刀槍砲彈闖進島嶼的民族宣稱，文字是他們發明的，至少，只能使用他們的文字。就這樣，泰雅人失去了擁有文字的資格，就像這座島嶼從來沒有誕生過泰雅人。

巴代

〈巫旅〉【節選】（二〇一四）

〈浪濤〉【節選】（二〇一七）

Badai，林二郎，一九六二年生，臺東縣卑南鄉大巴六九部落（Damalagaw）卑南族。退役中校、教官，國立臺南大學臺灣文化研究所碩士，就讀於國立成功大學臺灣文學系博士班。曾任國立臺南大學兼任講師，擔任中華民國台灣原住民族文化發展協會理事長、多屆原住民族文學獎小說評審、臺灣原住民筆會會長。

巴代關懷原住民族在現當代社會的適應，也擅以族群歷史、文化為創作素材；透過作品，展現了原住民族介入臺灣史的意圖，也為讀者展開了一個不一樣的原住民族臺灣史觀。得過多屆原住民族文學獎，臺灣文學獎長篇小說金典獎（二〇〇八）、金鼎獎最佳著作人獎（二〇〇八）、第三十六屆吳三連文學獎（二〇一三）、第三屆全球華文星雲文學獎歷史小說三獎（二〇一三）、高雄文藝獎等多項大獎。作品譯有蒙古文、英文、日文、韓文、捷克文等多國語言。

著有《笛鸛——大巴六九部落之大正年間》（上）、《馬鐵路——大巴六九部落之大正年間》（下）、《薑路：巴代短篇小說集》、《檳榔．陶珠．小女巫——斯卡羅人》、《走過：一個臺籍原住民老兵的故事》、《白鹿之愛》、《巫旅》、《最後的女王》、《暗礁》、《浪濤》、《野韻》、《月津》等書。

巫旅【節選】

樹魂會議

森林起了變化。

不說陽光已然遮蔽在西邊與更西邊的高大山稜線，遮罩在雲霧的森林並未出現應有的昏暗，連原先的蟬鳴與森林一切該有聲音似乎被某種裝置或力量一點一點地被吸蝕掉，愈來愈稀薄。一股帶有荒涼漠然的死寂漸漸鋪展開來，令梅婉耳鼓隱隱作痛。沒風，空氣也顯得凝滯的狀態下，眼前所見的樹幹枝葉，居然輕輕地搖晃亂綻，沒有一致的律動方向，各自紛亂中卻又有各自的規律。

「呸啦！」梅婉覺得眼花，本能的呸了一聲。

她以為自己遇見了傳說中在森林活動的精靈，正搖動著枝葉或製造聲響捉弄晚歸或單獨在山區活動的人。這一呸，眼前景物果然都停了下來，這個靜止，居然像漣漪一樣擴散向稍遠距離的傳遞，一下子，騷動都靜止了下來！

「現在幾點鐘了？我不會是餓得頭昏眼花吧！」梅婉想起吃飯時間，摸了摸幾個口袋，發覺忘了帶手錶，肚子也不覺得餓，她注視著眼前的景物，又覺得剛剛是自己的幻覺。

「不對！」梅婉覺得不安輕輕地脫口說，並四下找尋乙古勒的影子，「人呢？這個時候會跑到哪裡去呢？」

梅婉的不安感覺，是在眼前景物靜止之後，忽然出現一些輕微卻綿密不停湧來的寒意令她雞皮疙瘩直冒，一股冷寒自身體內部竄起。

她意識到這股寒顫是一種非陽間事物的接近所致，加上這之前一再出現幻影、寒顫反應以及剛才聲音消失的過程和現在異常寂靜的狀態，她警覺的從巫器袋裡取出以麻線穿紮的陶珠串，取了一顆陶珠「啐」的一聲，開始唸禱。

祝禱詞中她說明自己的身分，同時要求管理這一區塊的土地神靈以及管理這裡幾座山的神靈注意到她所在的位置，並盡可能協助理解所有的狀況。她拋去了手中的陶珠，然後又取了一顆在手中，加上咒語，限定所有與自己頻率不同，可能造成自己不舒服的山魈、鬼魅暫時迴避。拋出陶珠後，最後她蹲了下來，以巫器袋的小刀在地上劃了一個短橫線，然後在橫線上下各擺上一顆切開成半片的檳榔，成為一個四則運算中「除」的符號。隨著梅婉的祝禱與咒詞的唸誦，周遭環境又逐漸的變幻。一直到她站起來時，眼前景物已經全然改變。在她設置完畢唸了一句「吧啦合閉忒」後，瞬間打通與幽冥間的連接，整座森林展開了陽光世界以外的另一個世界與空間，而四周響起了一陣陣「碰……碰……」的走動聲與枝葉輕擦碰觸的沙沙聲，地面微微又持續的震動不停。梅婉注意到那四棵巨木所形成的空地，已經變成有十倍大的平臺，那四棵樹已經各自拉開距離挺立四角。梅婉所站立的位置，已經不在原先那空地的一角，而是更外圍的區域，先前穿山甲覓食的蟻丘還明顯的位在她的右前方五公尺處。

乙古勒呢？梅婉心念才動，便看到乙古勒拉長著身體跑來。

「梅婉！我告訴妳！」乙古勒一下子急停在梅婉面前，仰著頭說：「這整個區域的樹，正朝著這個方向走來！」

「走來？妳沒有弄錯吧！樹走路，根部得要離地，那樣他們沒死這些山也要垮了！」梅婉低下頭不解地問。

「啊！不是！是他們的魂魄，是……是那些樹的精魂幻了形走來！」乙古勒想精準地說明，「我在學校看過幾棵老樹，就是那樣的幻做人形四處游動，不過學校那些樹的力量，根本不能跟這裡的樹相比擬。」

「我不懂，乙古勒，妳能說得更清楚嗎？」

「唉唷！」乙古勒喘口氣，說：「剛才妳不是一直出現奇怪的反應嗎？我其實也注意到遠處有一些不尋常的移動，我擔心死了，怕是什麼傷人的東西出現，後來我注意到，那是一些樹的幻形，所以決定四處看看，我發覺，這一整個地區的樹魂都在移動，往這裡移動。」乙古勒臉上有一絲的得意。

「如果是這樣，那……他們是往這個地方移動了？妳的意思是這樣嗎？這裡有什麼特別的事嗎？」

「不知道呢，不過他們移動的方式太特別了，樣子也千奇百怪，沒親眼見過，還真是難以想像啊！」乙古勒看梅婉聽得出神，便問：「妳不想去看看啊？」

「這一趟下來，會不會太遠啊？」

「不會遠啊，我們都能穿越到這裡來了，這一點範圍還算遠？」

「不，乙古勒，我注意到妳能輕易地在不同的空間與時間中轉換移動位置，但我們女巫不能，我們以鬼魂的形態做穿越旅行，可以在不同於鬼魅世界的陽間做快速地轉移。但是在神靈鬼魅的這個空間，做為一個巫師鬼魂，我們擁有同樣的巫術力量，卻只能遵循著這個空間的規則移動。一個人走路多快，我們便走得多快，不可能做超乎常理的瞬間移動，就像我在我自己的世界，我得靠兩隻腿慢慢地移動啊。我剛才已經做了巫法，現在已經離開太陽的世界，正式進入這些妳說的樹魂的領域，我雖然可以施巫法，但我不可能瞬間移動改變位置。」梅婉表情稍稍嚴肅地望著乙古勒。

「那我為什麼可以？」

「我不知道，乙古勒，我不是說過嗎？我不知道妳是誰，或者妳究竟是什麼，這也是我們學習怎麼做穿越旅行的原因不是嗎？我們正在想辦法找出原因的，妳忘啦？」

「唉！那這樣子，妳無法親眼看到那一大群的樹魂移動，豈不太可惜了？我跟妳說，他們……」

「等等！我們不需要移動到那麼遠的距離，妳看！」梅婉直視著前方打斷乙古勒繼續說。

只見前方，不，四周逐漸有了騷動。東面斜坡上正走來三個粗具人形的「樹」，各有著一粗一細的雙腿，正勾肩搭背一瘸一瘸地爬上坡來。從外型看來，方形的面譜，頭上頂著三兩枝葉，那互生的葉片葉緣略作波狀，表面深綠而背面粉白，帶有明顯的光澤，那正是樟樹枝葉的特性。那三「樹」一邊走，還一邊伸出帶有木質的「手臂」梳理頭上的枝葉，顯然那些枝葉被當成他們的毛髮令他們感到驕傲；三人粗壯圓筒形的身軀有著黑褐色的皮層，顯示他們還算是年輕的樟樹。

梅婉看得有趣。她聽說過樹木或是其他巨石，在一定的歲月與能量之後會有幻形的能力，幻形的目的在於移動。於是樹木就會出現兩隻腿、四隻腿或者更多腿的形態，能力更高的還能幻出一對翅膀或更多對的翅膀。至於多少的歲月，或多少的能量可以幻做怎樣的形體，並沒有一定的規則，但幻形的外觀，朝著俊美、敏捷則是一個的大方向。眼前這三個樹魂，理應有多少年的歲數？他們又修煉得多少年的道行？對梅婉而言還無法形成清楚的概念。但梅婉並沒把這個當回事，因為從四面八方陸續又出現不同型態的樹魂走過來，有幻成四條腿的，或像馬陸等千足蟲那般爬了過來。

「喂！前面的讓一讓！」一個低沉粗啞略帶有回音的聲音響起。

梅婉兩人回頭一看，趕緊移向一旁。原來是一個頭上帶有細小青果子枝葉的樟樹，擁有四隻腳，右前肢最粗，左後肢次之，其他兩肢稍細，每隻腿都帶有鬚根，隨著他挺著胸直接穿過灌木叢前進，碰著其他的植物枝葉而發出颯颯聲音。東邊剛才走來三個樹魂的方向再往前延伸，一棵原來生長在較低海拔的榕樹，正在邊走邊收起他一根根的氣根，才喘著氣爬過一道石壁，又因為一個粗大氣根絆倒另一棵榕樹，因而糾纏而差一點將他往後拉扯滾落山底。這榕樹被稱為「會走路的樹」，便是因為他的氣根會隨著枝幹伸展觸地，慢慢變粗，成為一根樹幹，移動擴展的時間久了，就像極了一棵移動的樹。

他這一回似乎也受了什麼召引，正吃力地爬上山頂。

梅婉兩人幾乎是呆立著看著眼前的狀況。因為除了小徑西半部還平靜，其他的地方都開始出現了一些騷動，一種緩慢的，細微又巨大的動態。像綠色液體摻雜著黑色線條的波浪湧起又沉落，颯颯的聲音像浪花一道又一道地這裡起那裡落。整個東半部的森林動了，先前沉沉的咚咚聲由地層底樹根間連結傳遞。不知道經過了多少時間，樟樹先後到達，其他樹木也陸續進入這塊空地站立著、蹲坐著、仰躺著、俯臥著。只見相熟的幾個樹魂相互碰觸枝椏打招呼，整個場地一直迴盪著樹魂低聲竊語所形成的一股悶雷似的輕微響聲。

「他們要幹什麼？」乙古勒輕聲問。

「看起來應該是要開會！」梅婉頭也沒撇過，眼光直直注視著原本寬敞的空地，周邊已經塞滿了四周湧進的樹魂。

「開會？這樹……這些樹幻形然後四處遊蕩就已經夠新鮮了，還要開會？開什麼會啊？」乙古勒覺得新奇而瞪大著眼睛問。

「你是什麼生物啊！」一個清脆又平調的聲音忽然響起傳來，那是接近一個字三秒的速度，緩聲問道。而這一問，會場聲音嘎然靜落。

「我說的是你！」聲音又再響了一次，而同時，刷的一連聲響，所有的樹魂都轉過「頭」望向梅婉。

那聲音語言似乎是一種樹枝樹幹敲擊出來的單調音律所組合變化的語言，每幾個音節合成一個完整意義的句子，那個組合語意不清，傳遞的速度也極為緩慢，但進入梅婉的耳裡卻自然形成有意義的傳達，雖然音韻陌生卻不影響了解樹魂所要表達的意思。

「我……」梅婉警覺這問話的對象是指自己，但她不確定是誰在問話。

「我是動物，是人類。」梅婉說，說完又覺得問題問得奇怪，自己回答得也突兀。才說完，整個場地「嘩」的響起了渾雄的聲音，像是所有的樹一起感覺驚訝的讚嘆聲。

「動物？動物有人類這一種嗎？」那聲音又響起。

因為疑問聲調拉高，減低了那聲波頻率令心跳產生共鳴的不舒服感覺。梅婉注意到那是位在東南邊那一棵合併生長的巨大樟樹，此時他以幻形坐在那位置上，形似一頭帶有棕褐色皮毛的黑熊，不過頭頂還斜頂著一巢瓦葦蕨，樣子像是頂著一頂帽子參加宴會的貴婦，不過神態上頗具威嚴。

「應該是猴子吧！」一個臉上有一個透空窟窿的樹魂說。

「不是吧！哪有這種猴子，沒有毛，沒有尾巴，身上還裹著什麼東西，站得直挺挺像棵短樹，我看應該是矮樹猴吧。」一個身上纏繞著幾圈水藤的樹魂，稍稍撥開嘴邊的粗藤搶著說，而他的話引起大家的笑聲，哄……地四下連結。

「喔！那是居住在稜線以東的動物，他們在那裡建有幾個村落，歷代以來，那些經過我腳邊或是停歇在我枝幹上的鳥兒告訴我的，說這些生物會砍樹，會起火燒山，也會種植一些作物，更重要的是他們會製作一些工具，用在戰爭！所有接觸過他們的生物都會受到傷害，甚至滅亡！」說話的似乎是剛才忙著收氣根的榕樹。說話時，一個氣根垂了下來，碰巧敲擊到一個來湊熱鬧的九芎樹，使得原本已經斑彩的樹幹，多了一條瘀痕。九芎樹還沒來得及抗議，眾樹魂「喔」的一聲，隨即都靜了下來！

那靜默的時間，足夠一百公尺遠的山黃麻樹下，一隻飛鼠由樹根爬上近三十公尺高的樹梢，摘食完兩撮嫩芽後，躍起滑翔到另一棵樹所需要的時間。

「這麼可怕的生物怎麼會來這裡？既然是生物，太陽底下的動物，又怎麼可能進入到這個地方看到我們集合在這裡？莫非，妳是巫師？」一個看來非常老耄，有著垂鬚而攤坐在那棵合併的樟樹後方的老樹魂說。

「呵呵……你都活過三千個冬天夏天了！沒聽過人類這種生物，還真是新鮮事啊！

再說，巫師應該不是這個長相吧？你看她像個剛出生的小孩。聽說巫師是個很有力量的生物，所以，應該也有很歲數吧！」另一頭的東邊響起了粗沉的聲音，語氣摻雜著濃濃的不屑意味兒，那是一個具有水鹿形體的樟樹魂。

兩段聲音，以及緩慢流動的姿態與速率述說著，中間間雜響起其他樹魂的應和。

「是的，我是巫師！」梅婉大方地承認，而她的話又引起眾樹魂「嘩」的驚聲，向其他山脊山谷連結響動。

梅婉注意到，這些樹魂始終只是問她，似乎沒看到乙古勒。她若無其事的低下頭看了一眼，而乙古勒正好也抬頭，抿著嘴皺著眉看著梅婉表示不解。

「如果是巫師，那就請靠近來吧！我們都聽說了一個古老的傳說。說有一天我們將面臨關鍵性的戰爭，屆時將有一個女巫出現擔任仲裁，我們不知道傳說的巫師是不是妳，也不知道妳的立場是什麼，既然妳能進入這個區域，那就請靠近來吧，我們願意把你當成仲裁者，聽聽我們的想法。」那幻形為黑熊的大樟樹魂說話了，顯然他是這一區域眾樹魂的領袖。

梅婉沒接話，點過頭，便帶著快速爬上她肩頸的乙古勒進入會議廣場，眾樹魂注視著梅婉緩步進入。

近日，整個山區森林常常出現強大又凌亂的力量，驚擾著森林深處這些巨大樹木的靈魂安寧，那些力量似乎刻意要孤立這個區域，因而形成一個隔離的力量；另外，今天上午，在山稜線後不知為何又形成一個有別於先前的巫術力量的阻隔。到下午太陽偏斜以後，又由西邊不停地投射來一股股更強烈的力量，讓這些樹魂以為多年對峙的西邊樹種將要發動攻擊，於是召開了這一場會議。梅婉的到來，似乎驗證了傳說，因此格外令這些樹魂們憂心與注目，期盼這個在他們眼裡的人類嬰兒，是一個有決定判決能力的女巫。

當然，梅婉並不知道這裡發生的任何事，她臉上保持著笑容，四下點頭示意，順便看看四周情況。她發覺所有進入這個區域的樹木，都已經幻化成為一些可移動的形體，即便有的仍然保持樹木的原形，也縮小到大約一個成人高度的大小。

梅婉走到那棵東面樟樹幻化成的大水鹿旁坐了下來，乙古勒早已不耐煩，沒等梅婉坐下便下了肩頭，朝那個聳立的西邊檜木跑去，一攀上樹幹就往樹梢爬去。

「各位！今天召集大家來談談話，主要是因為，這幾天我們都感受到了不尋常的力量干擾。」那雙併的大樟樹化身的黑熊說話了。他做了開場白繼續說：「這麼長的時間裡，我們與西面的檜木群爭搶著這個區域，幾百個冬天、夏天的時間裡，我們幾乎均分了這個區塊。但是這個從來沒有停止的鬥爭，現在應該又是面臨一個攤牌的時候了。今天召集大家來，一方面是想確認近日那些奇怪的力量有沒有造成大家的傷害，另外，大家想一想，該怎麼樣打倒那些西邊來的樹種，或者把他們趕回去。」大黑熊樟樹說話的聲響沉厚緩慢，像一股空氣在流動，悠遠又密實，一聲一聲的傳散開來。

梅婉心頭一驚，沒想到印象中溫婉祥和的植物巨木，居然會有「打倒」「驅趕」的暴烈式語彙。她眼神掃過那西、北兩面兩棵仍直挺挺的站立兩個方位的巨大檜木，像是這會議場上的兩個巨大擺飾，沒有幻形，對於樟樹的說詞也沒任何反應。她偷偷地默念咒詞查詢，發現他們的樹魂根本不在，像是刻意要迴避樟樹群開會似地遠離。

「是啊！再怎麼說，我們樟樹總是這個地方最大宗、最大棵、最長壽又最有在地感的樹種，這些紅檜仗著從西邊高地的優勢，一路往東侵擾，未免也太霸道了吧！要不是我們那些長輩們挺立在這山稜線，我們還不知道要退守到哪裡去呢！」一個還具有樹形的樟樹語氣憤怒地說。

「雖然這個地形高度與氣候，讓他們一時越不過這一個稜線，但是我們一些同胞堅持扎根，堅定與他們鬥爭的意志，的確也是確立了我們的領地。大家要記得，這裡是我們的地盤，我們不容許其他的樹種侵犯。」一個樟樹魂說。

這個樹魂提到的高度大致是指他們現在所在的位置，海拔一千八百到二千二百公尺上下，這的確是榕樹與檜木交疊的地區，而這個地區因為地形特殊，自遠古以來聚集的樟樹遠比其他地區的樟樹來得密集與高大。上千年的樹不在少數，而低於五百年的樹，根本還排不上名，更遑論其他活不上個幾百年的雜樹，連幻形參加會議的能力也沒有。但他的話還是引起了一些反應，特別是那些零星的，長的也有些歲數的其他雜樹種如松樹、紅豆杉、榕樹、肖楠等，開始嗡嗡地連結成一片。

「大家靜一靜，這個區域需要大家一起來維護，大家想一想，這些檜木真要越過現在的界線，大家還能怎麼生存啊？說不定我們都要重新配種，變成檜木的一個亞種？今天召集大家，除了讓大家彼此相互看一看，問個好，也是提醒大家，請堅守各自的位置，不惜犧牲生命地抵抗檜木繼續往東、往下生長，為創造我們樟樹美好的將來做最大的努力。」黑熊樹魂說。

一旁靜靜觀察的梅婉，聽著聽著忽然感到驚心。她所來自的世界是二〇一一年十一月，而現在這個與外界完全隔離的不知哪個年代的世界，居然存在著一種熟悉的物種，以她不曾有過的經驗方式，說著一些在她現實經驗裡常聽到的一些令人討厭的語言形式，梅婉腦海沒來由浮起了一些政治人物的表演與語言，感到極不真實。

「各位！」一棵榕樹，甩動一條氣根引起大家的注意，也打斷梅婉的思緒。

「各位高貴的樟樹種朋友，請容我說幾句。」榕樹環視了一圈，繼續說：

「平常大家雜處在這裡，玩玩風，逗逗雲的，也挺有樂趣的，誰的枝葉遮了一點陽光，或者誰的根非要插進別人家的根鬚裡，也不是什麼大不了的事。今天我們都活到了一定的歲月，有能力幻形移動到這裡群聚，煞有介事的談怎麼打倒那些檜木，我們是不是也該想一想，在自己的區域內，該怎麼留一些空間，給那些沒有能力幻形到這裡聚會的那些樹種或灌木群啊？」

榕樹的話引起一些非樟樹的樹種發聲贊成，除了剛才被榕樹氣根打中的九芎樹嗯嗯的發聲，只見一棵身形嬌小的紅櫸木也直點頭贊成，發出嘩啦的抖動聲，近二十年來她已經被一棵已經相當粗大的樟樹擠壓，有一些根鬚伸出了崖壁，拉著身子不得不向外伸展。

「各位高貴的樟樹，你們的生殖力強，根扎得深，散播得也快，那些在這裡原生的植物以及後來移住進來扎根的弱小種族，對於土地與水資源的利用都搶不過各位，你們不讓一點，要他們怎麼生存？想想，萬一這個地區都只剩下你們樟樹，那還有什麼意思？物種少了，食物少了，動物受了影響，生活都單調了，連空氣都只剩各位放的屁味，那還有什麼意思呢？」老榕樹說。

「哈哈哈，種族的競爭本來就是這樣，誰有能耐誰就生存啊！你們，或者其他那些羸弱的小族群想要生存就得自己想辦法演化，或者打敗我們，把土地都要去。今天找你們來談談，讓你們聽聽我們老大怎麼說，不過是給各位面子，尊重你們是住在這裡住民！別想太多。真要不高興，嫌這裡沒有你們的天地，你可以離開啊！你不是天天想著怎麼移動生長嗎？」北邊那棵牛樟樹幻形的大水鹿不客氣地說。

「是啊！這整塊山區的陽光、泥土，水分，都分了你們一些，你們不感謝就算了，說這些幹什麼？要不是我們樟樹在這裡扎根，你們早就被那些檜木群搶去了地盤，說不定你們這些雜亂沒價值的樹種全都要因為土地沒養分而夭折。」一棵年輕的樟樹幻形成一頭山羊，因為道行功力不足，身體還留有一半的木質，臉部貼滿了黑褐色長條塊狀皮層惡狠狠地瞪著老榕樹。

那幻形成山羊樹魂的話傳進梅婉耳裡，有一種種熟悉卻又覺得有些似懂非懂的疑惑，沒來由的產生一些厭惡。

「不是我囉嗦，各位！」老榕樹似乎沒動氣，「我的族群各自生長，盡可能張開著枝葉生長，為的不僅是吸收陽光雨水，而是希望多多地結果生子，讓那些鳥雀多些食物的選擇，也讓那些候鳥南北往來有個可以停歇進食的休息處。所以這麼多個冬天、夏天，我才有機會聽到不少關於越過海洋以北、以西那些我們永遠到不了的遙遠地方的消息。鳥兒們說這個山脈西邊，一連串山脈起伏的西邊，是一塊平原，那平原跟東邊的平原一樣，有許多的動物，包括一些使用簡單工具的人類，這些人類會燒墾一些山種植糧食，砍一些樹建造房子，數量雖然不多，但三、五個冬天夏天就要砍一些，北邊來的鳥也這麼說。所以，對我們來說，將來生存真正的問題，不是西邊的這些檜木，而是人類！」榕樹說，他的話引起了一些樹魂的出聲回應，部分樹魂還撇頭望著梅婉。

「你說的這些人類，我看過，我位在稜線的下方的樹體附近就有一個他們的村落，不過，他們砍的只是十幾個冬天夏天長成的木頭蓋房子或者耕田，主要對象還是數量不多而且是密集在一起的樹木，他們的砍伐只有好處，不會造成我們這些粗大的樟樹多大的傷害。這位榕樹兄弟，你說這個的意思，到底是想表達什麼？」一棵縮小體型的香樟開口說話，說話間香氣四逸，讓眾樹魂忍不住多吸兩口。

「我說的也就是這個，他們現有的工具無法造成各位粗大樟樹的傷害，我們這些接近人類的樹種最容易受到傷害，如果各位高貴的樟樹們，不肯在其他適合生長的地方稍稍讓一讓，提供我們其他樹種繁衍，也許我們很快就會絕種。與其這樣，我們乾脆就讓檜木林越過稜線，也許我們還有生存的空間！」榕樹說。

「你在威脅我們？」幻形為大水鹿樹魂沉聲地說。

樹魂聲音呈現低沉的共鳴，使得周遭產生了些音壓，令梅婉耳膜難受，她下意識地掏了掏耳朵。

「不，我不是威脅，我是陳述一個事實。你們是優勢族群，幾百個冬天夏天以來，我們與你們在同樣的生存空間，一起面臨天候與地理上的災變，也一起度過病變與昆蟲的肆虐。在許多因素下，我們犧牲了一些生存空間與同胞，容許你們的種籽、新苗著地生長，造就你們成為優勢的族群，最後讓所有的資源優先掌握在你們的手上。即使有怨言，多數的樹種還是以和諧為一個前題，忍了再忍。現在，你們提出了要與檜木決戰的意圖與決心，要我們不顧生命一起參與，共同面對新的挑戰，卻不肯稍微讓出一點空間讓我們其他弱勢種族的家族好好生根存活，這樣子並不合理啊。」

「放肆！」幾個樟樹魂嘩啦地站起來吼著。聲音特有的低頻共鳴聲，沉向山谷又引起一陣陣連綿回聲與共振。

樹魂齊吼的低頻率令梅婉受不了，耳鳴不止，不自覺輕聲脫口說出了安靜的咒語：「嘎啦蹦安！」霎時，現場所有聲音瞬間被收了回去！連一片葉子翻轉的聲音也消失掉，那幾個樹魂一時沒反應過來，無聲音的張口相視，都露出了驚恐之色，卻在瞬間都恢復了聲音，只聽到聲音被收回以前還沒脫口說的聲音和氣息形成「呵」的奇怪氣聲。但，沒有樹魂注意到這現象與梅婉究竟有何關連。

「年輕的榕樹魂！」幻形為大黑熊樟樹魂站立了起來，「算一算，你大概也有三百個冬天夏天了吧！以你的歲月，你憑什麼認為可以在這裡大放厥詞？」

「哈哈哈……」大榕樹整個枝葉顫動著，「我的確年輕，但是我總是站在風來的方向，聽著來自四面八方的訊息，我總是安靜地聽著棲息在我身上的鳥兒們所述說著的無數故事。所以，我懂了必須關心這裡的同類，我了解了生存定然存在一定的悲憫，我理解到了你們活了幾千個冬天、夏天也不了解的事。你們不節制，其他的樹種、植物都不會有好下場，所以我必須挺身來說這件事！這是道德！如果你們執意自私地只顧自己，不如就讓西邊那些檜木跨過稜線把這裡占領，反正狀況再壞也不過如此，說不定還有一線生機呢！」榕樹的話引起了其他雜樹的支持與同感，一棵烏心石樹忍不住咳了幾聲。

「呵呵……自大的榕樹啊！」大黑熊樹魂身後那個癱坐著的老樟木樹魂開口說：「聽起來，你的確跟我們這些樹種不同啊，我們只知道陽光足、水氣旺就張開枝葉開心生長；要站穩，就努力向下扎根。一輩子想的就是跟天候、蟲害還有其他樹種對抗爭搶地盤。所以放眼望去你可以看得見高出森林樹冠層的一球球、一團團樹冠，正是我們這些少說也有五百個冬天夏天的老樟樹。我活過了將近三千個冬天夏天，遠比你枯萎死去再重生七、八次的時間還要長。你說的那些悲憫、道德，像是從月亮來的語言，聽起來美麗與迷幻，可是，我懷疑，你真的有這麼慈悲、講道義嗎？」

老樟樹魂停了一下喘口氣，又說：「從你開始長出第一枝氣根時，我就遠遠的注意到你，到現在你已經有三十幾枝粗大的氣根，所占據的面積已經足以容納十幾棵我們那些活了五百個冬天夏天的年輕樟樹所需要的生存空間。請問，年輕的榕樹，你能不能告訴我，你樹蔭底下究竟有什麼樹木長得令你感到驕傲？」

老樹魂的話才落幕，整個會議空間又開始「嗡」地響起低沉議論聲。

梅婉忽然有股作嘔的感覺。榕樹與這大樟樹的話，讓她想起幾年來關於環境議題的爭議，想起那些反對族人恢復狩獵文化的議論，想起那些在核廢料、在阿塱壹古道存廢的所有美麗口號與說詞，想起那些假借在地議題的環境生態保育人士，那些過著與議題理想悖道的生活方式的偽道者。

榕樹說的沒有錯，每個物種需要存在的空間，在權益必須是屬於全體所共享的理念下，即使在爭取過程中犧牲一點個人的權益甚至性命也是不足為惜的。但這些的爭取與付出甚至犧牲，理應由那些被犧牲者甘心情願，參與者不分彼此，行動一致地由裡到外貫徹信念與理想。至於那些言行不一，徒呼口號者，除了叫人作嘔，根本沒有資格代為發言。

梅婉的不舒服即在於她對於擁有數個氣根的榕樹的生長狀況有相當的概念。她知道榕樹密實的枝葉以及由氣根所連結遮蔽的樹蔭下，根本不可能長出任何一棵樹木，連草禾性的植物也不容易生長。假定榕樹真如老樟樹魂所說的已有三百年，那麼他底下絕大部分的土地根本就是一塊絕地，這三百年沒長出過像樣的植物來。這個與榕樹嘴裡口口聲聲，希望每個樹種都能有個生長空間，讓地區多樣化的理想，根本就相違背。

虛偽啊！假道學啊！梅婉心裡咕噥著。

相對於樟樹對生長環境的霸道，梅婉實在好奇榕樹這樣子提議，要樟樹讓空間的根本理由是什麼。

「呵呵……」老榕樹氣定神凝，好像早就知道種樹會有這樣的想法，「我的身子底下的確沒有什麼值得驕傲的植物生長，但這是我的樹種們的生長習性所造成！我們隨著那些鳥雀飛到那兒就在那兒著陸扎根生長，離開那些肥沃的地區，在那些崖壁，那些一般樹種生長不來的地方，我們各自成為一個個體，好讓那些沒有我們這樣能耐的根淺樹種有足夠生長的空間。各位，我們是不是應該讓些空間，供他們短短的幾年命中好好生長開來？活著的時候提供其他動物食物與我們所需要的其他養分，將來他們倒下來，腐朽了，土壤肥沃了更多的動物植物生長，我們才有足夠的養分啊！」

老榕樹這麼一說，又令梅婉有股被敲擊腦袋的警醒感覺。都說植物和平綠意，沒想到，地盤之爭還有存活資源的算計一樣也沒少，冠冕堂皇與赤裸裸的言語一樣表達著這個殘酷本質。

梅婉抬頭注視了一下其他雜樹木，她注意到這些可能包含著珍貴樹種的雜樹們，顯然對榕樹這種幾乎是把他們當成一種養分供給者的態度沒有特別的異議，有的嘩嘩抖著枝葉形成的頭髮點點頭，有的輕輕發出聲音贊同。梅婉覺得有趣了，她回憶起她跟著家人到部落後山的林道經驗，有些地方仍維持雜亂樹林的區域，那些較為矮種或者非所謂「高價值」的樹種，的確是生機盎然，那些攀爬在樹上的藤蔓植物四處連結，就算現在這麼高大樹木密度這麼高的會議場周邊，仍有幾棵樹身上被緊緊纏繞著某些粗大的藤。

「是啊！」一個聲音從稍後方傳了上來，吸引眾樹回頭看。只見那棵樹身體上下緊縛著一個粗大健康的藤，頭頂與枝葉還掛著另一根水藤，粗黑的豆莢看起來像是頭髮編花與耳墜子，煞是好看。他並沒有幻形成其他樣子，仍維持著闊葉樹的形狀，只有根部離了地當腿部使用而移動。

「這榕樹說的沒錯，不管你們心裡面究竟把我們當什麼，既然口口聲聲說要把我們當一家人，在我們活到自己死去以前的時間裡，各位的確應該考量我們生存能力不足以跟各位抗衡。讓出一些空間使我們繼續繁衍下去吧。」那樹停了一下，又說：「這幾個冬天夏天，我聽了不少各位強橫的言語，完全不考慮我們這些樹種的特色與價值，也不提我們豐富了這個區域，使各位的存在顯得高貴與優勢。各位，先不說你們的話有沒有道理，請看看纏在我身上的這個活不了幾個冬天夏天的藤蔓，沒有我們這些雜樹，他們就會纏上你們，如果那樣，你們有機會活到這麼高大、粗壯嗎。如果真覺得我們這些樹種髒汙了你們，你們何不大方地把那些不怎麼樣的貧瘠土地讓給我們獨立生存！」

嘩……這闊葉樹的話引起了迴響，更後面的雜樹躁動著。

既然嫌我們麻煩累贅，就還我們原本的土地嘛，讓我們獨立成為一個國度，自己過自己要的生活方式……。

你們沒帶來土地、養分，卻一直說這是你們的土地，你們掌握了所有資源，卻忘了在這土地最開始的擁有者，連分享都吝嗇……。

如果是這樣，與其讓你們樟樹這樣霸道地占去所有土地，不如就讓檜木越過界來……。

雜樹的嘟嘟囔囔持續著擴散嗡鬧，似乎持續著榕樹說話的內容與忿意，樟樹群也惱羞成怒地反擊：

你們這些雜樹，也不過是好幾個冬天夏天以來一些樹種的雜交所生，談什麼原生種……。

誰有本事誰活下去，適應不了就統統淘汰，活該你們這些囉嗦……。

該知足了，沒全部收去所有地方，就該偷笑了，講那麼多幹麼……。

搞清楚啊，這裡到底誰當老大管理啊？再囉嗦，直接要你們去死……。

那低沉吽吽的聲響，又開始形成共振共鳴，令梅婉的耳鼓嗡嗡一陣響，整個五臟六腑撲撲地震動著幾乎要離了位。

「嘎啦蹦安！」梅婉脫口說了一句噤聲咒語，一顆陶珠輕悄悄地彈了出去，整個會議場忽然都安靜下來，一陣冰風掩過似地，眾樹魂火氣忽然都消了。幾個察覺到是梅婉施了巫法的樹魂忍不住都望向梅婉坐著的位置，面露恐懼。

「巫師……」大黑熊樹魂望著梅婉欲言又止。

眾樹魂們，或者稱種樹精們，不盡然知道「巫師」這種身分的能耐，但愈老的樹魂，愈了解森林超自然現象的樹魂，愈知道靈異空間存在著的某些力量。例如，樹魂們因為吸收日月精華，因而逐漸意識到自己做為一種生物，與其他物種有外觀或生命進化本質上的不同。隨著歲月增長逐漸有了幻形移動的念頭與能力，年齡愈長，幻形愈來愈簡潔，移動也就愈來愈敏捷，方便樹魂離開自己樹體而四處游移走動，去拜訪兩三個山頭外的其他弟兄姊妹，或其他奇奇怪怪與自己不同的植物、動物。但也僅止於如此，無法加害任何生物或者改變什麼。相隔一段時間聚會開會，談生存鬥爭，也不過是大家聚會談談目前生存環境中受到其他植物或樹種的威脅，彼此叮嚀必要時加強某個方向的根部或枝葉的生長速率，以爭取有利的生存位置。這種力量與傳說中的巫術毀滅力量根本不能相提並論。幻形成大黑熊的老樟樹魂自然知道這個差異，他經歷過那場災難。剛才梅婉一句咒語就極輕易控制整個場面的力量，說明了他的經歷是事實，不是夢境；證實巫術的真實，甚至比傳說的更加令人懼慄。他收起了剛開始倨傲，帶著三分疑懼望著梅婉。梅婉卻沒有警覺，心想著乙古勒那傢伙跑哪兒去了！

「巫師……」大黑熊樹魂又輕喚了一聲，而現場安靜得只有幾片葉子翻動的聲音，連光線也停滯了，不增亮也不減弱。

「怎麼了？」梅婉回過神！

「妳剛剛……」

「喔，我只是因為被你們的爭吵聲震得耳膜發疼，要你們安靜一下，對不起啊，我打斷了你們，請繼續！」梅婉似乎沒有意識到她的噤聲咒語，所造成樹魂的驚恐有多嚴重，輕描淡寫地說。

「那既然這樣子……那……妳的意思呢？」大黑熊樹魂囁囁地說。

大黑熊樹魂的態度引起那棵幻形成大水鹿的樹魂不耐，他剛剛並沒有注意到梅婉施巫法瞬間的那一幕，他也從不認為巫師能有什麼能耐，他在這裡也有一千三百年了，聽過關於巫師近乎神蹟的傳說，但沒看過巫師，即使他幻形四處游移時也沒見過任何一個。就算那山稜線下有人類居住，也沒聽過哪個巫術有什麼厲害之處，眼前這一隻看起來白淨穿著奇怪衣裳的人類，應該也跟猴子一樣吧？他這麼想著。他看了大黑熊一眼，語氣不屑地說：

「老大，你問她幹什麼，這裡的事由我們負責，就算她是傳說中的巫師，又怎樣？我在這裡已經活了一千多個冬天夏天，我看不出巫師能幹什麼？」

「是啊！別問我，我只是不小心出現在這裡，你們的事還是由你們商量出個結果吧！」梅婉看了一眼大水鹿樹魂，又轉向看著大黑熊樹魂說，沒有任何表情地說。

梅婉又忽然想起什麼似地，撇過頭看著大水鹿樹魂背後的遠景，覺得山稜線有點熟悉，像是大巴六九溪北側由馬里山延伸而下的稜線，心裡愣了一下，而輕皺了眉。而此舉讓大水鹿樹魂感到不悅，灰黑色的毛色忽然浮現起幾道樟樹特有的長條塊龜裂條紋，轉身面對眾雜樹魂厲聲地說：

「你們說這麼多幹什麼？這裡就是我們樟樹群的王國，百千個冬天夏天，我們辛苦的占據位置驅趕其他的樹種，為的就是要繁衍後代，各位不努力生育，這是你們自己的責任，占據不到好的位置也是你們活該。你們最好乖乖的安分的守住你們自己的區域，我們樟樹不可能再多給你們其他的土地，這是我們的！這是我的意見，就算老大不同意，我也會堅持這個態度。我再說一遍，這是我們樟樹的土地！」

嘩……又一陣樹魂的議論，而乙古勒忽然從西側那一棵高大的檜木爬了下來，快速爬上梅婉的肩頭。

「梅婉，檜木的樹魂往這裡移動了！」

「乙古勒，妳終於回來了！妳說什麼檜木樹魂啊？」梅婉說，她發覺這個會議的空間，沒有任何一個樹魂注意到乙古勒，應該說沒有任何樹魂看得見乙古勒，這讓梅婉覺得驚訝與不解。

乙古勒並沒有注意到梅婉表情的變化，趕緊接著說：「就跟這些樟樹魂一樣啊，從四面八方幾個山頭，開始往這裡移動。速度遠比先前這些樟樹集結時還快得多，我看要不了多久就會到達這裡。」

「我看我得警告這些樟樹，採取措施，免得他們在這裡打了起來，那就糟了。」梅婉說。

大水鹿樹魂注意到梅婉朝著她自己的右肩膀嘀嘀咕咕，他決定挑戰這個被稱為巫師的人類究竟有什麼能耐：「妳在那裡低聲說話是跟誰講話？妳想幹什麼？」

大水鹿樹魂幾乎是高聲吼著，聲音宏亮得駭人，讓梅婉嚇了一跳，魂魄幾乎離了位，心跳激烈地咚咚亂跳，而所有樹魂瞬間安靜下來，驚訝地注視著那棵牛樟所幻形的大水鹿樹魂與梅婉。

「你太無禮了！」梅婉被那牛樟大水鹿樹魂搞火了，深吸了一口氣輕聲怒叱。

梅婉說話的同時右手一個翻轉，向那個樹魂疾射出一顆陶珠，嘴裡迸出幾個字：「愛哇巴那啦！」只見那陶珠接近樹魂時忽然幻化成幾條黃藤實編的框，罩住大水鹿，往東方那棵巨大牛樟飛去，然後融進、消失到樟樹樹幹體內，那樟樹只嘩啦地抖動了一整個樹冠層的枝葉。頓時，現場驚嚇得都說不出話來，眾樹魂個個面目慘白地看著梅婉。

「你太無禮了！就生命的展度看來，你有一千幾百年的高齡，我無論如何都得尊敬你，但是幻化成樹魂，在這個靈異空間裡，你不過是一個微不足道的小小精靈，竟然就如此地狂妄，不讓你吃點苦頭你不會知道怎麼尊重其他生物。」梅婉氣呼呼地說。

因為梅婉的盛怒發言，會議現場又陷入一股恐懼所壓抑形成的死寂。

「梅婉，妳把他們嚇死了，妳得跟他們說說檜木的事了！要不然要來不及了。」乙古勒在梅婉肩頭低聲提醒。

「你們都聽著，我不該干涉你們做任何決定，我也不準備改變你們什麼。但是這個樹魂的傲慢狂妄以及蠻橫必須受到懲罰，現在我將他的樹魂關進樹體，不准再出來。至於你們其他樹魂，如果可以，請現在就先離開這裡，西方、北方的檜木樹魂已經朝這裡快速地接近了！」梅婉語氣稍稍降低了火氣。

嘩……沒等梅婉話語完全落下，樹魂們已經紛紛起身離開，一個比一個急。除了擔心即將到來的檜木樹魂，剛剛梅婉隨手展現的巫術力量，也著實嚇著了這些努力了百千年才有能力幻形移動的精靈，沒有一個樹魂願意在巫師盛怒下被收回這個能力，即使這只是精靈世界裡最低階的靈力。

「我們……得先離開了，這是跟檜木的約定……一次只能有一邊的樹魂在此集會，我們用的時間也夠久了，我想我們該暫時讓出這個地方來了！巫師啊……」大黑雄樹魂已經完全失去先前掌握全場的氣勢，支吾著看著那棵樟樹，欲言又止卻又沒急著離去。

梅婉知道大黑熊樹魂的意思，又覺得好笑地微笑看著他說：「你是說他呀，日後再說吧！現在讓他出來，恐怕會困擾你！快走吧！」。

「這……也好吧！等這裡結束，我再回過頭找妳吧！」幻形成大黑熊的雙併樟樹樹魂說完，立刻與身後更老的樟樹魂離開，移動的速度相當快。

整個原先占滿樹魂的會議空間，呈現漣漪擴散的效應，向東半邊輻射一種騷動波，波紋一直向外拓展、延伸到森林東半部的邊緣，波紋經過的後方立刻形成原先森林的景象，棵棵巨樹安分的佇立伸展枝葉向天，而風吹掠而過，幾片橢圓葉片翻動著。樹群底下雜生的灌木與成材的雜木們，恢復了先前生猛爭取生存空間的景象，糾結著、纏繞著、攀附著鄰近的其他植物。

伊達絲碎片

趁著天光開始明亮，樹魂群活動力開始變弱轉回原形時，梅婉順勢關閉了精靈世界與凡俗的空間連結，而回到現實狀況的森林，只見這四棵巨樹所形成的矩行空間，已然恢復昨天傍晚所見的樹幹枝影交雜疊層，矩行空間外鳥禽吱喳，感覺既祥和靜謐又有那麼點暗晦與詭異，她忽然極度想念起她的睡床。她正準備展開巫術儀式，回到四百年後她原先的世界，卻怎麼也想不起來昨天傍晚穿越旅行時，自己所編寫使用的咒詞。

「乙古勒，怎麼辦，我想不起來昨天穿越而來所使用的咒語。」

「重新再編寫不就行了？那不是妳自己編寫的嗎？」

「是啊，可是……我不會說卑南語，更不可能懂得那些咒語核心的卑南古語啊。」

「那妳之前是怎麼辦到的？我們幾乎毫無障礙地穿越時空到達這裡啊！」乙古勒表情異常驚訝。

「哎呀，我是以我父親的研究資料所寫的咒語原則，順著上面的註記以及資料裡其他關於咒語祝禱詞中，找到可以湊對的詞，一個字一個字的寫在草稿上拼音出來的，我也沒想到，效果這麼好！現在手上沒有那張草稿，我根本記不得那些咒語啊！」

「那妳的意思是，我們得困在這裡？」

「是，但是不行！我們不能困在這裡，這裡是一六一一年，距離我們來的年代，有四百年的差距，現在不回去，我就等於已經死了！我才念國中三年級，我可不想這麼早就死了啊！」

「那怎麼辦？我回去找妳父親還是找校長來幫忙？」

「妳回去？」梅婉突然豎起頸子。

「是啊！」乙古勒語氣十分肯定。

「哎呀，我忘了妳幾乎不受任何時空的限制，哎呀……妳究竟是什麼……」梅婉警覺說「東西」有些不恭敬，趕忙轉口：「妳回去把我手上的那一張紙帶過來好了，如果帶不過來……等等，妳不是巫師，不會有那個力量帶東西穿越時空，我看，妳把上面的字背起來，回來後寫給我看！」

「這個應該行吧，我可是全校第三名的高材生呢，除了我的身世，其實我記憶力好得很呢！」

「好了，別吹牛了，如果不行，妳直接找校長，把這狀況轉告我父親，喔！啊……」

「怎麼啦？」乙古勒看見梅婉忽然挺胸，像是被人拉了一下，慌張地問。

「我們穿越的事應該是被發現了！從剛才起已經有好幾次被召喚，一次比一次強，說不定，不需要我自己做儀式，我們就回得去了！不過，這樣子好難受啊！」

「妳忍一忍吧！我們得趕快想辦法解決現在的問題。妳說找校長，然後轉告妳父親？為什麼不乾脆我直接找你父親？」

「妳剛剛還吹牛記性好，妳忘了？一般人根本看不到妳，只有巫師、法師！」

「唉唷，不管啦！我先回去看看，看有什麼辦法！」乙古勒才說完就立刻消失。

「等等……」沒等梅婉喝止，乙古勒已經消失無蹤。

「真是的，也不等我說完自己先走了，這樣的地方還真嚇人啊！」梅婉自言自語的，眼睛還不時地向四周梭巡。

天色都已經明亮了，整座森林在各類鳥禽的叫鳴聲下，顯得喧嚷熱鬧。夜裡下沉的雲霧已經蒸騰而上遠離樹冠層，枝葉上凝結著露水，在光線穿透葉片間的折映下，使得梅婉視界所及的葉梢枝幹處處點掛著晶亮透白的小晶球。梅婉無心多留意欣賞這些，她努力地想驅趕因為孤單留滯森林的恐懼感，卻愈發感到孤單。

乙古勒的離去，讓梅婉開始擔心。她已經注意到原本就因為有些力量持續投入而造成空間扭曲的狀況愈來愈嚴重，加上牽扯自己的那一股力量，愈來愈精準與增強，梅婉直覺這是衝著自己而來的。

那會是誰？奶奶嗎？梅婉胡亂猜測，自己卻又有幾分確定，只是，她的奶奶又如何在這麼短的時間得知這一件事？她又會在哪裡作巫術儀式召喚？爸媽知道了嗎？梅婉胡亂想，一點傷感又偷偷襲上心頭。一隻大冠鷲忽然飛回，棲停在那一棵稍早幻形為巨大男子的檜木上，梅婉心裡忽然無奈地笑了。

就在今天，下午過後一場午後雷陣雨，陽光的熱氣與雨水的冷卻所形成的熱脹冷縮，配合著檜木經年的見縫扎根，將迫使北邊鹿野溪上游的崖壁崩塌，並趁勢將崖壁下方的樟木群摧毀，以取得兩個樹種之間近兩千年對峙的某個回合的勝利。

這又如何？梅婉心裡問。明知道四百年後，他們將全部被人類消滅，這兩個樹種卻依舊開朗、振奮的，把握今天明天好好地享受鬥爭的每一時刻。

這或許就是生命的本質吧，梅婉想。就如同自己被揀選成為一個家族的、部落的巫師，即便自己阻止不了正在發生的這一件事，或者自己恐怕也解決不了即將面對的升學考試或人際關係的種種問題，自己依舊是個巫師，一個具巫師身分的青少年，那是自己逃避不了也無法推卸的，伴隨身分而來的宿命或者責任義務吧，她想。或許唯一能做的，也許就只是好好弄懂祖先揀選自己成為巫師的原因，好好地把所有可能學習到的巫師技藝學會，然後等待差遣。

也只有這樣了吧！她心裡有些主見，感到心安。她取了顆陶珠，想為自己作一個簡單的淨除儀式，讓心情平復下來。她才舉起陶珠放在頭頂，卻看見乙古勒急喘喘地站在她面前。

「乙古勒？妳回來了！背誦起來了嗎？啊……」梅婉才覺得驚訝乙古勒這麼快回來，卻被站在乙古勒背後幾個身影所驚嚇到。

那是四個高矮不一的老婦人，年齡似乎都非常的大了，都執著手杖，穿著以樹皮獸皮混合縫製的染成灰黑色的連身衣衫，頭髮盤紮在頭頂上，各以一根木短棍與羊皮繩固定。四人都斜肩背著以羊皮製成的隨身袋。四個人安靜地站在乙古勒後方三米以外的距離，身子周邊包覆著一層極薄、透明的黃色光暈，四人面露微笑，無語安詳地看著梅婉。

梅婉直覺一股森寒的感覺自身體極深處升起，向四肢百骸迅速擴散，令梅婉頭皮發麻緊縮，一口氣憋在胸口，梅婉想出聲卻無法湊成任何聲音，濃稠的深層思念與夾雜著怨懟哀傷的喜悅交揉著圍繞著梅婉。梅婉忍不住地輕輕哭泣與猛流淚，她感到不解地看著受到驚嚇已經成僵硬狀態的乙古勒，又抬頭看著那四個微笑不語的老奶奶，梅婉一顆心被哀傷腐蝕掏空似地繼續哭泣與流淚。哭泣聲中，梅婉似乎聽見了一陣陌生卻熟悉、極柔軟極溫暖的聲音，合音似地、共鳴似地，輕輕卻異常清楚地在耳邊響起：

哈……噓……

是個機緣，是個安排
從極遠處，從邈遠地
那娃娃啊，這孩童呀
初出道者，初學者呀
思念如此，哀傷至此
憐憫為何？哀衿何由

是跟隨者，是遵從者
被揀選呀，被指定唷

是個寓意，是個指示
從遠古來，從根源來
那老耄著，這長齡者
歸祖靈者，從雲遊者
思念如此，哀傷至此
憐憫為何？哀衿何由
是傳續者，是導引者
慣指使者，傳授知者

如管續，如布織
垂掛物，裝物袋
使迎接，使到達

那姊妹，這同業
將如何，怎對待
替換者，接承者
說事理，接應和
結巫袋，成巫式
將鬆綁，將解除
那瘦疲，那僵麻

噫噓……

那遠祖，伊達絲

沒等唸誦完，梅婉早停止了哭泣，她注意到這一位在她們其中看起來較為年輕的老者，嗡嗡掀動著唇，其餘三人卻安靜地、上揚著滿臉皺紋笑著注視她。她無法聽懂這些老人發出的聲音，那種夾雜著古老卑南語原始聲腔的意思，但覺得自己一股歡愉溫暖不知何時從身體某處蔓延擴散，她一動也不動地看著眼前四位老者，忽然開咧著笑臉。而乙古勒早已經不知道什麼時候，轉躲在梅婉身後偷偷望著四位老者，受到那些老者的唸禱聲感染，充滿著幸福感覺而淚流滿面。

「妳們……」梅婉聽完那老者唸誦完時哽咽地想說什麼，停了一下：「我的巫師祖宗們呀？這是什麼機緣呢？妳們跨越這麼遠的時間，在這裡為我唸禱？」

「呵呵呵，是啊，小娃呀，妳看看妳呀，連我們這些老得不像話的老靈魂，都被召來了！」剛剛唸誦的老者站向前一步。

那老者的語言依舊是夾雜著古卑南語與現代卑南語的語言，而這兩種語言都不是梅婉能聽懂的，但是因為同處在靈界，所以聲音聽進梅婉耳理，她自然知曉那語言傳達的意思。同時梅婉也警覺到，她自己是以魂魄的形式，穿越時空到達四百年前的大巴六九後山森林，這幾位看起來應該是某個時代的巫師祖宗的靈力或魂魄，恰巧被某個巫師執行儀式時，所隨機揀選召喚而來的巫師。而她們來的年代，可能遠比最初出現在校園的那幾個巫師祖先來得更遠古，力量更強大！但外貌的老耄程度也大出梅婉的想像。

「我不懂啊！老祖宗們！」

「也該讓妳知道這些事了，這是妳的運命，也是老祖宗的安排呀！」一位老者說，「我們都坐下來吧，先別理會阿鄥的召喚啊。」

「阿鄔？老祖宗呀，妳說的是我的奶奶阿鄔？」梅婉問。

「是呀！就是她！」乙古勒忽然插話回答。

「乙古勒！妳……」梅婉忽然瞪著大眼回過頭看著一直躲在自己背後的乙古勒，她難以置信，剛剛像是被追趕著急喘不停的乙古勒，口氣聽起來居然像是這些老祖宗一路的同夥。

「呵呵……是啊！妳的奶奶做了儀式，召喚妳不回，所以，又做了另一場不同的儀式，結果找到我們，要我們幾個人專程找妳回去！妳也真行啊，自己一個人胡亂摸索，居然能在這些時間空間中四處亂晃，妳也不怕從此回不去啊！」

「這我也不懂啊老祖宗！還有，怎麼乙古勒會跟著妳們！」

「喔，不是她跟著我們，是我們跟著她來的！」

「這我又不懂了！」

「別急，這說來話長，我們一項一項跟妳說吧，來來，都坐下來吧！」那比較不那麼老邁的老者說。

另一個老婦人從羊皮袋子取出一個米粒般大小的小陶片，哈了口氣，唸禱，然後拋出，呈現一層碗狀的薄膜倒扣地罩住這幾個人，在巨樹圍出的議事空間中形成一個獨立的小空間。小空間形成的同時，有幾縷雲霧向西南方逸去。

「好了！這樣子，阿鄔知道我們找到她了，一時之間也不會立刻召喚她，而我們在這裡說話應該也不會有其他的力量干擾或召喚了！」一個看起來比剛剛那老者稍微老些的老者說。

「小娃兒！妳知道我手上這個是什麼嗎？」那四個之中比較不那麼老耄的巫師說。

「笛納日[1]！」梅婉看了一眼那巫師手上顏色暗沉的小碎塊，明確地說。

「沒錯！妳很清楚呀，所以它的作用妳也應該很了解，但是，『笛納日』的背後可有個長長的故事，我說給妳聽！」

那巫師微笑地看著梅婉又看看其他幾個幾乎已經是半閉著眼的老者，開始說一個不算短的故事：

那是個很久遠的故事與傳說，沒有人可以說得清楚那是多早以前的事，也許久遠到剛好所有人都沒有能力繼續精準地記憶下去。

據說在這個島東南方海域，有一塊古陸地，陸地上有不少的部族，經常相互征伐、搶掠。其中有個稱作「日卡爾」的村子，那裡居住著約有一百戶三千五百人。那村子西南邊有一座錐狀高聳的獨立山丘，喚做「日南山」。村子北邊有一條非常寬闊的河流由西北向東南流動，與另一條自北向南的大河在村子的東北側交會。合流後的江面寬廣、平靜，日夜不停地向南緩慢平穩的流動，穿越廣大蒼鬱的原始森林。

「啊！」梅婉忽然發出驚嘆聲，打斷了那老者說故事。

「怎麼啦？」

「這……沒有，沒有！」梅碗忽然想起校長交予她父親的一份資料，上面正是敘說這一段故事，而老巫師的說法根本就是資料上所記載的完全相符，連結著前些時候的夢境，梅婉感到震撼、不可置信。

「別急啊，妳仔細聽完所有的事，有問題再來問看看啊！」老巫師似乎不喜歡被人打斷說話，但她仍然維持著笑容，望著梅婉繼續說著故事下文：

---

1 笛納日：做為巫器的碎陶片。

那兩條河交會處，是一處高起水面的岩盤。那岩盤，老高的，上頭樹林密雜，有幾棵古怪的大樹，沒有人叫得出那是什麼樹種，樹冠層高出了樹林的樹梢線許多，從遠處還清楚地看得見兩三層由枝葉形成的遮蓋；發達的氣根向外伸展擴張，圍出了好大一塊直徑約五十米的平坦地。在這平坦的空地較高處，在兩棵巨樹連結的氣根間，搭建了一座高腳屋。一位巫力高強的女巫「伊達絲」，便長年住在這裡。

女巫伊達絲從何而來？多大歲數？其神祕強大的巫力，又究竟是如何形成？遠古以來便是個謎，沒有一個村民或者流浪的巫者，甚至那些四處游動，以劫掠為生，殺人為樂事的剽悍蠻橫部族，也沒人說得出關於伊達絲老巫師身世的訊息。但因為伊達絲的坐鎮，使得兩條交會的大河從未氾濫；天氣依四時交替、風調雨順，也使得森林茂密、平原肥沃。就連日卡爾村落北面蒼鬱的卡威森林裡剽悍的獵頭巒族，和東面隔著河流的達倫平原上慣以屠村做為侵略手段的彪族，也從未發現在伊達絲強大巫力下遮罩的日卡爾村落。這使得日卡爾村落居民感激，甚至尊奉伊達絲為守護神，平時不敢隨意進入這個區域，只有求醫問卦或定期補給伊達絲日常所需時，才會划著大樹幹挖成的木舟，帶著食物、柴薪、獸皮等謝禮進入這裡求助或供奉女巫伊達絲。

伊達絲的高腳屋右側地面，連接著一個寬約兩手臂伸展的不起眼的小屋子，小屋沒有特別的門，屋內有一張小座床，床邊有一個油亮的小木枕，木枕邊有一張獸皮包著一塊手掌大陶鍋片；牆上有橫桿，上頭掛著一個羊皮袋、艾草與芙蓉，以及小塊獸骨串起的項環。這是女巫伊達絲的靈屋，平時放置伊達絲行巫道具以及收集相關的藥材，也做為進行較大的巫術儀式期間睡寢的地方。

高腳屋左側，以棕櫚樹葉搭建一個棚子，棚下有一座以三顆石頭為基座搭起的灶子，灶子經常性地生著火，灶子上置放一口早已燻成黑赭紅看起來很舊的大陶鍋，伊達絲日常便是以這個陶鍋煮食物，必要時用來調製藥品。灶子邊緣還有一些以草桿串成的小陶珠，經燒紅、變硬後堆聚在灶石邊，做為伊達絲進行尋常儀式或啟動一般巫術力量時使用。

「陶鍋妳知道吧？」說故事的女巫，忽然停了下來，問梅婉。

「知道啊！學校裡教過，過去人類文明還沒有進化到使用金屬的時候，生活器具幾乎就是倚賴著陶器，烹煮的陶鍋也是其中一項，遠古的人使用的器皿中，陶器也占了相當大的比例。」

「遠古的人，呵呵……我們都是遠古的人啊！」說故事的女巫，笑了笑，看著其她女巫也都抿著嘴微笑不語，她又更笑得開懷。

「我們來的時代的確是這樣，有沒有人告訴過妳，製作烹煮的陶鍋需要用最好的陶土？」

「這我不知道了！」梅婉說著，臉上重現出他十五歲女孩原該有的清麗。

「陶鍋是以最好的陶土製胚燒成，因為長年做為烹調食物養活生命，陶鍋自然成為最重要也最具生命力量的器皿。破損後，我們那些巫師祖先們便將陶鍋敲成細碎片，做為巫術儀式中增強力量的象徵物，或者儀式開始啟動空間或者呈現力量的道具，我們稱為『笛納日』。那些陶器製作過程剩下的陶土，一般我們會隨手拈成小圓球，以草稈為串，燒製成小陶珠，稱為『易納西』，做為儀式用途，也有增強力量的象徵，但力量次於陶鍋片，有得時候缺陶片，就用這種陶珠替代。」

「啊！可是……」

「怎麼？」

「我看見奶奶使用鐵鍋，那是破掉的鑄鐵鍋敲碎成細小塊的鐵屑，就像陶片那樣！」梅婉說。

「喔，鐵器？那可不是我們那個時代使用的鍋子材料啊，我想，應該是一樣的意思吧！我們可是遠古來的巫師啊！」說故事的巫師又笑了！其他巫師還只是微笑著不語。

「是一樣的，只是奶奶她的時代就已經使用生鑄鐵鍋取代陶鍋，但是現代又已經不用鑄鐵鍋了，所以，碎鐵片也很少了！」梅婉想起了她父親哈巫先生的資料說明。

說故事女巫，沒繼續剛才的話題，看了看其他巫師老婦，然後又看著梅婉繼續說故事：

有一天，伊達絲所住的地方發生了一些事……約在快中午時間，女巫伊達絲憂心的蹲坐在臨水的岩盤上注視著河道，這些天以來她心裡一直存在著不安。她清楚地聽到遠處一陣陣悶雷聲不規律的自地心持續加大、接近，她正想默禱占卜，想弄清楚究竟今天的狀況與昨天有和不同？現在到底是什麼狀況？忽然看見河水開始煮沸似地滾滾翻騰，大量蒸汽往上空噴發。不等女巫伊達絲反應過來，地殼以她所居住的岩盤為中心開裂，地底岩漿大量湧出向天際噴發，岩盤上所有的建築、器具、樹木，甚至伊達絲本人全在噴發口的範圍，瞬間向天際噴湧而消失無蹤。兩條河流北側、東側的卡威森林、達倫草原整個往下陷落數百公尺，使得日卡爾村落和西側的日南山，整塊地向上隆起，像高聳在雲端的一塊陸地。

半天過後，天空布滿了火山灰與大量摻著泥塵的雲，遮蔽了太陽，令日卡爾村落的居民恐懼驚慌不知所措，大家望著伊達絲居住的岩盤，憂心伊達絲的安危。數天過後，地殼大致穩定，消失的岩盤處也不再繼續噴發岩漿，於是大家最後決定派遣部落青年，沿著沉落的懸崖找尋女巫伊達絲的蹤跡，但所有區域地形已然改變，搜尋了三天一無所獲，更恐怖的事情卻發生了。沉落數百公尺的森林與平原忽然灌進了海水，不到一天便填滿成為海面，而此時日南山，忽然噴發岩漿，激烈的震動震毀了日卡爾村落所有建築。另外，由數百公尺高掉落的熱岩塊與岩漿造成動植物的大量毀滅，森林大火四處燃燒，從未歷經災難的日卡爾村落，從此陷入恐怖的煉獄情境，倖存的人躲在崖壁山洞彼此擁抱打哆嗦。

將近一個月後，地殼變得穩定，古陸地只剩下日南山與日卡爾村落一部分，其餘都陷落成海面。日南山持續冒出火山煙灰塵雲，天空已經變得鉛灰厚重，望不盡邊緣的雲層使世界出現永夜的狀態。倖存的村人因為食物飲水的需求，以及考量日後生存，決定離開日卡爾找尋新天地，他們撿拾並處理了被燒死的動物屍體處理成為肉乾食糧，以倒塌的樹幹拼湊了木筏，向海外航行。他們相信巫力高強的伊達絲仍然活著，堅信只要找到她，生活秩序便能恢復正常。

「這……那這樣……伊達絲……」梅婉似乎陷在故事情境，說不出話來。

「小女娃，妳聽仔細了，以下的部分是關係到我們巫師體系最根本的問題。我們各自在我們自己的時代斷斷續續聽到一些片段故事，直到自己的身體崩塌了、折損了，變成神靈魂魄，我們才有機會聽到、經歷到更完整、更符合傳說的事。」

說故事女巫繼續說：

處在地殼裂縫，被岩漿噴發而去的伊達絲，她的肉身第一時間便被噴濺碎裂成無數片，同樣情形的還有三石灶上的大陶鍋。大陶鍋碎裂成無數的小碎片成為笛納日了，噴上幾百公尺、甚至幾千公尺的高空。據說伊達絲的靈魂同時也被噴發至高空，她見到破碎、漂浮的身體細塊與無數細碎片，遂立刻祭起咒語，讓靈魂與伴隨的巫力也跟著碎裂成無數片，緊緊地吸附在每一片笛納日上面，就像是變成無數碎片的伊達絲，後來的巫師姊妹們都以「伊達絲碎片」稱呼這些幾乎是伊達絲的身體、靈魂與巫力的結合體。「伊達絲碎片」隨著岩漿噴發的力量四向飛濺，有的漂浮在火山灰雲，隨氣流向極遠處散布。據說，那火山灰雲上碎裂的陶鍋、游離的魂魄、結合成為伊達絲碎片後產生的濛昧光芒，取代星星廣布在天空，夜晚來臨時粼粼閃閃地流動又浮沉。

大約又經過了一百年後，天空逐漸恢復清澈，火山雲塵都落地了，後來世界各地陸續出現了零星的巫師，據信，那是散落的伊達絲碎片與具有特殊體質與因緣的人，在出生時結合而成的。換句話說，透過伊達絲碎片的傳布，伊達絲的巫力與具有特殊體質的女嬰結合，使成為部落的巫師候選人。伊達絲碎片愈大，那候選人天生所具備的巫力便跟著愈大。

伊達絲的巫力隨著碎片四散、重生，但她神祕巫力來源的灶子基石，卻在這次的事件中消失。根據最近一千年歷代苦心找尋巫力脈絡的巫師們的理解與猜測，這三塊被當成灶石的石頭，應該散布在當時那古陸地周邊區域。而其中的一顆，可能就落在臺灣島嶼東部，精確的位置不清楚。歷代巫師的推測，認為這一顆石頭落地處有三個可能，一是卡日卡蘭[2]，因為卡日卡蘭人忽然在過去的幾百年之間，變得強而有力，控領平原與山丘成為東部地區霸主。另外一個可能掉落的地方是都蘭山，證據是都蘭山似乎有取之不竭的寶石，而依附都蘭山的彪馬族，目前氣勢正在興起，極有可能取代卡日卡蘭成為東部霸主。另外，灶石也可能在大巴六九山的某處，證據是，最近幾百年一股股奇異的力量，分別在不同的時空不停地湧向大巴六九山區那原始森林，而部落每隔一百年即出現一位巫力極高強的女巫。這個說法逐漸被採信，不僅是巫師群，連遊蕩在地界的遊魂、鬼魅，也深信找到那灶石，便能增強力量，改變個別的命運，故紛紛向大巴六九山區靠攏。

「有可能！」梅婉忽然插嘴道，「根據我父親的資料，歷代出現在大巴六九的高強女巫，分別有二十世紀初的『笛鸛』、十九世紀初的『撒米快』、十八世紀的『花莉』、十七世紀中期的『絲布伊』、十六世紀初的『嘎哈密』，其他沒有列名提及的巫師們，也有許多膾炙人口的口傳事蹟。」

---

2 卡日卡蘭：今之臺東知本位在溫泉山崖的舊部落。

梅婉腦海迅速地回憶起她的父親哈巫先生資料上，所提及人類文明發展的幾千年來，在世界各地，特別是亞洲大陸的東南以及西南地區，陸續出現過許多不同形式的巫覡信仰，以及相對應形成的巫師與巫術文化。這的確有可能跟遠古傳說中臺灣島東南方古陸地發生地理上的大災變有關。假如「伊達絲碎片」噴發的可能性成真，那麼因為地球自轉與信風的形成，那些塵灰碎片的確有機會飄灑在臺灣島以及西太平東南海域周邊的陸地，而那三灶石也也可能落在大洋洲的群島上以及臺灣地區。

「我就是嘎哈密！」說故事女巫說。

「啊！」梅婉愣住了，瞪著大眼。

「女娃呀！我不知道妳說的『世紀』是什麼，但是，我們的巫師體系，的確每隔一百年就出現特別傑出的巫師，我們深信那是那一塊灶石影響的！我的肉體消失腐爛也不過是這幾十年的事。如果妳說沒有錯誤，那個妳說的十七世紀，那個後輩絲布伊曾經數度召喚她們這三位巫師，在南方執行巫術力量，劈開海水，召喚風雨。」嘎哈密浮起笑意，指著其他三位巫師說。

「是啊！」一個更蒼老的聲音響起，只見一直沒說話只顧著嚼動下顎的老巫師，抬起頭看著梅婉，「那個絲布伊真是個天才巫師，她能輕易的編組咒詞，巧妙地組合各種力量，運用的手法遠遠超過當年我們還在世的時候，所有巫師可以想像的辦法。我相信那一顆灶石應該就在這附近，而且逐漸地浮現，所以未來出世的『伊達絲碎片』也就愈來愈大片。也許因為這樣，最近的幾百年間，出現的後輩女巫愈來愈強，累得我們疲於奔命啊！」

「但是，巫師也不會平白無故地這麼啟動力量召喚過世的巫師體系，除非正在發生什麼事，或者即將發生什麼事。」先前說故事的嘎哈密女巫說。

「您的意思是，即將發生什麼事？而且是大事？」梅婉疑惑地說。

「難道妳沒警覺到這事？」嘎哈密表情有些驚訝。

「有，當然有，只是我不知道究竟是怎麼回事啊？這大半年來我飽受困擾，已經嚴重影響在學校的課業了，這也是為什麼我試圖穿越時間，為的是找尋一些答案呀。」

「包括妳的夥伴乙古勒！」

「是啊！老祖宗們，這些，妳們可得說個明白啊！」

「這當然啊，這也是我們來的目的呀。」嘎哈密停了一下，從羊皮袋中取出一個拳頭大的小羊皮袋，「我先喝個水，然後重新整理一下，好讓妳更清楚些！來來，姊妹們，妳們也喝一點吧！」嘎哈密喝了一口水說。

見沒人接手喝水，嘎哈密索性收起水壺，整理幾個原則想讓梅婉更清楚彼此間的關係。

一、所有巫師先天的巫術力量，都是根據伊達絲碎片大小決定。若能擁有傳說中的其中一顆灶石，巫師便有能力結合其他處於游移狀態，尚未與未來巫師結合的伊達絲碎片，使自己巫力更強大，即使無法擁有，愈接近那灶石，愈能增強本身所擁有的伊達絲碎片力量。

二、所有已出現的伊達絲碎片，不會因為與其結合的巫師過世而消失，她會繼續找尋後世子孫中具有適宜體質的女孩與之結合，並繼續傳承與發揮作用。伊達絲碎片短暫消失是因為一時沒找著接棒人。

三、當三顆灶石重新組合時，伊達絲碎片也將重新凝鑄成為一個完整的形體，巫師祖宗伊達絲將重新獲得原有的力量，並透過轉世以後代子孫的模樣重生。

四、並不是所有巫師都找得到適合的子孫做為繼承人，在陽世間執行她所擁有的力量。未找到繼承人使巫力轉世的巫師，在靈界仍保有其力量，靈魂與靈力有義務接受活在陽間的巫師召喚，以執行巫師儀式所欲達成的巫術目的。

五、現世的巫師有權力藉著儀式、巫器、助禱詞、咒詞，催動或召喚自己傳承體系內的所有巫師祖先，亦可隨巫力的漸增，召喚家族以外的巫師生魂、死靈。召喚驅動的先後順序以「體系內巫師祖先」、「優先召喚者先」為原則。

六、巫師只能召喚在世巫師的生魂與過世巫師死靈所具有的巫力，不能召喚未來巫師，未來巫師也只能藉著自己的巫力回到過去。過去與未來的界線，以召喚巫師所處的時空為界線。

「老祖宗啊！妳這麼一說，我又弄糊塗了啦！」梅婉似乎懂了一些又大致弄不清楚這些話語的意涵。「我是說，跟我近半年出現的徵兆有關係嗎？」

「當然有關係啊！」嘎哈密說，「妳的年紀還小，按理說，妳的巫師祖先們還不致於急著要你成為巫師，而讓妳太早出現這類的徵兆。但是，在我之後的一百年的巫師，忽然做了一項巫術儀式，要召喚擁有強大力量的巫師，以實際力量進入那個時代，協助他們進行一場戰爭。」

「這可能嗎？」梅婉聲音不自覺稍稍提高些，她想起儀式的力量，還是得由當世巫師以儀式的進行來達成目的。

「如果召喚的是過世巫師的死靈去執行當代的儀式目的，當然不可能啊！但如果未來巫師是以生魂的方式進入過去的時空，其效力等同於當世的巫師，當然可以施展必要的巫術啊，妳在這之前展現的力量，就是這個原則下所產生的效果啊！妳忘了？」嘎哈密忽然露出笑臉看著梅婉說。

這一說，倒讓梅婉想通了一些環節。剛剛以前，她的確在受辱的情況下當眾施展巫法修理了那個幻形為大水鹿的樟樹，甚至在召集樟樹、檜木雙方樹魂時，施展了令人眩目的巫術，的確證明了自己以生魂的姿態穿越時空而來，是可以施展具有實質改變現況與立即時效的巫術。但另一個問題浮上了梅婉的心頭：為什麼是我？

「對了，妳剛剛說的什麼世紀之後……嗯？在我後面那個巫師是誰？」嘎哈密問。

「絲布伊！十七世紀最有名的巫師是絲布伊。」

「絲布伊？對，就是絲布伊。據說這個後代巫師天分極高，本身擁有的伊達絲碎片也大片，所以常有驚人之舉，因此巫師老祖宗們希望找一個力量與她相當的人去到那個時代，與她一起形成強而有力的『巫術鬧口』，打敗一群從沒出現過的可怕敵人。」嘎哈密抬頭看看周遭森林，又收回目光環視幾個老巫師，最後眼光回到梅婉臉上，「在那之前，所有已知的巫師，沒有一個有足夠與絲布伊的力量相比擬。」

「連妳也不行？」

「連我也不夠！」嘎哈密語氣相當肯定。

「那妳的意思……」

「離十七世紀最近的幾百年間，妳是力量最大的女巫！」一個老巫師忽然插話。

「我？這怎麼可能！」

「呵呵……我前面說的故事，關於伊達絲碎片，就是要說明這個可能性啊！所以巫師祖宗們才會託夢指示她們那個時代的部落巫師，要她們隨時做好迎接準備，另外由老祖宗們親自挑選妳前往。」嘎哈密說。

「這我又不懂了？我一個小孩子，沒人教我，我又如何能夠前往呢？我是說，巫師祖宗們做了什麼可以讓我進出時間與空間的隔離呢？」

「最初的確沒有人知道怎麼做啊！小女娃！」一個蒼老衰弱的聲音忽然響起，最老的巫師說話了：「我的身體是在九十四歲的時候崩壞的，之後的好幾百年常被後代巫師召喚，也沒遇見過這樣的事啊！要不是親眼見著了！我還真懷疑傳說中可以穿越的巫術是編來安慰人的呢！」

「是啊！那些祖宗們也知道問題，大家商議的結果，決定先誘發妳身上隨伴著的伊達絲碎片發揮作用，然後藉著妳的奶奶的教導，讓妳熟悉祝禱與咒語，看看能不能由你自己找到方法順利完成穿越旅行。所以，接連不斷地派出不同組合的巫師祖先來誘發妳的力量，甚至順著那個強烈好奇心的道士的力量，讓妳的力量甦醒。後來的事妳是知道的，妳的奶奶阿鄔千方百計的阻止了這些。」嘎哈密說。

「可是，妳終究還是做到了！」那個最老的聲音又響起，帶著幾分興奮。「要不是我的身體早已經倒塌了，生魂也成了死靈，我還真想學一學呢！」

「好啦！伊娜，妳來來去去這麼多回，沒有一次不是嘟囔著不想去，怎麼現在又想學一學呢！」另一個老巫師說。從她稱呼「伊娜」的輩分看來，她與嘎哈密顯然都是比較後代的巫師了！

「哎呀，總是想一想吧！難道妳們沒有一點妄想，以生魂的姿態在不同的時空裡直接使用力量介入，而不是像現在這樣，只能依照當世巫師的操作，提供我們的力量去對付神靈世界的東西？」

「說這沒有用啦！我們都已經不是當世的人了呀！」嘎哈密說著又轉頭向梅婉，「小娃兒啊！那是一場部落所面臨過最大的戰爭與傷害啊，妳的年代應該有這一類的傳說與記憶吧！」

「如果是這樣，我想十七世紀只有一六四二年那場戰爭！那是距離我們現在談話時間之後的三十一年。詳細情形我必須回到我來的時間，去查看相關資料才更清楚。」

「資料？那是什麼？」三個老巫師幾乎是異口同聲。

「喔，那是以文字符號，就像這樣的符號……」梅婉邊說邊示範寫字，聲音顯得愉快與得意，繼續說：「這樣的符號記載著的一些紀錄，說明過往曾經發生過什麼事，經過閱讀，我得知一些事，也了解了一些關於部落巫術的種種，包括祝禱詞與咒語的形式與編列原則，我就是那樣自己學習咒語的。」

「妳憑著文字符號，就可以學習到我們一輩子也可能遇不到的所有儀式與法術？妳的意思是這樣嗎？」嘎哈密輕皺著眉，語調平聲地問。

「是啊，當然這個事前也必須有人花時間記錄與整理曾經舉行過的儀式，並從中找到相關的原則原理啊！還有，我的卑南語太糟糕，有些發音根本掌握不住，因為沒有人在旁指導，所以常常出問題啊！」梅婉咋舌，不好意思地說。

「卑南語太糟？我記得我的身體還可以四處活動時，我們並不用妳說的卑南語啊！那是什麼時候的事？妳們現在又用什麼語言？」嘎哈密顯然是太過驚訝，語調揚升，稍稍尖聲。

「什麼時候卑南語變成我們的通用語言我不知道，但是現在我們使用一些從很遠的大陸傳來的語言。」

「這個……」蒼老的聲音響起又猶豫，「這個是什麼時代啊？語言改變了，連學習也不用老巫師從旁指導，只要拿著妳說的資料就可以成為巫師。小娃兒，妳說的意思是這樣嗎？」

「老祖宗啊！我不知道是不是這樣，但是我的確是透過資料學習並掌握自己的力量。若真要說什麼不對勁的話，應該還是語言的問題，不管是古語或者卑南語，因為有紀錄，有可以參考的符號可以學習，巫術就可能延續。怕的是沒人教、沒人學習啊，這語言斷了，咒語與祝禱詞也將失去作用了。不過我想，應該不完全是那樣的，這中間還是需要有人指導的！唉，我真希望奶奶可以好好的協助我啊！」

「喔，愈說愈沉重了，我看，我們說的也夠久了，再不動身，阿鄔又要做巫法找另外一批人來找人啦！我想我們也應該協助妳，盡快隨著阿鄔設置的道路回到妳的時代！妳是帶著使命而來的，不管我們多羨慕妳，做為妳的巫師祖宗，還是要叮嚀妳回去以後好好熟練相關的儀式、手法，依照祖宗們的期望，穿越旅行到絲布伊的年代，看看能不能幫忙阻止什麼吧！」嘎哈密說。

「還有妳！」嘎哈密忽然指著一直像一尊標本一樣呆立著聽巫師們講話的乙古勒。

「別傷害我！」乙古勒忽然警醒似地伸過手臂掩頭斜望著嘎哈密，渾身抖個不停，惹得梅婉忽然笑了。

「我不會傷害妳的，小東西！」嘎哈密帶著微笑注視著乙古勒，「妳知道妳是什麼吧？」

「我是個意念！」乙古勒囁囁地說。

「是的，妳只是個意念，一個軀體肉身死亡前後，妳想要釐清記憶與懸念所形成的意念，妳應該回到妳最初發出這個意念的地方，然後消散回歸自然，否則繼續滯留在陽間，妳會為自己招來災難！」嘎哈密看著乙古勒，表情極其和悅地說，「不過，我們有一個請求，希望這一段時間，妳繼續陪著梅婉，一直到她熟悉這些程序，陪著她進出那個世界，將來妳可以請她協助，讓妳安然地回到妳該去的地方。」

「是的，我會的！」乙古勒總算恢復了平時的聲音。

「老祖宗們啊！我知道了，我會盡快的熟悉這一切，把事情處理好的！」梅婉說。

「好，那就上路吧！」

浪濤【節選】

三路掃蕩

一八七四年（日本明治七年），南臺灣，楓港，牡丹社

石門隘口的雨仍舊下著，細細的，所有人，還是溼了衣服。

「糟糕了，這怎麼下去啊？」

「哇哈哈，沒想到神勇無敵，一路搶著第一個爬上來的武士藤田新兵衛，居然不知道怎麼下去了，這話要是傳回薩摩，那些酒肆又有話題了，那些女人一定圍著你問東問西的。」

「喂，怎麼說到那裡去了？我們現在還留在這個岩壁上，不知道怎麼下去，你想的竟然是鹿兒島酒家的女人？哎呀，田中衛吉君啊，你的身體想女人了。」

「呸，你胡亂說什麼？這種事你又知道了？」

「嘿嘿，我不用知道啊，我們一路廝殺下來，面對這些令人聞風喪膽的蕃人，我們

沒有懼怕過，一絲的害怕都沒有的把命端著跟他們對搏，也沒有算計過頸上的頭顱誰會贏去。現在槍聲停了，整個石門隘口響起了歡呼，我忽然感到從未有過的平靜，或者說空虛吧。田中君，我們徬徨著參加西鄉大爺的徵集隊，為的也是有那麼一天，殺敵建功。這一天來臨了，我卻有種想哭的幸福感，我真正成為武士了，我射殺了不少的蕃人，這讓我太過於興奮了，以致一股熱血直往下流，總覺得我的身體需要射擊，我的心理也需要有個什麼安慰，像在廈門那樣，有個女人在耳邊呼氣、說話。這種感覺不用誰說啊，我相信你一定也有。」

「廈門?我可沒幹什麼事喔，如果要說那一回我們幹了什麼壞事，別算我一份喔，我可是什麼也沒做啊。至於你說的事，我現在沒有那種感覺。是你的身體需要女人。」

田中衛吉說著，心裡卻有幾分懷疑自己說了什麼。

藤田新兵衛說得沒錯，鄰近幾個士兵夥伴有人頻頻點頭，說明藤田的說法有幾分道理。但田中也不那麼確定。因為自己還陷入在一陣槍聲駁火過後，逼得牡丹社人全線潰敗的勝利喜悅中，那興奮之情確實也有點淡淡的落寞與餘悸。他學著藤田跨坐在岩石稜線上，往底下的牡丹溪觀看由正面攻擊的隊友正在清查戰果。藤田以及其他人也都停止了說話，跨坐的跨坐，仍然趴在自己射擊位置安靜地看著下方的也大有人在。沒有人理會猶如綿綿細針飛絮的雨還飄個不停。

牡丹溪流經隘口迴響起的「轟隆」水聲，除了因高度產生的透空感覺，聲量並沒有因為岩壁的攀高而變小，底下的景物模型似地，變成了平常視界的一半。只見幾十個人不停地翻查倒地的牡丹社人，時而歡呼移動，時而比手畫腳遠遠溝通著。溪水流經不同的屍體帶引著一攤一攤的血漬，讓溪水呈現了幾條細紅布條般的殷紅，不斷流動，讓馬扎卒克思隘口的瀑布，詭異地呈現出紅色虎斑條紋的怪獸形樣，向外向下噴流而出。底下涉水的日軍仍興奮地不時揮動槍枝，空曠溪床上的日軍也帶著傷患陸續回撤收攏。岩壁對面的五重山翠綠山景倒顯得一片安詳，似乎忘了這裡剛剛才發生的激烈槍戰，傷亡了不少人。田中衛吉忽然開口吟詠：

那景色也平靜
猶如胸口一抹乳香
得激烈衝撞而後靜靜品味
溫煦的，順滑著，平靜著
那薩摩男子低吼

擎起太刀斜切而過
倏地入鞘舉槍而後優雅扣引
草偃了，樹傾著，水流朱
那景色也平靜

「喂，你在唸什麼？這不是薩摩地方的詩文，也沒聽過哪個地方是這樣吟詠的，你胡亂唸的吧？」藤田新兵衛回頭驚訝地問著田中衛吉。

「當然不是薩摩或者日本的詩文俳句，可是你不覺得這樣很優美嘛？很傳神表達現在以及剛剛的情景？先有眼前的景色與情緒，暗喻一個過程，再回頭述說先前我們的狀況與情緒，彼此對照呼應。」

「不對，詩文總該有個規律，漢詩有漢詩的言律，哪有像你這樣排列的，既不是漢詩，又沒有京都人的詩風，一定是你胡亂編唸的。不過，我不得不承認你這個詩文，前後呼應，內容很有意思。說得我也想唸兩句。」

「好啊，趁這時候，戰事歇息著，你唸個詩來緩和一下，順便也慶功吧。這才像個真正的武士啊！」一個士兵打岔。

「好，我來。」藤田覺得開心，開口：「雨霏霏……」他忽然停止了，「等等，我忽然又不想唸了，田中君，你倒說說看，你這詩文怎麼來的。」藤田撇頭說。

「我們下去了吧，部隊在集合了，雨又下個不停，說不定再過一會兒連下去的踏點都要找不到了。」

「這點雨，哪算雨啊，難得這麼高興，我們擊退了那些蕃人，我也確定至少射殺了兩個人，既然你唸了詩慶祝，你就再多說一下吧，我很好奇你這詩的來源。」

「其實，這是在廈門那個女人店學的。」

「什麼？你說我們在廈門停留的下午，你學了這詩？我不信。」

「你最好相信。你們分別忙著……，我看那個女人年輕，我也沒經驗，就想說聊聊天，但是我們語言不通，後來她拿了紙筆寫了前段我唸的漢字，漢字我懂，也大致知道這個意思，然後她半吟半誦，她說這是一種詞，不算詩也算詩，我不懂，也學不來她的腔調或者廈門語，但我一直記得這些字。我想她大概講的是你們幹的事，還有更美的意境景象在眼前，就像女人的乳香，得細細品味。」

「所以，她暗示你要激烈衝撞？」

「我知道，但我不敢啊。」

「哇哈哈，怪不得軍醫官說你要割一割，而且判定你還沒碰過女人。原來你在廈門連太刀斜切而過，都要遲疑再三。怎麼樣？後悔了吧？看你寫的後半段，就有那個意思，就是我前面講的那個意思。」

「什麼呀？你在說什麼前面後面的意思？」

「你的身體想女人！這騙不了人的。回去讓岡田大哥幫你想個辦法解決。」

「這……」

「別這那了，說起岡田大哥，不知道他人現在哪裡，若讓他知道我們一行二十人爬過這陡峭的岩壁，突然出現在這些蕃人後面射殺他們，他一定羨慕死了。」藤田說。

「我們下去了吧！底下的人在揮旗了。」一個士兵提醒。

「我們走吧！今天真是令人振奮啊！」藤田說。

說下去輕鬆，但真要一個個下去，難度卻非常高，這幾近八十度垂直角度的岩壁，在不顧一切的趕時間攀爬，哪裡有縫就抓就踩，現在回頭卻不知如何進行。

正所謂上山容易下山難，攀岩壁這情形更嚴重。還好當初只是為了出其不意地出現在牡丹社人上方，沒有刻意要爬到山頂，只在約二十公尺高度就翻過石壁往下延伸的山脊稜線，剛好將牡丹社人全部壓在腳底。

藤田新兵衛決定放棄原路，他吆喝著，向上攀爬了一段，然後穿越石門隘口內側錯落生長的雜木，下到小徑，再走出隘口。才出隘口歸隊，藤田被眼前景象嚇了一跳。

「岡田大哥？是你嗎？你怎麼來了？」藤田幾乎不敢相信眼前上衣敞開、沒戴帽子，手拎著三顆人頭的人，居然是沒被分派任務的非戰鬥人員，勤務兵兼翻譯員岡田壽之助。

「藤田君？田中君？是你們兩個？我一聽到這裡發生戰鬥，我抓了槍彈就衝了過來，還好暴風雨前我自己來過，知道這裡。你們真不簡單啊，居然可以爬上這個石壁，真是有本事。要不是你們，我們這裡還不知道什麼時候可以進擊得手。」

「我們正在猜想你在哪裡，心想著要是知道我們爬了上去，你一定會羨慕我們。」

「是啊，我羨慕你們，也欽佩你們的勇氣。不過你看，我也砍了三顆人頭啊。」

「這是我射擊的吧？我從上面一個一個射擊的。」藤田半開玩笑地說。

「呵，這是我從正面射擊，一顆一顆子彈送進他們身體的，我才不屑偷取別人的戰功呢。」

「哈哈哈，我是開玩笑的，總之，我們太佩服你了，你真是大哥啊。」藤田說。

石門隘口外，日軍逐漸收攏，嚷嚷著叫喚著笑鬧著，歡呼聲此起彼落，第一次與相傳甚久的強悍「蕃人」面對面交手，當場擊斃牡丹社戰士十六人，傷數十員，所有人都認為這是一場勝利，直搗牡丹社指日可待。

相較於石門隘口廝殺後的士氣沸騰，日軍社寮營區，處處歡欣與忙碌中還有些詭異氣氛。從清晨支援出湯村搜查的兩個中隊出發後，到十點多石門山戰鬥結束，琅嶠灣已經塞進了幾艘大船。

被任命為「蕃地事務都督」的西鄉從道中將，不理會日本政府的阻止，以「脫艦之賊徒」自稱，五月十七日時率領高砂丸、大有丸、明光丸、新紐約號等七艘船，載著增援部隊一千九百人，以及五百名「大倉組」工役，自長崎港出發前往琅嶠灣，在二十二日上午抵達，石門隘口正槍聲大作，雙方交戰方酣。

此刻西鄉從道已經被迎進指揮帳內休息，預計下午二時在自己的營帳分別接見中隊長以上的軍官。其他船隻則等候陸續靠岸卸貨卸載人員，港灣內還有一艘英國船艦不明原因的停泊著，日軍正警戒中。

西鄉被迎接進入三個帳篷並聯的指揮帳內，陸軍少將谷干城與海軍少將赤松則良，以及美軍顧問克沙勒正陪著西鄉喝茶，非正式的報告著這幾天在琅嶠地區的局勢，以及登陸以後所發生的事，其中也把五月十八日開始與牡丹社人所發生的零星戰鬥，以及目前正在石門隘口的對峙作了簡單的報告。

「看來這些殖民兵，真是耐不住性子啊，我們主力還沒到達，他們就已經開始投入戰鬥了。」西鄉從道似乎對這幾天的紛爭並不以為意。

「要這些武士安安分分也不可能，傳統以來的武士節操與戰鬥習慣，並沒有辦法讓他們一穿上現代軍服就能改變，還好有這一場戰爭，這個征臺之役一定是日本建軍史上一個重要的關鍵點，奠定我日本新式軍隊的戰鬥經驗與準則。」谷干城說。

「哈哈……谷將軍說的極是，這一點您是專家，這一趟希望藉由您的專才好好的觀察，做為日後日本建軍的參考。」西鄉說著，表情專注與誠懇，令谷干城覺得不習慣。

「都督太客氣了，這裡的所有事，還需要您指導呢。」

「不不不，我不是客氣，不是我的專長就不是我的專長，我是都督，我對遠征軍的一切負責，遠征軍在蕃地所面臨的外國交涉與來自國內政客的壓力，全由我承擔，但是建軍用兵的事還是要倚靠諸位的經驗。你長年在兵營，又在熊本鎮臺練兵，軍隊的事你懂，我可不懂啊，我當然得倚靠你的經驗與知識，所以我不是客氣，而是要拜託你。」西鄉說得急，還不時俯著上身致意。

這讓谷干城感到不好意思了，他是熊本鎮臺，負責九州地區新式常備軍的訓練，這一次遠征軍他原被賦予期望出任司令，但是三十二歲的西鄉從道極力爭取，令他希望落空，一度心生憤恨。沒想到西鄉對於軍隊事務的態度這麼謙和尊重，這讓他始料未及。心想，西鄉都督敢於抗拒來自日本各階層政治勢力的干預與施壓，除了其兄西鄉隆盛的關係，也是其本身的性格使然。也許只有他才有那樣的豪氣，敢不顧一切，擅自帶領三千近四千多名的遠征軍離開日本。英雄出少年啊！谷干城暗地裡感嘆。

指揮帳裡彼此交談著，而顧問克沙勒悶著不語，翻譯員也陪著不說話，看在西鄉眼裡也覺得不忍，微笑地舉了茶杯致意。隨後轉向赤松則良說話：

「對了，赤松將軍，你剛才提到日前在東海岸的偵察，你有具體的想法了嗎？」

「嗯！具體的想法倒是還沒有，我認為趁此遠征的機會在東岸建立基地，好好地偵察建立水文資料，可以避免日後再有觸礁的情形。這一點我們確實得多下點工夫，如果能，等平定牡丹社的任務結束，我們第一優先執行這個任務。陸地上，我們的偵察人員已經四處偵察，就海岸的部分，還是得靠船一段一段的探測。這一次琅嶠灣的探測就很成功，樺山資紀與水野遵兩位執行的很精準澈底。」赤松說。

「他們的人呢？現在。」

「應該在打狗附近，這幾天會回來會面。樺山君真是我的得力部屬啊。」谷干城說。

「另外，福島九成昨日已經從廈門搭船到了臺灣府，這幾天也應該會抵達。」赤松說。

「嗯，看來過兩天，我們的主要幹部都回來了，可以進行下個階段的計畫了。」西鄉說，他注意到克沙勒似乎有話要說，「克沙勒上校，你這些天過得好嗎？我聽說了先鋒隊在你的指導下，經由廈門的遠航以及在社寮建立新營區很有效率，這一點非常感謝您。」西鄉的話透過翻譯，克沙勒難得的舒開了臉上的一點愁慮。

「都督客氣了，做為顧問，我很榮幸能為遠征軍作點事。不過……」克沙勒欲言又止。

「克沙勒上校，你直說吧，別讓自己難過了。」西鄉收起了笑容，很認真地看著克沙勒說。

克沙勒不知其意，卻感受得出西鄉的體貼與善意，沒等翻譯便直接開口說：「是這樣子的，我們的士兵們的確勇猛，不管他們各自的習性如何，面臨到關鍵的軍事行動時刻，也還是有正確的判斷。我要說的是，遠征軍有正式的軍事行動計畫，在東京的軍事會議上，我提出的迂迴繞越山區，直接攻入牡丹社澈底摧毀的計畫，是正式的軍事行動計畫。如今，我們的武士們幾乎不受管束的私自外出，軍官們也束手無策，這不像是一個現代軍隊該有的狀態。」克沙勒停了一下。

翻譯官看了一眼克沙勒，猶豫要不要照實翻譯克沙勒帶有責備意涵的話語。

「你照實說！」克沙勒輕聲的向翻譯說道，臉色並沒有慍色。

「克沙勒上校的意思是？」西鄉透過翻譯的傳達，並沒有顯得很不高興，還是微笑地看著克沙勒，但在旁的兩位將軍卻顯得尷尬。他們都是武士出身，經歷過幕末各藩的私人軍隊，轉變成現代化國家軍隊的建軍過程，自然清楚士兵的結構與習性，克沙勒的責問，他們自然知曉，卻不便反駁。

「我的意思是，我們的士兵橫衝直撞，現在直接在石門隘口跟牡丹社人正面開戰，牡丹社人有了防備，我們自己也有耗損，將來我們分兵攻擊效果便打了折扣。我們是不是應該及早再確定我們細部的攻擊計畫，同時也要求我們的士兵別再製造衝突？」

「原來，克沙勒上校憂心的是這件事啊？」透過翻譯，西鄉等三人都露出了微笑，西鄉更是忍不住近乎自言自語地說。

「現在在前線指揮是誰？」西鄉又問。

「參謀，佐久間左馬太中佐。」谷干城說。

「喔，原來是參與弭平佐賀起義的軍官。這樣很有意思啊，平息武士起義的軍官，現在居然帶著武士在前線打仗，這多像是我們遠征軍的寫照，想來這次出兵征臺，是個正確的編組。」西鄉似乎意有所指，他轉向克沙勒說：「上校的顧慮是對的，我們應該多多約束士兵，而且盡早訂定新的軍事行動計畫。」

西鄉從道、谷干城、赤松則良在聽完克沙勒的抱怨，幾乎同時產生了「沒什麼大不了」的念頭。石門隘口的戰鬥如果能緊緊吸引牡丹社人的注意，將注意力放在中路，也許有助於其他進攻路線的前進。其戰鬥效益不可謂不巨。

「我們傷損了多少人？」

「還不清楚，等他們回來才會知道。不過根據昨天以前的情況來看，牡丹社的蕃人多半是以伏擊方式執行戰鬥，可能是因為投入的兵力有限，不敢正面跟我軍戰鬥，所以造成我軍傷亡也實在輕微，甚至還有士兵抱怨，十幾天以來還沒有真正面對面見過任何戰鬥蕃人的面目。」谷干城說。

「這真有意思啊！」西鄉說。

營帳門口進來報告，港灣進來了兩艘清國船隻，並派人來要求見日軍司令官西鄉從道。隨後又來人報告，參與石門隘口戰鬥的軍隊正在回營。

「清國船隻？他們的情報不慢啊，知道我今天會抵達，就立刻跟了進來。」西鄉站了起來，捻了一下脣上的鬍，又揮趕一隻繞著他嗡飛的牛蠅。「我該不該接見？」

「讓他們等等吧！」一直安靜的赤松則良開口說話。

「哈哈，對，讓他們等等。這樣吧，赤松將軍與克沙勒上校，你們幫我到港灣去看看那裡的情形，我呢，同谷將軍一起迎接那些戰士回來。」

「這安排好！清國官員可能也拉著英國的官員一起來的吧！」赤松說。

「就這樣。」西鄉說著，很自然地比了一下手勢，幾個人便分頭進行。

理應是凱旋而回的隊伍，氣氛顯得詭異，所有人已經溼了衣服，只見走在前頭的指揮官佐久間佐馬太寒著臉，那特有的方型臉，顯得緊繃與一點不高興，連帶著跟在他後方一百多個士兵也不敢造次，安靜地跟著。但明顯的，這些士兵臉上都有著一點難掩的喜悅。第一次真正面對面的交戰，他們擊敗了牡丹社人，任誰也很難不喜悅，這種情緒氣氛，表現在後面梯隊尤其明顯。只見一批批各自成群的士兵，有些人扛著槍，上衣扣子解開衣衫不整，邊走邊說話開玩笑，聲音時大時小，笑聲各自爆發展開。這一梯隊前面有兩個年輕的雜物兵，兩個人前後協力肩挑著一根長樹枝幹修飾成的長木棍，上面吊綁著以頭髮纏紮的十二顆人頭，那是剛才在石門隘口交戰，牡丹社留下的十六具屍體中，馘下來的首級。

聽到西鄉從道準備在營區門口迎接，所有人不待命令的，都自動整裝束衣，走進各自的行列，抬著頭驕傲與興奮地，準備接受都督西鄉從道的迎接。這讓佐久間佐馬太愣了一下，忽然轉為笑臉。離開石門隘口，他緊鎖著眉頭，是因為日軍死了六名，其中包括少尉軍官伊澤滿，輕重傷十五名，有幾名是以擔架抬了回來。進了營區門口佐久間向西鄉口頭報告，西鄉也稍稍受到震撼，盡量維持著笑臉迎接凱旋軍，但見到綁在樹枝木棍上的十二顆猙獰、帶著血跡的頭顱，西鄉一陣作嘔又強自鎮定微笑。他雖然也算是明治維新前的武士，也曾奉派去歐洲考察半年的軍事制度，現在又是帶領著三千六百人遠征軍的司令官，但對於凶殺見血的事並不習以為常。

這真是一群勇猛的戰士啊，招募殖民兵編組徵集隊，果然是對的決策。西鄉心裡想著大自己十六歲的兄長西鄉隆盛的遠見，讚嘆著。

「都督，我們什麼時候接見清國使節？谷干城見隊伍尾端都進了營區，忽然問。

「依谷將軍的看法，他們此行會有什麼意圖？」

「我不便猜測，這幾天我們與此地蕃人交手，剛剛又在石門那個隘口交手，他們立刻就知道了，可見這附近的眼線多，但我想他們恐怕不是想談這個吧。」

「嗯，這快要演變到外交的層次了，日本國內與那些洋人都不同意我們出兵臺灣，那些外交折衝很激烈的。清國不知道會是哪個階層來，他們居然派了兩艘船來，另外一艘英國船與他們關係又如何呢？」西鄉說。

「這的確有意思，等赤松將軍踏查回來自然可以得知一二，都督現在不用費神，先用餐休息，下午兩點的會議，我們再好好地討論整個情勢吧。」

「嗯，那就晚一點接見清國使節好了，先聽一聽大家的意見。」西鄉說。

凱旋回來的士兵持續亢奮著，營區內到處充滿了笑聲歌聲，幾乎所有人都來參觀了日軍帶回來的牡丹社人的首級與槍械。對於槍械簡陋的程度簡直不敢相信，這居然是擊退英國軍艦、美國陸戰隊的武器，而這些看起來像是長途奔行浪人的牡丹社人頭顱，居然可以逼得日本國動用三千多名軍隊前來圍勦。這些令日軍官士兵，無論是常備軍或徵集兵覺得匪夷所思的事，忽然又轉化成某種情緒，直搗每個人心底，要自己成為真正的武士、軍人，在下一場戰鬥中，取得戰功，擊潰所有蕃社蕃人。

但情勢的發展有一點超乎意料。

佐久間左馬太派人到社寮請米亞等人前來協助指認被殺的牡丹社人的身分，好進一步處理屍首。米亞經過那些收繳的槍械，一眼就瞧見一支有著大水鹿觸牴山豬的圖案，那正是令柴城這一帶漢人恐懼的，牡丹社大族長阿碌古所有，說明阿碌古可能當場就已經戰死。經比對頭顱，米亞證實其中一顆正是阿碌古他那勇猛的兒子亞路谷。消息一出，社寮營區內的士兵不斷傳出歡呼聲，喝酒歡唱的情形更加放縱。但集合在指揮帳外準備見都督西鄉從道的中隊長以上的軍官們，忽然有種莫名奇妙就已經打完仗的愕然。

營區外，所有瑯嶠半島的部落、漢人聚落，半天之內便已經知道石門之役的結果。射麻里的族長伊瑟，率先派信差到日軍大本營表達希望見面之意，而楓港方面的村落頭人王媽首，晚上也派人前來求見希望與日軍結盟或日軍派兵前往占領楓港村。

這個結果大出司令部意外。在兩度拒絕清使節團求見之後，西鄉從道同意第二天接見。西鄉更是提醒幾位將軍與參謀，遠征軍的征臺之行有著國內外的壓力，各方的談判折衝不曾停止過，就連福島九成也都還在臺灣府與臺灣道夏獻綸會面，說明遠征軍此行係「深入蕃地，諭彼酋長，亟其凶首，薄示懲戒，以安良民」，以避免清國猜忌，過度兵力介入引發戰爭。遠征軍應該利用這個時間澈底弄清楚瑯嶠半島的情勢，並配合東京那些職業外交官，為日本創造最有利的談判環境。但這個之前，遠征軍還是必須確保自己的安全。因此他綜合美籍顧問與幾位將軍、參謀的意見，指示：一、即日起派出幾批人員進出深山部落偵察各部落狀況。二、安排與半島內無敵意的蕃社和解，建立同盟關係。三、勸誘牡丹社、高士佛社、爾乃社等出面說明並和解。四、參謀研擬執行克沙勒上校武力掃蕩蕃社的戰術建議。

這個裁示，說明西鄉從道還是希望實地進軍琅嶠半島全境，以建立某種實質的軍事行動紀錄，但保留牡丹社人提出和解的機會，以決定後續的軍事行動應該屬於「演習」或「戰鬥」性質。

五月二十三日，清國使節團周振邦、傅以禮、吳本杰、貝錦泉，在英國代理領事額勒格里、英商法勒、稅務司艾格爾陪同見了西鄉從道，清使節團轉達閩浙總督李鶴年的「照會」，表達琅嶠屬於清國領土，要求日軍退兵。態度上，清使節團卻異常和藹，肯定日軍「出兵逞番」之事，讓西鄉等人疑惑清國照會的真正意圖，以至於清使節要求西鄉有無「照會」可回復李鶴年時，西鄉以「沒有」做為答覆，以為緩兵。

五月二十五日，由社寮米亞聯繫的，以射麻里社伊瑟為主的南方聯盟，其中五個社的大族長也來到社寮，與日軍司令部西鄉從道、谷干城、赤松則良、三位美軍顧問以及參謀會談。會談中日方要求：一、伊瑟所屬聯盟不得庇護牡丹社人，且應協助日軍捕捉逃逸的牡丹社人。二、允許日軍在南方聯盟內通行無阻，並與居民交易。三、嚴懲曾對日軍有敵意的蕃社，如龜仔甪社。四、允許日艦於東海岸無害停泊，補充食物飲水。

對這幾項要求，伊瑟完全應允，並提出希望日軍能夠消滅牡丹、高士佛兩社。這樣的態度令西鄉從道感到訝異不解，最後卻也開心地致贈五個社大族長禮物與日本旗做為敵我識別，並宴飲到午夜。

五月二十六日上午約八時，氣溫已經高熱，社寮沙灘上已經不斷響起吆喝聲歡呼聲，遠遠望去兩堆的士兵各自揮舞振臂叫囂，時而鼓掌時而嘆氣。人堆裡各圍起了一個土俵，僅著「渾兜西[1]」加強當成摔角服裝的士兵，正捉對摔角。左邊這一個土俵正膠著，又忽然逐步向土俵邊界移動，引起觀眾興奮，加油聲四起。眼看一個選手就要被推出界外，選手一吋一吋的移動，圍觀的群眾響起如潮水般的規律呼喊加油聲。土俵上的摔角手忽然停止移動又陷入膠著，眾人正想催促加油，一直被推移的選手突然微蹲又斜側過半個肩頭，一迎一送之間改變姿勢也改變了力道均勢，令一直猛力推送的對方收勢不及，向前踉蹌踩著了線圈。

「喔，田中！田中……」圍觀者爆起了聲浪，重複著喊著「田中」這個選手的姓氏，令另一堆圍觀人群好奇的撇頭觀望。

「田中？他們在喊著田中，是嗎？」
「的確是的。」
「是田中衛吉兄嗎？喔，不可能，他這麼文靜，不可能是他。」
「正是他，岡田大哥，他就是田中衛吉。」
「這怎麼回事啊？藤田君？」
琅嶠灣海灘，離開兩個摔角人群不遠的水際，岡田壽之助與藤田新兵衛正泡著海水消暑，起伏不大的浪潮，規律地湧來拍打著。
「那是因為您，他也想擁有您一樣的武士氣息。」
「武士氣息？氣質？呵呵……田中君在想什麼呀？你們都已經是真正的武士了，從了軍也殺人建功了，說起來比我更有資格稱武士的。」
「大哥，不是那樣的。你是知道的，田中君文質彬彬，雖然跟我一樣的卑微出身，但是他更像是文人出身的武士，詩詞論理都有很好的造詣，但他總覺得自己不夠強健，不夠男子氣概。」

1　渾兜西：男士的內裡遮羞布。

「強健?不夠男子氣概?藤田君，這些氣質你都具備了，從你身上就能學到啊，更何況一個男子，也未必要多麼強健。」

「這不同啊，他說我粗野，不夠細心周到。」

「呵呵……強健跟粗野沒有關連吧?哎呀，不管這個了，這個跟他去摔角又有什麼關連呢?」

「他說要強健身子，只有身體強健了，才能讓他更有男子氣概。」

「哈哈哈，這個田中還真是有趣啊。」岡田壽之助只覺得有趣卻完全無法理解這些有什麼關連。

「大哥，田中君的確有意思，但他說的也沒不對，摔角這種事，絕對比他練劍搬磚頭練身體還粗野。」藤田說。

「喂，你們在討論我嗎?」田中高聲地說著走來。

岡田與藤田聽見叫喚轉過頭，正看見田中衛吉只圍著襠部，渾身汗水走了過來。

「大哥，他的身體想著女人呢。」藤田壓低聲音說。

「嗯?怎麼了?」

「那天在廈門他只陪著女人聊天，我們在石門那個隘口上方射殺蕃人之後，他唸起了充滿情欲想像的詩，我想他的身體想女人了。這可要大哥想點辦法幫忙啊。」

「呵呵……田中君也太有趣了，而藤田君你也很有意思啊。」

營區東面，西鄉從道與谷干城、赤松兩位將軍，坐在幾棵樹下，遠遠看著士兵在海邊、溪床戲水與高聲說話。

「真沒想到，事情是這樣發展的。國際間干預的力道愈來愈強，而這裡反而感覺已經沒事了。」西鄉說。

「不過這四天來，士兵無事可做，成天遊蕩飲酒嬉戲也不是辦法，得要求各大隊安排一些活動，否則久了一定出亂子。」

「不過，這天氣也真是太熱了，蒼蠅、蚊子也多，你們得要小心士兵的健康啊。」西鄉叮嚀著，而營區門口走來了兩個人。

「咦？樺山資紀？水野遵？」谷干城脫口，「這兩個優秀的情報蒐集者回來了！」

「既然我們參謀都回來了，請他們整合一下最近對蕃社的調查，我們盡快修正軍事行動計畫吧，我想趁各國尤其是清國針對我們出兵做出決議前，先行完成南臺灣這塊蕃地的軍事進出，這件事勞煩谷將軍督促。」

「都督客氣了，這件事我來安排吧，如果能，以六月為出兵日為佳。」

「這一點，赤松將軍意下如何？」

「愈拖，天氣愈熱，雨也下得大，不可預測的變數也多，宜趁早進行。」

軍事會議在五月三十日舉行，樺山資紀整合先前水野遵對山區部落的調查，與最近派出的偵察隊所獲得的情資，大致確認目前只有高士佛社、牡丹社、爾乃社仍採取對抗日軍的態度，竹社與茄芝萊社未明確表態，總戰力大約四百人至五百人之間。因此軍事會議上，眾人提出的相關討論，傾向修正美籍顧問克沙勒原先計畫的，以主力迂迴直接從牡丹社背後攻擊，澈底殲滅牡丹社。修正後的軍事行動方案，以北中南三路攻擊，會師牡丹社後，伺機進襲東海岸而回，對此克沙勒沒有意見。會議進行三小時，綜合樺山資紀與克沙勒在會前所擬定的兵力分配建議，做成新的行動計畫大致如下：

一、總攻擊日：一八七四年六月二日，總兵員約一千三百人。

二、中央本隊：總指揮西鄉從道，實際指揮：佐久間左馬太。

嚮導：張鴻業、張連生。

兵力配置：徵集隊（殖民兵）二小隊、步兵（常備軍）一小隊、信號隊一、山砲臼砲各一門、醫療團，約三百餘人。
攻擊路線：社寮——石門——牡丹社。
三、右翼隊（竹社部隊）：總指揮赤松則良，參謀：福島九成。
通譯：詹森。
兵力配置：徵集隊一小隊、步兵一小隊、信號隊二、砲隊一小隊、卡德利砲一門、醫療團，約四百餘人。
攻擊路線：社寮——竹社——高士佛社——牡丹社。
四、左翼隊（楓港部隊）：總指揮谷干城，參謀：樺山資紀。
通譯：水野遵。
兵力配置：徵集隊三小隊、步兵三小隊、信號隊二、山砲臼砲各一門、醫療團，約五百餘人。
攻擊路線：楓港——丹路——爾乃——牡丹社。

這個行動方案比先前的方案更能完全殲滅山區部落，令美籍顧問克沙勒感到滿意，他同時對於樺山資紀的計畫能力與戰場想像力投以更多的敬意，他不免多看了幾眼方形臉身材壯碩結實的樺山資紀。

上午才進行軍事會議，整個營區就已經進入戰備狀態，所有軍士官都留在自己的單位待命，並同時檢查保養各自的裝備槍械。會議結束，兵力編組確認，各個編組的小隊長與主官也接著召開任務編組協調會，士官兵則是相互的見面確認彼此關係。自下午起，人人陷入臨戰前的興奮狀態，個個期待這一回能搶得先機建立頭功。

已經在第一仗立了功的藤田新兵衛與田中衛吉，也同樣按捺不住，下午下過一場大雨之後，接近傍晚的時間，他們先到補給房領了一些清酒與啤酒，然後一起去找岡田壽之助，卻遍尋不著，最後在營區靠海的一處礫石上，見岡田壽之助一個人獨自飲酒無語臨對夕陽。

「大哥，您在這裡啊？我們給您帶了些酒。」藤田說。

「那真是不好意思，出征前，你們可得忙了。」

「大哥，你會不會又單獨脫離然後自己建功啊？」

「這回不同啊，這是西鄉都督親自領軍深入山區敵營，是正式的軍事行動，我想脫隊找敵人恐怕沒什麼機會了，只能眼睜睜看你們出征建功了。」

「大哥這麼一說，我也稍稍緊張了，我聽說這一回我們這一隊將會繞過山區，出現在牡丹社背後直接與他們決戰，那應該是一場大決戰、大殺戮了，真是期待啊。」藤田說著，又自己陷入一股情緒直往遠處望。

「大決戰下來整個戰事就平定了，大哥就別擔心，我們會彼此照顧的，請相信我們一樣會穩穩射殺那些蕃人，就像在隘口那樣，一發子彈一個蕃人。」田中衛吉說。

「我對你們很有信心，可是戰場還是要謹慎，不到面對面的時刻，不可以鬆懈，以免被伏擊喪命，一旦接戰了，就該拿出你們身為武士的本事與意志。我沒有辦法跟你們同往，希望你們可以理解我的渴望，替我多殺幾個人。」

「大哥你放心，我會在馘下的第一顆人頭上，刻上『岡田戰功』的字樣，代表您的精神與我們同在。」藤田說。

「喂，藤田君，謝謝，你還真會安慰人啊。」岡田說著，「來，敬你們，勝利！」

三人猛灌了一口酒，岡田壽之助吟唱了起來：

思耐德槍口火焰豔紅如櫻花紛飛

崖頂山澗紅灩霞光如日之丸

「好啊，我也來。」藤田叫好，喝了口酒，接著吟誦：

映照處蕃人鬼哭神泣猶生死兩分
伏降就戮如草之芥

田中衛吉張開了臂，輕旋了身，頭撇過一半，斜睨著幾步遠的礫石地上，輕誦著：

那武士也瀟灑
悠然轉身間太刀尖刃血滴如櫻花紛飛

「那武士也瀟灑？」岡田壽之助輕皺了眉，對於「瀟灑」這種不常在日語出現的字眼，他有些無法理解，「該不會又是在廈門那個女人店教的吧？」

「啊，這個……」田中衛吉一時反應不來，收起了姿勢，說：「我在那個女人寫的紙上看見這兩個字，她告訴我意思是不管過往如何、前行如何，一個人無懸念無眷戀的，便能輕鬆自在。像風吹颯颯，如盆水潑灑，自有其去向與落處。」

「所以，武士也該放下懸念專心一致，拔刀上陣？」岡田說。

「是那樣吧！」

「哎呀，田中君，怪不得藤田君一直誇讚你，這是一種禪的境界了，也超過了我的修為，佩服！」岡田轉過身來深深俯過身子致敬。

「哎呀，大哥，您過獎了。」

「我們好好敬上一杯吧，等你們帶上幾顆蕃人的頭顱回來，我們再好好醉上一晚，吟詩說文。」

「乾杯！」

「乾杯！」

藤田新兵衛與田中衛吉所屬的徵集隊單位，被分配到楓港部隊的其中一個小隊，六月一日，擔任本隊先頭部隊開拔前往楓港，在離開營區北上後的第一條河道，一名士兵在涉水時被沖走了。為了這件事，五百餘名北上的部隊，因出師不利，心頭不免沉重有些不安。

「溼了鞋子、下半身還真難走路啊，再出個太陽，那一定讓人更受不了的。真想換鞋子。」藤田新兵衛撇過頭跟走在後頭的田中衛吉說。

「確實是這樣，上一次在石門溼著皮鞋走路就讓人不舒服了，我們得找個地方把鞋子換了。」

「等等吧，等休息了，那些老經驗的武士一定不等你招呼就換了鞋子，到時再換吧。」藤田說。

果然，部隊沿著海岸向北行軍，才經過一個漢人小村莊後的一座雜樹林休息時，徵集隊的士兵幾乎就各自換上了自己的厚底草鞋，有的還將預留的備用鞋掛在背包側邊。這個情形看在指揮官眼谷干城裡，愣了一下，又理解地笑了笑。樺山資紀也在準備糾正的同時，看見谷干城的笑容而心生理解。

徵集隊的組成皆為士族，這些習慣貧賤長於建走的低階武士，大抵都保有著隨時為自己準備一雙輕鬆無負擔、適合遠行健走的鞋子，那些鞋子多半以草編紮為主，厚厚的鞋底在崎嶇地形或碎石散布的路上遠比皮鞋舒服。皮鞋遇水發漲遇熱緊縮，平時在營區穿著操練校閱問題不大，行軍作戰，可就苦了這些習於赤足或草鞋的徵集兵。谷干城的笑容自然是因為理解，他同時還有著實驗的念頭。常備兵步兵小隊一開始招募、編組、訓練就是以制式裝備為主，裝備的適應性對日後建軍有極大的參考價值。而徵集兵只要能澈底發揮戰力，這些無傷大雅的軍容外觀就不值一哂，就連谷干城本人也極想這樣的穿著。

部隊在下午時間抵達了楓港，天氣也整個好轉了，雲層漸漸散去，日照變得刺眼。看在幾個軍官眼裡，想到往後兩天崇山峻嶺間的行軍作戰，也暗暗叫苦。

第二天，六月二日是總攻擊日。南軍竹社部隊、中央軍都在天明之後由社寮營區開拔。楓港部隊由谷干城少將率領，考量路程較遠，在天剛破曉時分由楓港的露營地出發。徵集隊三個小隊極力爭取擔任先頭部隊，但樺山資紀建議只允許由徵集隊一小隊擔任行軍尖兵警戒，一個常備步兵小隊在本隊先頭，其餘二個徵集隊與二個步兵小隊，編成本隊在後跟進。樺山資紀與水野遵選擇走在最先頭擔任尖兵的徵集隊當中，以確定行軍路線與方便第一線指揮。至於最前方擔任尖兵警戒的班伍，則由五月以來在石門隘口外有交戰經驗的徵集兵為主。藤田新兵衛與田中衛吉所屬的伍班自然是第一首選，該班的班長歸功於當時擅自脫隊的藤田與田中，特別准許兩人與另外兩人擔任最前方的尖兵。

真叫人高興啊。藤田扣了上衣衣扣，提起了槍，往前跨出第一步，開心地想著。

任誰也知道，這一趟軍事行動的意義，除了是擴大幾天來對牡丹社人的戰鬥成果，更深層的意義是，這是日本新式陸軍成立後第一次在海外用兵的正式軍事行動，是在正式的軍事會議上決定的軍事行動。第一線的戰鬥單位與個人，都值得在往後日子裡吹噓再三，是榮耀也是紀錄。這也是幾個小隊爭相搶著擔任最先頭部隊的原因。藤田新兵衛這樣想，隨後跟在尖兵小隊的樺山資紀也是這麼想著的。

最初宮古島人被殺，他的義憤填膺，除了薩摩傳統對琉球的情結，他更有著繼承先祖出兵揚威異域的志氣，他不顧一切的多方折衝協調與鼓動，總算最後有了西鄉從道甘冒被中央政府懲處與日後世人批評的脫隊行宜，率軍出兵臺灣。樺山尤其明白，日軍最大的對手，不是還盤據在各個山巔山坳的蕃社部落，目前而言，即便所有蕃社加起來也不可能對抗日本新式軍隊的強大。戰場外的國際交涉才是日本國未來的重心，而遠征軍的行動必須為國際談判提供更有利的籌碼，即使不能一次占領整個南臺灣，也要迫使清國表明對臺灣的態度。目前清國還保持著「管轄權不及於蕃地」的態度，若能因為軍事行動的實際占領，能迫使各國的承認，也承認日軍是為其屬地居民伸張公理，而一併解決琉球的歸屬問題，將是最好的結果。這是極具歷史性的軍事行動，是日本政府與遠征軍司令部的打算，也是樺山資紀急著結束在打狗一帶的偵察，也要趕回來參加這場戰役的原因。

但跟在藤田新兵衛後方的田中衛吉，卻有著不同的想法。自五月十三日開始跟著岡田壽之助私自外出偵察找尋機會擊殺蕃人，以至石門隘口的交戰與凶殺以來，他已經清楚理解他之所以不斷跟著私自外出偵察，除了是追求一種刺激，也是自己對「武士」階級想像的實踐。但現代軍隊對殺人立功的獎勵，已經不同於他們對於武士時期的想像，軍隊整體的行動目的與意志，也大不同於過往強調個人建功揚名的舊制軍隊幕府。因此「搶第一功」已經激不起田中衛吉的任何欲望。他爭取擔任前頭的尖兵警戒任務，主要還是，他想獨自一個人享受在異地行走，特別是晨露未退的荒野，至多只有一兩人作伴無聲的前行，那種浪漫與不確定的探索。

行軍道路僅兩人寬，沿著楓港溪南岸逐漸進入上游的麻里巴溪，陡度漸升而寬度愈窄。拂曉時刻微弱的光影，在雇請的楓港人前導下，臨溪的山壁小徑，令耳廓盈滿著溪水「稀哩」的聲響，水聲「瀝瀝」中，還遠遠傳來早起的鳥雀吱喳啁啾。

才覺得前方一片寧靜，後方併著個人裝備碰撞聲的跫音，已經細細的、接連著雜遝著，傳來，遠去，又時刻隨著山壁的曲折回升而來猶如緊跟在後。田中腦海忽然升起了一個漢字「默」。

那是他十五歲在一家道場習劍，第二年，在一次比試之後，道場塾頭[2]破例找他談話，即是以漢字的「默」開始。田中回應這字義包括：寂靜無聲、暗地裡的算計，延伸出出關於劍道的意涵，則必須安靜沉穩，精準算計每一個步伐與出手的時機點。對此塾頭點點頭沒多表示意見，僅僅要田中衛吉回去思考。田中持續練劍，一個月後，塾頭又找了他去，這一回塾頭並沒有請他入室，僅在道場一角，告訴他，「默」這個字，有「黑」與「犬」的意涵，有「一個黑犬在黑夜行動」的意涵。塾頭指出田中衛吉經常在刀術比試所遇到的困境是，他常被比試場的環境所干擾而忽略環境的有利因素。因此就算他能精準算出對手的下一步，也常常因為位置、光線與噪音的因素，令他必須分神或者因為要克服那些干擾因素，而造成速度與擊中對方力道的減損。田中始終沒有領悟，這也使得當年道場的塾頭覺得可惜，田中衛吉空有資質卻無法進一步提升刀術的層次。

田中現在走在山壁旁的小徑，忽然升起了這個記憶又頓悟出這個道理。「默」的意涵除了安靜專注，還有將自身融進環境之中，讓環境因素成為力量的一環。現在如何利用天色微弱的光線隱蔽自身行動，掌握周遭聲音適時隱藏自己所發出的聲響，那正是「默」的另一個更深層的意涵。田中知道眼前不可能遇到牡丹社人的襲擊，因為前方的嚮導並沒有任何會遭遇危險的舉動。他試著盡量走在山壁樹影中，不變慢又極輕躡地貼在藤田身後兩步走著，他看著藤田的身形輪廓，忽然感到有趣了。當年在鹿耳島那個磚場的街上，藤田便是善用「默」的訣竅，讓周遭環境的聲擾變成他的一部分，以木刀擊敗街上武士的真刀，造成轟動。

他也許一直知道這個訣竅。田中心裡說。

「咦？田中君，你什麼時候貼著我走路了？」藤田的聲音因為意外發現田中僅在他身後兩步而略微吃驚。

「我想起一件事。」

「什麼事？」

「你很享受打頭陣的樂趣。」

「廢話，打頭陣有很多的機遇性，也自由多了，遇見狀況第一時間可以隨狀況發揮自己的本能，這可是樂趣呢。」

「嗯，這就是『默』。」

---

2 塾頭：總教頭。

「默？」

「是的，從前我待的劍道場的塾頭說的。」

「那是什麼？」

「刀術！」

「刀術？」

「哈哈，以後再說吧，這麼說話違反了夜間行軍警戒的禁忌。總之，藤田君，我敬佩你。」田中說完，不著痕跡地退回原來的行軍距離。後方另一個士兵居然沒警覺田中已經前後大距離的移動。

藤田新兵衛是天生的高手，不論是刀術或者實際的戰鬥，都令田中衛吉心裡暗暗稱道。一個念頭倏地浮上心頭，而牡丹社那些戰士鬼魅般的身影，忽然清晰的襲上腦海，令他打了個冷顫。

交手了二十幾天，牡丹社人用極簡陋的武器，已經造成日軍十幾名死亡，近三十個人輕重傷；幾回近距離的駁火，也只有在大白天的石門隘口，才讓他們暴露在日軍的火力下，造成傷亡。這一回日軍直搗牡丹社人的巢穴，那些山巔峻嶺，那些叢林又將如何掩護牡丹社人的移動襲擊呢？田中想起這個，忍不住仔細打量周遭與前方的環境，發覺陽光正好從東面山稜線上方雲泥間的縫隙射出，他才警覺一早的行軍是朝東邊前進。

將是一場難以想像的戰鬥啊。他拭了汗水，心裡頭好大的回聲。

前方的嚮導與藤田新兵衛已經停了下來，田中衛吉也本能的靠向一側停了下來警戒，等待後方的隊伍跟上來。那是爾乃山的登山口，有一塊不算小的平坦草地，楓港的嚮導拒絕再擔任前導，表示因為一方面他們沒有深入走過，二方面已經進入可能交戰的區域，怕危險，所以都拒絕了日本的繼續聘用返回楓港。

日軍做了一次長休息，再確認地圖的標記後，稍稍調整了行軍距離與編組，要本隊與先頭部隊稍稍加大距離約一百公尺，以防遭襲擊時，本隊會立刻遭遇危險。

「田中君，你剛剛說了什麼?我怎麼無法理解?」藤田新兵衛走向一直無語的田中衛吉問道。

「喔，藤田君，我想起你在磚場外的街上以木刀擊敗真刀的事。」

「哈哈，你還惦記著這件事啊?」

「那可真是經典呀。」

「呵呵，這跟你說的『默』有什麼關係?」藤田拭汗，那寬額頭亮了起來。

田中把他的想法說了一遍，藤田眉頭稍稍緊鎖旋即又舒展。

「這樣才有意思啊，做為一個真正的武士，我們被教育，爾後在往後歲月中不斷訓練自己，就是要讓自己愈來愈知道自己的不足，以及如何補足自己的弱點，成為一個真正可以克服危險戰勝敵人的男人。在我看來，沒有一個人可以迴避這個過程。這些蕃人的確很強，有著我們無法想像的能力，也提供了我們在每個階段不同程度的挑戰與樂趣。田中君，我沒有看輕這些人，只是，我更想挑戰自己，在這片叢林或者在他們所熟悉的山崖水澗之間，我要以我的能力與他們對決，這是我的覺悟。」

「藤田君，你讓我佩服，也激勵了我要與他們一決高下的決心。我對於您的能耐是由衷的讚嘆與服氣的，我會好好地跟在您左右學習與鍛鍊的。」

「啐，田中君，你客氣這個幹什麼？你能觀察與說出這些道理來，就證明你的確不是普通人。記得啊，這段路，你得好好掩護我，別讓那些蕃人從左右背後襲擊了。」

「哈哈，以木刀擊退真刀的武士需要我保護，那才是笑話。你別說那些了，我們一起融入這個環境，殺進蕃人的心臟吧。」田中說。

田中衛吉的觀察與理解，並非是臨戰前的多慮或怯戰，這除了是他劍道訓練中的心智鍛鍊成果，麻里巴西沿岸的山壁、樹林與聲音氛圍，也很自然的導引他有這樣的想法。讓他深信這將是一場奇特的戰爭，牡丹社戰士將會淋漓盡致的發揮地形的特色，以及他們那種狩獵的本能與耐力對抗日軍；而日軍能靠的也只有比他們精良數倍的武器，或者這些武士還沒完全淡去褪去的傳統精神與意志。

出發的命令已經下達，田中衛吉著裝起自己的裝備，看著已然準備好正挺胸朝著爾乃山，深吸一口氣的藤田新兵衛，邁起步子。

爾乃山，標高八百零四公尺，位在牡丹中（總）社的北方，日軍作戰計畫指派楓港分遣隊大迂迴的目的，即是要直接攻下爾乃社，而後切入牡丹的心臟地帶，瓦解牡丹社的防線。但由海拔一百公尺的登山口，以近六十度的斜角度攀爬，讓這項任務變得極為艱困。四公里多的路程，樹木連天山巒疊層，山徑變得遙遙無盡頭。

天氣燠熱與陡峭的山路已經讓不少的軍官士兵大感吃不消，甚至有十六個人瀕臨中暑狀態，行軍速度變得非常慢。田中衛吉所憂心的事，顯然已經漸漸浮現，讓部隊的山地行軍一度完全停擺。爾乃社派出好幾組的戰士，在沿路設置一些障礙與伏擊陣地。有些路段原本已經不甚明顯的山徑，爾乃社用倒塌的樹木連續的卡在岩石之間，完全封閉道路。某些路障還配合著兩三人一組的伏擊陣地，在日軍忙著清除路障時開槍妨礙。因為射擊陣地設置遠，爾乃社火繩槍的金屬散片只造成日軍七、八員受到輕傷，藤田新兵衛左臉頰橫劃過一道傷口，灼熱與撕裂的傷口，讓他一度以為左臉都毀了。日軍遇襲往往採取火力集中還擊，在過了中午以後，伏擊的狀況不再，但滾石與竹籤藤刺還是讓日軍不斷受傷，使得行進的速度更慢。

直到入夜後，日軍才抵達爾乃社。爾乃社十幾戶茅草屋已經空無一人，為防襲擊，日軍編了幾組警戒兵向外搜查後，在社外燃起幾座篝火當照明。

「呸，真是混蛋。」藤田靠著一個茅屋的柱腳，輕觸著臉頰輕聲咒罵著。

「藤田君現在看起來更像個歷經百戰的勇猛戰士了。」田中安慰地說。

「哼，你大致的意思是我像個鬼魅，不用裝扮也能演一場能劇的魔鬼將軍，是吧？」

「喂，我可沒那個意思啊，你傷了臉，我也沒好過啊，一根竹籤狠狠插進綁腿，右小腿肚扎出了一個小洞。」田中說。

「唉，田中兄，我真是失禮，你別介意，只是想著就不高興。」

「我知道你的意思，我們受傷了幾個人，每個人辛苦地走到這裡，只聽到槍聲，一個人影卻沒見著。我知道你的意思的。」

「也許你早上的憂慮是對的，這些人如鬼魅，這裡環境他們熟悉，我們得多一點運氣才有機會與他們面對面戰鬥啊。對了，你的腿傷如何？」

「還好，就只是疼，隨隊醫官上了藥，走路還不受影響。」

「有人！那裡有人！」住屋外圍，一個士兵大聲地叫吼著，所有人幾乎是跳了起來抄起武器，蹲伏著以防突襲。

「有人跑向那個方向。」一個士兵又吼著。

「別跑！」一個聲音又起，伴隨著一、兩道驚嚇的哭聲。

兩個士兵壓了兩個人過來，火把照明下，是一個五十歲的老婦人和一個十二歲跛足、帶有眼睛疾病的小女孩。這情形令眾人好奇，不少人找了藉口來探視，甚至想盤問爾乃社人去了那兒，牡丹社的方向在哪裡？但語言不通，一老婦人一幼童也沒啥看頭，熱鬧很快平息。

另一邊，已經累得兩腿抬不起來的谷干城，正召集樺山資紀、水野遵以及幾名軍官開會著。攻打爾乃社的行動意外的遲緩與不具威脅，預料接下來前往牡丹社的狀況也大致相同，大部隊在山地行軍不容易展開，也容易受阻撓。谷干城的想法是，主力立刻改變路線折回石門與征討軍主力會合，僅派出一個徵集小隊，排除通往牡丹方向的障礙。參謀們也覺得應如是，畢竟牡丹社沒有正面迎擊的能力，以將近百人的隊伍直接進攻牡丹社，而主力前往司令部會師待命做進一步調度，確實符合現況。只是目前無法與西鄉從道的中央軍取得聯繫，不知其他方面的情況如何。

士兵忽然喧嘩騷動，原來擄來老婦人不見了。為了防止婦人通風報信或引人在夜間騷擾，兩百多個士兵廣泛地搜查，仍被老婦人逃走。這一意外，令日軍夜裡提高警覺，只聽見遠遠的槍擊聲，眾人數度驚醒而疲憊不堪。

六月三日，楓港部隊燒了爾乃社，一支以徵集隊為主的小隊，先行出發沿預定路線進攻牡丹社，而谷干城率主力改變路線沿著里仁溪向南折返石門，所擄獲的小女孩也跟著被帶了下來。到六月四日清晨抵達阿眉社，在西鄉從道所設立的臨時指揮所，見到竹社的指揮官赤松則良，與中央軍的其他指揮官，才知道這兩天其他方向的動態。

南邊的竹社部隊在六月二日出發，在當地嚮導的引導下，通過竹社並縱火焚燒後，在下午兩點左右抵達高士佛社，立刻遭遇埋伏的高士佛社人從四方射擊，造成三名日軍陣亡，兩名輕重傷。日軍立刻還擊，無特定方向的朝各處射擊。只見日軍持續的開火數十分鐘，再沒有任何來自高士佛社人的還擊。過了一個小時，日軍放火燒了高士佛，然後退出部落外設立監視哨。接著在下午五點鐘出發，準備夜行軍抵達石門盡早與西鄉的中央軍會師，但是嚮導錯認小徑，嚮導彼此間對路徑的選擇又爭執不休，以至於竹社部隊直到三日上午才抵達石門，並前行到阿眉社。

中央軍部分，除了六月一日先遣部隊在涉水時，也同楓港部隊一樣，有一名士兵被溪水沖走溺斃，其餘的還算是順利。六月二日出發時，雖然一路上沒有敵情，卻因天氣熱，地形陡峭山徑崎嶇，溪流橫陳，需要渡涉攀爬，致使補給難以跟上，人員行軍異常艱辛。加上山徑後端開始出現路障與警告式的槍聲，西鄉從道以下的所有人無不飢渴難耐，晚上八點抵達一座部落前約四百公尺，所有人便已累垮了，沿著山徑一路隨地躺臥睡著，也不管有無敵情，整夜只清醒著幾個武士出身的徵集兵，志願輪著守夜。六月三日，進入部落才得知這是不同於「大耳生番」的阿眉社，大家盡興享用村子裡的地瓜之後，設立了臨時指揮所，也向南北各派出六十名的偵察隊，以便取得南北兩軍的訊息。向南行的偵察隊才出發，就遇見赤松則良帶著竹社部隊前來會師，而向北方的偵察隊，在嚮導的引導下，居然走到已然空蕩的牡丹社，這些以石板石牆覆上茅草的住屋大約有五十幾戶。偵察隊決定進入村子搜查，忽然遭到來自山坡樹林的襲擊射擊，造成三名士兵輕傷。日軍一陣還擊亂射後進入村子搜索，發覺牡丹社人早已從容地撤離，偵察隊便一棟一棟的焚燒五十幾間住屋，回程時又將沿途經過的廢棄住屋與部落全部縱火燒毀。另外，偵察隊也證實牡丹社通往爾乃社的通路已經設置路障層層封鎖難以通行。

綜合這些戰果，司令部的軍官大致認為可以接受，雖有傷亡，但日軍進出南臺灣全境山區，也澈底的將主要敵對的爾乃社、牡丹社、高士佛社摧毀驅散，掃蕩與宣示的意味已然達成。

經過三位將軍研商對策，決定將已占據的部落全數燒毀，只留下一部分兵力扼守進出幾個部落的樞紐位置，如茄芝萊社等，其餘兵力則撤回社寮，準備未來對東海岸用兵做準備。但士官兵顯然對此行的成果並不滿意，特別是徵集隊那些桀驁不馴的殖民兵舊武士，他們對於一千三百名的征討軍，死了三個人，輕重傷十餘人卻連一個敵人也沒真正遭遇到，連他們在那兒也都不知道的結果十分的不服氣。有好幾批的請願者提議，希望司令部允許他們以三人小組編組的方式留在山區，以持續獵殺山區「蕃人」建立功勛，但被西鄉否決，並指示除了分駐的建制兵力，征討軍所有單位於四日早上九點出發，離開山區往社寮營區移動。

一千餘名兵力在山徑上蜿蜒移動，緩慢而驚險。回程路途雖然已經讓支援部隊清除了大部分的路障，路途還是很艱辛。尤其那些陡峭的山徑，一個不留神就可能滑跤摔落山谷，最教人膽顫心驚。

田中衛吉一路無語，想起幾天的歷程，心中升起一陣陣寒顫。他認為這無疑是一場敗仗，一千三百名的軍隊居然連一個敵人也沒有殲滅。那些房舍隨時可以重建，那些農作隨時可以復耕，那些神出鬼沒的戰士隨時會再出現眼前繼續糾纏，而日軍卻傷損了一些人，疲累了所有人。

這是吃了敗仗！田中衛吉心裡反覆升起這樣的念頭。他注意到走在前面的藤田新兵衛臉色也少了先前出發時的意氣昂揚，田中衛吉知道那不是因為折騰三、四天的疲累所致。因為其他的徵集兵，那些心高氣傲的士族武士們，也漸漸黯淡了臉上的自信光彩，完全不同於前些時候在石門隘口的興奮與張揚。

假如，牡丹社人擁有相同的武器，情況絕不可能這樣輕鬆結束，他們是精熟「默」這種至高刀術意境的高手。田中衛吉心裡說。

這股氣會持續往下延伸，徵集兵的士氣會垮的。田中又嘀咕著。

走在前頭的樺山資紀與水野遵，當然不可能與士兵有著相同的看法。遠征軍既然負著「深入蕃地，諭彼酋長，殛其凶首，薄示懲戒，以安良民」的責任，出兵圍勦蕃地而回的行動自然有著正當性，未來談判就有可能誤導清國承認其勢力、治權不及「蕃地」，這都將有利於談判桌上的攻防，也許日後日本取得臺灣更有著力點。

「水野君，幾年的偵察，果然還是有成果的。」路上短暫休息時間，樺山回過頭跟走在他後方的水野遵說。

「的確啊，只不過，偵察還是得按照我們的老方法，實際走到那個地方看看而後記述，這一次蕃地的探險，有許多不在我們先前所蒐集到的情報當中，這也是我的疏忽啊。」

「不，這已經很足夠了，我們不是這裡的人，我們不熟悉這裡的一切，能做到這個程度已經很不得了，你的成果豐碩令人敬佩啊。」樺山資紀拿出了菸盒遞給水野遵，自己也點起了菸捲說。

「長官太客氣了，我也只能做這事。依我的觀察，我們應該好好考慮把臺灣拿下來，如果沒有辦法拿下全島，至少把山脈及山脈東邊都拿下來，變成日本的版圖，這裡的物種太豐富了。」

「水野君也是這麼認為？你說的沒錯，臺灣太迷人了，但願東京那些政客能好好思考這一點。」

「我看，您也應該好好大力遊說，像征臺計畫那樣，讓這件事情能變成真實。」

「我？」樺山噴了口煙，睜著眼，似乎別有意涵地看著水野遵。

「是啊，遠征軍的征臺，從頭到尾，您都極力參與，甚至不惜放棄舒適，幾次前來臺灣偵察，這種規劃與行動力不是常人所有。您定然有著長遠的想法，以及堅決想要讓您的想法變成事實的意志力。未來日本想要擁有臺灣，是需要不停的灌注這種意志的，而您是很重要的來源。」水野遵說。

「哈哈，水野君，你說的太多了，我只是一個軍人，要把這些想法變成國家政策，還是需要東京那些政客推動啊！」

「是啊，但是，總是需要有人開始，並提供某種視野，讓政客們安心堅定的推行。」

「水野君，我的確懷抱著某種理想，那是源自於傳統薩摩藩的海島情結，特別是我的先祖當年揮軍琉球，就是希望琉球這個屬地，真正變成薩摩藩的領地，或說成為日本的國土。這也是為什麼我積極遊說出兵，要為琉球爭口氣的原因。」樺山吸了口菸，又用力的呼出，「但是遠征軍的出發與這幾個月的偵察，我醒悟到，這些看似天經地義事，一旦有國際勢力的介入，就會變得複雜，必須謹慎。」

「長官的意思是？」水野遵覺得有點混淆了，樺山先前那種急著肩挑整個出征前遊說作業的氣勢變了。

「我沒別的意思，現在東京的政客們，變得聰明與務實，但拿下臺灣或者琉球，以擴張日本勢力與提升國際地位的企圖與野心，卻與日俱增。現在清國人還沒意識到他們的主權擴及的範圍，我們的軍事行動正是為談判提供一個臺階，我相信外交官們一定有智慧合理化我們的行動，若不能一下子取得南臺灣的管轄權，也要在談判桌上讓國際承認琉球屬於我國的領地。將來必須撤兵時，遠征軍也才能追認為合法合理又符合日本的期望。」

「長官思慮得可真是周到，您應該在決策圈裡才是。」

「呵呵，水野君，我是軍人，必須退居到符合我當一個軍人的位置。我有個願望，如果有一天，我們真的可以拿下臺灣，我倒想好好爭取出任臺灣事務的都督，總理臺灣一切的事物。不過這是未來很久遠的事。現在，關於遠征軍的軍事行動，是西鄉都督的權責，關於臺灣與蕃地的一切談判與最後的結果，是東京的政客們與外交官的事。而我的心事也請暫時為我保守祕密。」

「樺山長官放心啊，我理解您對這裡的情感，要不，您也不會一連幾趟的長時期偵察。說實話，我對這裡也充滿了好奇，先不說那些清國人、熟蕃、生蕃，光是物種的豐富，就足以建構數種獨一無二的世界級知識庫。這一回軍事行動結束，我想我應該再踏上我的偵察旅途，好好建立資料。」

「這是極重要的事啊，水野君。」樺山說完，忍不住轉過身子俯身致意，「回了營區，我們好好地喝一杯吧。」

「喔，那一定是很愉快的事了。」水野遵說。

樺山資紀遠遠看著前方已經著裝，正小心翼翼地走在崖壁山徑下坡的士兵，心裡有股「這仗打完了」的感覺，他咧嘴笑了。

里慕伊·阿紀

〈懷鄉〉【節選】（二〇一四）

Rimuy Aki，曾修媚，一九六二年生，新竹縣尖石鄉葛菈拜部落（Klapay）泰雅族。國立臺北師範學院（今國立臺北教育大學）幼教師資科畢業。早年從事學前教育，任幼兒園教師／園長十餘年。二〇〇一年起，於新北市各校擔任泰雅族語教師，迄今二十餘載。

一九九五年以〈山野笛聲〉獲山海文學獎肯定，大大鼓勵了里慕伊文學寫作的積累，作品曾多次獲原住民族文學獎項，以散文、小說見長，視角接近孩童及女性。作品譯有英文、日文等國語言。寫作之餘，近年投入青少年繪本泰雅族語翻譯、泰雅族語動畫配音工作。其中有《樹人大冒險》系列、《吉娃斯愛科學》動畫／有聲書系列等，為泰雅族語推廣與傳承持續努力。著有散文集《山野笛聲》，小說《山櫻花的故鄉》、《懷鄉》及傳統神話傳說編寫的《彩虹橋的審判》。

懷鄉【節選】

清流園之花

懷湘的父親是職業軍人，必須駐守在軍營裡，長年不在家鄉。母親哈娜（Hana）是臺北烏來人。哈娜是一位非常漂亮的女人，能歌善舞，年輕時就在烏來「清流山地文化村」的「清流園」表演山地舞[1]。活潑熱情，長相甜美的哈娜在眾舞蹈的女子中顯得特別亮眼，舞碼中美麗的新娘角色非她莫屬，她總是能吸引許多觀光客的青睞。每次在跳完舞之後的拍照時間，競相邀請她合照留念，觀光客喜歡她，小費也非常大方地一把一把塞給哈娜。在「清流園」跳舞其間，有不少來自日本和美國的觀光客對她一見鍾情，送花、送金戒指、金項鍊、貴重禮物……熱情地追求她，甚至很多人都想娶她回去。在當時，有許多一起跳舞的好姐妹們真的都遠嫁日本、美國，可是哈娜並沒有遇到自己真正心儀的對象，她沒有走上與其她姊妹同樣的路嫁到外國。

二十二歲那年，她終於遇到了心儀的男人讓她眼睛為之一亮，他就是懷湘的爸爸，一位英挺高壯的軍官。那人在她跳舞的時候，遠遠坐在觀眾席一端，目不轉睛地凝視她每個舞姿。節目結束的拍照時間，他並沒有和一般觀光客一樣邀請跳舞的女孩拍照，卻站在遠遠的一旁，抽著菸默默欣賞哈娜被眾人包圍著，搶著找她合照的盛況。他出眾的外型和異於旁人的反應吸引了哈娜的注意。拍照的人群慢慢散去時，哈娜主動走過去上前跟他打招呼。

「你好，喜歡我們的節目嗎？」從事觀光地區表演工作的哈娜很大方，「很好，你們很會跳舞啊！」看到他注意已久的美人直接走近自己還對自己說話，男人差點手足無措，但也立刻回復正常，他深深吸了一口手上的香菸，瞇著眼慢慢吐出煙霧，把整張臉暫時蒙在輕煙中，調整將要雀躍的心情。「咦？你是也 Tayal（泰雅族）嗎？」，哈娜一聽他的口音就知道他應該是泰雅族人，這種敏感是大多數泰雅族人都有的，即使男人的咬字口音帶著軍中影響的外省腔，但那音質就是屬於泰雅族特有的密碼。「對，我是 Nahuy（尖石鄉）的 Tayal。」他說。哈娜知道了他原來是自己的族人，立刻把對觀光客應對的那套交際應酬態度和語言收起來，很自然的與他聊了起來。

1　山地舞：原住民舞蹈的俗稱。

泰雅族在臺灣原住民族群當中，是傳統生活領域分布最廣的一支，但即使如此，因著傳統歷史上同一個發源地，只要談一談確認一下，兩個不同部落的泰雅族人總能在進一步的討論中，牽出或遠或近的關係來，很快便可拉近彼此的距離。

於是，他們倆互相介紹之後，哈娜知道這位帥氣的軍官是泰雅族人來自尖石，同族的親切感很快拉近彼此距離，她當天就帶男子回家介紹給家人認識。原來他是職業軍人，叫做磊幸（Lesing），住在新竹尖石鄉的拉號（Rahaw）部落，哈娜的家人對磊幸就像是對待親戚一樣的親切，請他喝自釀的小米酒，還留他在家過夜。

有了女方家人的熱情支持，磊幸每次放假就一定往烏來跑，哈娜更是常常想著磊幸，每天期待他的來到，不能見面的日子，兩人勤於書寫相思，魚雁往返傾訴思念與祝福，他們很快的陷入難以分離的熱戀，半年後就閃電結婚了。

或許是雙方從結識、熱戀到結婚實在太過匆促，彼此來不及真正了解對方，「清流園之花」的哈娜嫁到相對於她的家鄉，拉號部落實在是偏遠的不毛之地，她完全無法適應這裡的環境。畢竟，烏來鄉是距離首善之都臺北市最近的一個山地鄉，山水美景、瀑布、溫泉、臺車、纜車、風味小吃，以及臺灣原住民歌舞，吸引許多國內外觀光遊客前來，加上政府大力提倡觀光事業，為了提升國際間對臺灣的認識，在國際媒體大力宣傳，引來大批華僑及歐、美、日本觀光客。所以烏來鄉很早就開發的很現代化。交通、建設、人文景觀、生活水準是原住民最先進的部落。相較於封閉偏遠、窮鄉僻壤的拉號部落，兩者的落差實在判若雲泥。於是先生不在身邊的哈娜，總是待不住拉號，喜歡往娘家跑，往往一住就是大半個月。娶到了天之驕女的磊幸對於自己不能常常陪伴新婚妻子，其實心中有小小的愧疚，也是有點壓力的。他微薄的薪水，根本不能和當初哈娜在觀光歌舞場跳舞的收入相比，這件事也被哈娜抱怨過很多次。

ungat pila...ungat pila...

「沒錢……沒錢……」

變成他最常從哈娜口中聽到的話。好幾次放假，他滿懷著與新婚妻子甜蜜相聚的希望回家，卻看不到嬌妻，原來她又跑回娘家去了。失望、內疚、無力感充滿他原本自信滿滿的心。想到哈娜在「清流園」的風光，和許多圍繞在她身邊的追求者，內心油然而生的猜疑、忌妒、自卑……漸漸滋生，這些情緒慢慢交織在一起轉化成無名的憤怒。於是，他常常在回家找不到妻子時，便立刻衝往烏來岳家把哈娜「抓」回來。

「女人，就是要嫁雞隨雞，嫁狗隨狗，」磊幸總是喝了酒之後控制不住脾氣，對妻子大吼，「媽的！整天往娘家跑，成什麼體統？妳他媽是去看舊情人，是嗎？」「砰！

「唰……唰……」他憤怒的一腳往牆上踹下去，裹著泥漿的薄竹牆立刻凹了一個坑，乾泥屑「唰唰……」地紛紛落下。職業軍人的習氣使他開口閉口都是軍營裡學來的國罵，連長的官威回到家也很難調整過來，生起氣來就更難控制了。

「我是瞎了眼睛才嫁給你，」哈娜有著強悍的個性，加上長年在娛樂場合打滾的經驗，她什麼場面沒見過，當然也不是被嚇大的，「我哈娜就是嫁雞、嫁狗，也比嫁給你這個窮光蛋好。」她挺起胸，雙手往腰上一插，也大聲罵回去。於是，夫妻爭吵的戲碼不斷重演，最後總以丈夫從牆上抓起獵刀要追殺妻子，妻子嚇得奪門逃往小叔瓦旦家狂奔求救做為結束。

三兄弟排行第二的磊幸父母早逝，弟弟瓦旦個性溫和，在鄉公所擔任公職，娶了能幹的弟媳米內，兩夫妻勤勞認真，家庭和樂，弟媳把孩子都教養得很好，磊幸很敬重這個弟媳。身強體壯、脾氣剛烈的他喝了酒就是霸王，把身邊的人都當成軍隊裡的小兵來吆喝，幾杯黃湯下肚，天王老子都不放在眼裡。在部落，看到他喝醉了，誰也不敢惹他。唯獨弟媳米內，不管磊幸喝得多醉，醉酒的場面鬧得有多僵，只要米內出現，都可以把他收服得乖乖順順的。

哈娜遠嫁到拉號部落來，最照顧她的人就是米內了，妯娌兩人一見如故，總是相約到河邊洗衣服、一起上山工作，無話不談，情同姊妹。所以，只要兩夫妻吵起架來，擦槍走火的危機時刻，她就會逃到小叔家避難。哈娜兩夫妻都是同樣強烈的性格，脾氣總是爆發得又快又狠，卻也可以消失得直接又乾脆。每次哈娜來求救，磊幸都可以被米內勸得冷靜下來，一場戰爭很快就消弭於無形。只是，這樣的爭吵在哈娜頻頻回娘家長住，磊幸三番兩次回家撲空之後便愈演愈烈、愈來愈難以收拾了。

有一次，又是磊幸到烏來要接妻子回拉號的時候，他才下了客運車，遠遠就看見哈娜在橋頭藝品店前和幾名男性遊客說笑，其中一名遊客正搭了她的肩一起拍照，拍完照遊客還塞了鈔票在她手裡。磊幸雙眼瞪得大大的站在原地一動也不動地看著他們，五、六個人邊走邊開心的談笑往搭臺車的方向走去。雖是那麼遠的距離聽不到他們在說什麼，但妻子臉上那樣嬌媚的笑容，豐富的肢體語言，是他婚後半年已經很久沒有看見過的，那是「清流園之花」時期才有的丰姿。想起這段時間妻子老往烏來跑，難道就是為了回到這裡生張熟魏的陪男人拍照嗎？一股難以控制的無名火頓時從胃部衝向喉頭，「哈——娜！妳給我過來！」中氣十足的怒吼聲劃過熙來攘往的遊客大街，精準投射到哈娜耳中。雙眼冒火的磊幸快步往她的方向去，哈娜驚見盛怒的丈夫衝了過來，立刻轉身就往後跑，兩人便在街上追逐起來，引起了藝品大街遊客的騷動，原本在哈娜身邊的

五、六位男性遊客還來不及反應，哈娜早已跑進人群中，消失得無影無蹤了。她從小在這裡長大，對於街道巷弄非常清楚，跑過來、鑽出去，一下子就找不到人影了。

憤怒的磊幸跑到岳母家興師問罪，要他們把哈娜交出來，可是沒有人知道她跑哪裡去，天黑了哈娜也沒有回來。於是，岳母殺了雞，準備一頓豐盛的晚餐招待他，兩位小舅子和一位鄰居陪他吃飯。磊幸悶得猛灌酒，吃不下任何東西，在街上看到的那幕景象，使他愈想愈憤怒，哈娜則始終沒有回來。

「碰！」他終於忍不住重重捶了一下餐桌，「太過分了，你們都跟她一起欺騙我，是嗎？」磊幸忍了很久的怒火還是爆發開來，手上的杯子往牆上砸去，「砰！」玻璃杯頓時四分五裂，「yanay[2]，你講話要憑良心喔！」大哥口氣顯然很不爽快，跟遊客說說話、拍拍照，對住在觀光勝地的烏來人來說是很普通的一件事，沒什麼值得大驚小怪的，大哥只是看在 yanay 來者是客，他又那麼生氣的份上，忍讓他罷了。他整晚小心地陪著盛怒的妹夫喝酒，磊幸喝了酒的霸王氣勢又開始發作，他自己也喝了不少酒，已經快要沒有耐性了。

「有什麼誤會，可以等哈娜回來解釋啊！」他用力的把酒杯「放」在桌上，杯子裡的酒濺了出來，「你在我家捶桌子、摔杯子，這算什麼？」大哥皺起眉頭站了起來。

yasa la...yasa la...

「好了……好了……」鄰居和岳母一人一邊把大哥架了開去，大哥扭動身體掙脫著要往磊幸衝去，二哥兩邊看看，也準備加入戰局。

「這算什麼？」磊幸也站起來，「自己的妹妹不守婦道，全家幫她隱瞞……這才算什麼啊？啊？！」滿臉通紅的磊幸咆哮著，血絲布滿了憤怒的雙眼，「碰！嘩啦啦……」他雙手一舉，把整張餐桌掀了過去，滿桌的菜餚杯盤灑落一地。

ay ay yama, laxiy balay gusa sqami ki...yama yama...

「啊呀……啊呀……女婿，千萬不要這樣子啊！女婿……女婿……」，岳母不敢過來攔阻他，嚇得眼淚掉了下來。

「誰敢在我家撒野！」大哥掙脫母親，衝過去抓住妹夫，磊幸悶了整天正缺個洩憤的對象，他迎了上去，「喝！喝！」「啊……」兩人扭打起來，二哥看了也加入戰局，岳母哭著、尖叫著大聲阻止他們，卻一點都沒用。門窗桌椅「乒乒乒乒」撞來撞去，碎

2　yanay：泰雅語，「妹夫」之意。

玻璃、斷木頭到處亂飛，三人扭打的聲音、岳母哭著阻止他們的聲音，驚動了隔壁鄰居，有幾個人站在屋外議論，有幾個好奇的便直接走近門邊、窗邊探頭探腦的往屋裡觀看，至此，整間屋子頓時變成格鬥的擂臺……。

「嗶……嗶……嗶……」突然聽見一連串緊急的哨音，「住手！住手……」「不要打了……」「警察來了……」三名警察衝進屋裡，他們抱住發狂似的磊幸，架開了兩兄弟，把三個打成一團的醉漢用力扯開。原來，剛才一起喝酒的鄰居看情勢不妙，趕緊跑到派出所去報警。

「走開，我要他們給個交代……」「不要動……」「喀！」警察瞬間將磊幸的手銬上了手銬，兩兄弟看了這情形便不再掙扎，三人只好乖乖被帶到派出所去做筆錄。

磊幸知道自己是軍人身分打架鬧事，如果讓軍方知道的話，這事情可就大條了，即使是喝醉，他也很清楚這個嚴重性。再說，磊幸雖是剛烈的性格，但暴怒的脾氣卻像是夏日午後的雷陣雨，來得快去得也快。往往被他惹毛的人還在氣頭上，沒來得及恢復平常心的時候，他自己就以為歧見已經在爭吵中處理完了，是個非常自我中心的人。

磊幸對於妻子行為的不滿，透過剛剛跟小舅子激烈的扭打，那一肚子的火氣也消了大半，他在岳母家大發雷霆，把岳母的門窗桌椅都打壞了，後來想想還是自知理虧多一點的，雖是萬般困難，但他終究試著主動釋出善意。

a! kun balay yaqih la anay.

「啊！真的是我不好了，舅子。」磊幸這輩子絕少跟人道歉認錯，這句話是折騰了好久才勉強吐出來的。當然，打鬧了大半夜，三人此時疲憊已極酒醉也醒了，兩兄弟想想都是自己人，沒什麼不能好好溝通的，於是雙方便握手言和返家去。

磊幸等天一亮，就帶著歉疚和失落的心情，獨自搭上第一班客運車下山回拉號部落的家。原來那天哈娜閃過了磊幸的追逐，躲在一個鄰居姊妹淘家，第二天知道先生回新竹去了，才敢回媽媽家。

iyat saku nbah musa Rahaw la.

「我是再也不會回到拉號去了。」哈娜雖在啜泣，口氣卻是強硬的，她斬釘截鐵地告訴媽媽再也不回拉號去了。

果真，自從那天起，不管家人怎麼勸說，都無法改變哈娜的心意。可是，一個已經嫁出去的女兒突然回娘家長住，面對鄰居質疑的眼光，家人還是很難接受的。特別在泰雅族傳統的觀念裡，已經把女兒「送給人」了，女兒沒有經過對方的允許私自「逃」回娘家住，就好像是把答應送人的東西又給「搶回來」，那是非常沒有道理的事情。

iyat balay ini su usa ngasal su nanak hya la?

「實在不可以這樣，你怎麼可以不回自己的家呢？」媽媽常常會這樣唸她。

phswa kmal kwara ggluw ru qqalang nha qasa lpi?

「他們部落的親友和鄰居要怎麼議論啊？」媽媽希望女兒回心轉意，以免被人批評。

iyat saku, iyat saku nbah musa la.

「我不要，我再也不回去了。」女兒搖頭哭著說。

「我要跟他離婚。」哈娜告訴媽媽，「我可以賺錢養活我自己，我不要跟一個tbusuk（酒鬼）窮光蛋過一生。」她態度那麼堅決，整天不吃不喝，除了重複這句話，她什麼也不說。家人實在拿她沒辦法，只好暫時按照她的意思不勉強她了。

這樣過了一陣子，磊幸再次從部隊休假回來，妻子依然沒有回心轉意回到拉號的家，他思念妻子的心如此急切，於是便帶著跟妻子最有話聊的弟媳米內一起到烏來，希望哈娜看在好弟媳的面上答應回家。

ta kinbalay s'nun qutux yangu qani la...

「這個弟媳多麼令人想念呀……」哈娜看見米內來到烏來非常驚喜，她熱情地一把抱住弟媳，開心地喊著、笑著。

ay ay talagay su bsyaq ini uwah ngasal la irah...

「啊呀……啊呀……妳這也太久沒回家了吧！嫂嫂……」感情最好的兩妯娌許久不見，一見面就抱著對方訴說彼此的思念。磊幸把買來的伴手禮放在客廳茶几上，便站在一旁看著這兩個女人又說又笑，自己卻是有點尷尬得只能傻笑。

tama cikay ha ki ama...

「女婿你坐一下啊。」丈母娘看見女婿來接女兒回去，她高興極了，趕緊煮飯、殺雞燒菜，準備好好招待他們。

rasaw miau mita 瀑布 ha.

「我先帶妳去看瀑布。」哈娜不想看到丈夫，拉著弟媳就往外跑。兩人邊走邊聊著這段日子的生活，哈娜談到了自己對這樁婚姻的失望和反悔之意。

ima ta ini pkat cikay mlikuy ki kneril hya lpi?

「哪個做夫妻的不會偶爾互相『咬到』的呢？」米內勸慰嫂嫂。

ana ga baliy yaqih balay nana maku ki, baha ini t'uqu ktan nya nyux su cben qba na mlikuy iyat kinbaq lpi.

「但是二哥也不是完全不好的，當他看到妳牽著陌生人的手時，怎麼可能不發脾氣呢？」米內也站在磊幸的立場請嫂嫂體諒他盛怒下的莽撞行為。

laxi kal la angu, ana sisay nanu lga, iyat saku nbah musa Rahaw la.

「別再說了，弟媳。我無論如何是不會再回去拉號部落了。」哈娜望著聳立在前方的美人山，仰起頭以免眼眶中的淚水落下。

ima ta musa mluw qutux qu tbusuk thoman qasa la.

「誰要跟一個酒鬼、惡霸回去呢。」她有點哽咽了，卻還是忍住不哭。

iyat saku musa la yangu.

「我不會再回去了，弟媳。」哈娜再一次宣示決心。米內見不管怎麼勸說都沒有用，就知道嫂嫂的心意已定，便不再勉強她。磊幸和弟媳沒有成功把哈娜勸回家，只好失望的回去了。哈娜取得家人和夫家不得不依她的默許，名正言順的留在烏來娘家。可是，人算人不如天算，丈夫回去之後沒過多久，哈娜竟發現自己已經有了身孕，這突如其來的事實讓她驚駭不已，不知該如何面對。後來，幾經長考之後她決定繼續留在烏來把孩子生下來。

usa ngasal su Rahaw la!

「回妳拉號的家吧！」媽媽說。

baha blaq ungat yaba na laqi su lpi?

「怎麼好讓你的孩子沒有父親呢？」媽媽皺著眉頭好言勸說女兒。

qyatan maku nanak laqi mu, ana sisay nanu, iyat saku nbah msqun ki tbusuk qasa la.

「我自己會撫養我的孩子，無論如何，我是不會再跟那個酒鬼在一起了。」即使懷了身孕，依然無法改變她的決心。家人雖認為不妥，但對她一點辦法也沒有。

烏來因為是觀光勝地，國內外觀光客來來去去，與外界接觸頻繁，人們思想比較開放，與傳統嚴謹的泰雅族部落很不一樣。觀光客來到這風景秀麗明媚的烏來，見到大眼挺鼻、能歌善舞、漂亮的泰雅族女孩，往往容易情不自禁迷失在彼此的溫柔鄉中，在短暫的激情之後，一不小心便種下了情種。在這裡，少女未婚生子的案例不少，金髮碧眼卻操著流利泰雅族語的孩子也比比皆是。哈娜認為自己是光明正大結了婚的女人，懷孕生子理所當然，沒什麼好怕的。

磊幸知道妻子懷了身孕，心中歡喜常來探望，希望她回心轉意。可是哈娜卻很小心的，只跟先生保持最基本的互動，不讓磊幸有進一步的想像。她這就樣堅持住在媽媽家，一直到生下了孩子。

「你給她取名字吧！」哈娜生了一個漂亮的女娃，她要磊幸幫孩子取名字。

「我的營長取了一個名字，叫她懷湘。」磊幸幫女兒取了名字，兩人便到戶政事務所登記孩子的父母。

「我們離婚吧！」沒多久，哈娜就對磊幸提出要離婚的要求，「我們個性不合，沒有辦法一起生活。」她說。

磊幸原本寄望妻子能因孩子的誕生而回心轉意，跟他回拉號，重新過著團圓的家庭生活，不料妻子這段日子的疏遠和冷漠是認真的要結束這段婚姻，於是他只好無奈回應，「好吧！既然妳的心意是這樣，那我也必不勉強妳。」磊幸雖然萬般不願，但也有男人的自尊心，他果斷乾脆的性格，加上長駐軍營，沒有太多時間、精神跟妻子耗下去，於是便答應了離婚的要求。

「我會照顧她，直到你接她回去為止。」哈娜說，他們談好了監護權歸磊幸，就簽字離婚了。

才二十出頭，雖然生了孩子卻依然丰姿綽約的哈娜，又重回「清流園」跳舞。這時，新進來幾位年輕的姑娘，取代了哈娜演新娘的角色。哈娜了解這就是現實，於是她收起過去天之驕子的習氣，對遊客更多一點的貼心招呼，在她刻意用心經營之下，她的人氣不減反增，找她照相的遊客更多了。

懷湘記得在很小的時候，有一次，外婆背著她到「清流園」去找媽媽拿錢急用。那時，她遠遠看見媽媽穿著紅色的泰雅族衣裙，頭上、手上、腳上叮叮噹噹的，佩戴了美麗的貝珠、鈴鐺飾品，正在跟一群觀光客拍照。

「媽媽……」懷湘雙手高舉開心的往媽媽跑去。

「噓……叫我『阿姨』，知道嗎？」媽媽緊張的迎過來，蹲下身在她耳邊小聲卻很用力地說，「不可以叫我『媽媽』，老闆聽到了就不會讓我來這裡跳舞賺錢了，知道嗎？」哈娜嚴肅的口氣讓小懷湘嚇了一跳，不知道自己做錯什麼事，只是張大了嘴驚懼地看著媽媽猛點頭；從那天開始，直到母親過世，懷湘就再也沒有叫過哈娜媽媽了。

爸爸在軍營中，媽媽在「清流園」跳舞，懷湘平常就由外婆照顧。家裡的小孩除了她以外，還有一個讀小學的小舅舅，這舅舅就是她的玩伴。有時候，小舅舅叫外婆「媽媽」，懷湘也會跟著一起叫「媽媽」，外婆疼惜外孫女的處境也沒有特別禁止她這麼叫。不過，她偶爾跟小舅舅吵架時，舅舅會叉著腰罵她：「這是我的媽媽，不是妳的，你不要叫她『媽媽』啦！」懷湘聽了總會難過得掉下淚來。

nanu su blaq tmhazi krryax ga isu? tay ini misu tbuki ki.

「你為什麼老是愛挑釁啊？你！看我會不會修理你啊！」

「來！yaki[3]親親……yaki親親……」懷湘傷心的大哭，她就會把小舅舅抓來修理一頓，再抱著哭泣的懷湘親親她的臉蛋，一面用濃重的日語口音，半國語半泰雅語的安慰她。外婆年輕時喜歡用竹菸斗抽菸草，現在則改抽香菸，所以外婆身上除了有長年在廚房忙碌的油煙味之外，總是多帶著一點淡淡的菸草味，懷湘喜歡這些味道，因為這特別的氣味對懷湘來說代表著溫暖和安全，只要在外婆懷中呼吸著這樣溫馨的氣味，她內心便得到無比的安慰，一下子就可以停止哭泣。

磊幸放了假，一定會帶著許多糖果玩具來看女兒。當然，他除了探望女兒，內心其實希望藉著這樣頻繁的接觸，心中期待著妻子的心意軟化，看能不能與他重修舊好，破鏡重圓。

wiy-nyux su la ama, ta kinbsyaq ini ktay yama qa la.

「咿——女婿你來了，多久沒有見到這個女婿了啊。」磊幸到了烏來，岳母和舅子們還是會像從前一樣熱情的招待他。事實上，結婚之後，烏來和拉號部落雙方的親友就認定了彼此是永遠的姻親，即使他們離了婚，還是將彼此當成姻親一樣的正常來往，磊幸的岳母、舅子會帶懷湘到拉號部落探親，米內夫妻也常會到烏來去拜訪親家，彷彿完全沒有發生離婚這件事。

哈娜對拉號的親友來訪也是很歡迎的，唯獨對前夫不一樣，她會躲著他。每當知道磊幸來了，便會藉故到鄰居姊妹淘家借宿，盡量不和他碰面。這樣幾年下來，磊幸也知道這段婚姻是再也挽不回了，也就不再懷著幻想，只單純的來探望女兒，久而久之，兩人的關係也就演變成像一般普通朋友一樣。

哈娜天生麗質能歌善舞，加上她原本就活潑大方的性格，很受觀光客的歡迎，「清流園之花」的封號不脛而走，享盡榮寵也賺了不少金錢。但對於一個舞者來說，表演舞臺究竟是現實而競爭激烈的戰場，每年總有一些女孩離開，或嫁人或競爭不過別人而被自然淘汰。有離開也總有新的一批少女被徵選進來，哈娜發現這兩年新進的女孩是一批比一批年輕貌美，這些身段玲瓏、青春洋溢的美少女漸漸讓將要進入三十大關的「清流園之花」備受威脅，她跳舞的角色和位置愈來愈邊緣化，「山地公主」是早就換人當了；雖然善於交際的她還是有許多客人找她合照，但她很清楚歲月不饒人，無論如何，

3 yaki：泰雅語，「外婆」、「奶奶」之意。

年紀只會愈來愈大，人只會愈來愈老，於是，在這樣現實的壓力之下，哈娜抓住青春最後的尾巴，與一位外省男人交往，並閃電決定嫁給這位熱烈追求她的中年商人，為自己取得了一張看起來不錯的長期飯票。

這個男人是軍職退伍之後轉從商，其貌不揚但出手很大方的好好先生，看來事業做得不錯。哈娜有了第一次婚姻失敗的經驗，這次結婚不再以外貌和風趣為條件，而是以經濟基礎為優先，所以當她決定嫁給這位有點年紀的外省商人，的確是跌破了一大堆英俊瀟灑的年輕追求者的眼鏡。

懷湘看見過這個叔叔，他每次開著一輛黑色的大轎車，總是大方的提著大包小包的伴手禮到家裡來。他是個有年紀的男人，圓圓胖胖、髮頂微禿，雖是如此，他站著總是很挺，走起路來精神奕奕，見人又總是笑咪咪；他對懷湘很友善，懷湘對他最深刻的印象就是他身上永遠有一股特別的古龍水味道，說不上來好還是壞，只要一接近他身邊，就會被那股稍濃的氣味襲得滿身；除此之外，他那雙露在西裝褲腳外的亮晶晶的黑皮鞋也令懷湘印象深刻，鞋後跟墊得厚厚的，有點像穿高跟鞋。

或因為年紀太小，或因潛意識對不愉快的經驗做了選擇性的遺忘；懷湘在外婆家那段童年的記憶，似乎有許多事情都記不太清楚，特別是「媽媽再嫁」這件事；媽媽是什麼狀況之下結婚的，整個過程到底是如何，她長大之後回想起來總是呈現一個、一個無法連接的片段，始終似夢似幻模糊不清。

她不知道媽媽結婚那天是不是下了雨，扶著「媽媽新娘」的中年女士似乎撐了一把黑傘遮著天空。總之，那輛黑色大轎車就是把手捧花束、身穿白紗禮服、高跟鞋的媽媽載走了；當天其他的細節，只剩下破碎不全的畫面……。奇特的是，在這樣模糊不清的記憶中，她竟清楚的記得在黑色大轎車駛離外婆家的時刻，鄰居的電唱機正播放一首當時非常流行的歌——〈寒雨曲〉。那段「雨呀雨，你不要阻擋了他的來時路、來時路……」歌詞和旋律是那麼清晰的刻畫在懷湘小小的心田。從此以後，只要聽到這首歌曲，她便會不自主的想起媽媽結婚那天跨進黑色禮車的背影。懷湘總認為歌詞中「雨呀雨，你不要阻擋了『她』的來時路、來時路……」那個「她」，就是指媽媽。於是，每當下雨天，想念媽媽的時候就會哼唱這首〈寒雨曲〉，想像是因為下雨阻擋了媽媽回來看她的路。

「懷湘，妳來唱『吹過了一霎的風……』給客人聽。」三、四歲的孩子能夠用童稚的聲音，把這樣一首抒情歌曲唱得那麼有感情，大人都覺得很有趣，只要有客人來外婆家，她就會被叫來演唱，可愛的小懷湘清亮甜美的歌聲總能博得滿堂采。而她如此聰慧大方、小小年紀孤身寄居外婆家、父母都不在身邊的處境，誰看了都要寄予無限的同情和憐惜，每次聽完她的歌，就會拿零用錢或糖果、玩具送給她。

剛開始，哈娜並沒有告訴先生，她早已經結過婚有了一個女兒。但紙哪能包得住火，戶籍登記的時候，丈夫終於知道了真相。

「喔……那時人家年輕時不懂事啊……嗚……」哈娜坐在新房床邊低聲啜泣著，柔和的燈光下，床上一對鴛鴦繡花枕頭親密的靠在一起。

「我就是倒楣，遇人不淑啊……嗚……」哈娜邊說邊用淚眼的餘光偷偷瞄了先生一眼，老實的男人一會兒瞪著眼叉腰、一會兒雙手抱胸急促地吐著大氣、一會兒卻又忍不住張開雙手想要安慰哭得梨花帶雨的新婚妻子，想到妻子竟隱瞞了這樣天大的祕密，他便懊惱不已，在房裡來來回回踱著步；「呼！」不時吐著大氣，似乎想將那說不上來的情緒給吐個清楚。事實上，對於自己認真深愛的這個女人，此刻真正在意的不是她的過去，而是她對自己「隱瞞」過去的行為。至於這「隱瞞」的行為代表什麼意義，對他這樣的男人來說是沒有心思去細想的，只知道有點生氣，有點錯愕，有點失望。

「呃……你要是不能接受我的過去，那就算了……，嗚……反正我活著也沒有什麼意思……乾脆死了算了……」哈娜從先生的肢體語言已經讀出他態度開始軟化，立刻加碼演出，抓起化妝臺上修剪眉毛的小剪刀作勢往左手腕上劃下去。

「啊……有話好說，娜娜！不要這樣……」男人一個箭步衝過來從背後抱住妻子，一手用力握住她的手腕，一手小心的取下小剪刀；哈娜見激烈演出顯然奏效，她見好就收立即將腰身放軟，輕聲啜泣地順勢往先生懷裡倒了過去，兩人便一同跌進鴛鴦枕被的新床中；這時，妻子那飄散著玫瑰花香的烏黑長髮瀑布似地洩了先生一頭一臉。男人好不容易從眾多追求者手中搶下了「清流園之花」，新婚燕爾蜜月期才剛開始，此刻軟玉溫香抱滿懷的男人，哪裡還有腦袋和心思去計較什麼她年輕時的過去。

「好好好……不怪妳……不怪妳……」男人心跳加速，緊緊摟住哈娜在她耳邊喘著氣說著，一雙手卻開始往妻子身上遊走。

「嗯……現在說不怪，改天想起來又要怪了……嗚……」哈娜把先生的手用力撥開，纖腰一扭甩開糾纏，硬是背對著他繼續低聲啜泣，怎麼也不肯轉過身來。

「好……好……我發誓！永遠不提這件事情，這樣好不好？我說話算話……永遠不提……」「清流園之花」的魅力就算在光天化日、眾目睽睽之下都要讓男人暈陶陶，情不自禁去熱烈追逐、爭相吃醋的，何況是抱著她躺在床上。此刻，男人再也按捺不住，手來腳也來硬要把背對著自己的妻子給轉過來，哈娜見計已得逞便半推半就依了他轉過身來，男人看妻子回心轉意，猴急的湊上嘴來就往妻子的唇吻了下去……。

哈娜很清楚自己有無與倫比的異性緣，雖然總是眾男士熱烈追求的目標，但她總能讓男士們人人有機會、個個沒把握，於是可以周旋在眾多男子之間取得想要的，不管是在舞者間暗中較勁時，那備受尊寵的追求、呵護，或是珠寶、衣飾、各種餽贈……，她輕而易舉就可以獲得。聰明的「清流園之花」多年養成了恃寵而驕的習性，加上極強的自我性格，這位圓胖、耿直的老男人完全不是她的對手。這件隱瞞離過婚、有一個女兒的事，她只稍微小小的耍了一點小技巧，男人就棄械投降「發誓」不再追究。之後，他果然「說話算話」接納事實，再也沒提過這件事。此外，哈娜還要求先生嚴守祕密，不准讓他的親朋好友知道她結過婚、有懷湘這個女兒的事。

先生很疼愛哈娜，把她捧在手心當成寶貝，結婚三年他們生了兩個可愛的女兒。非常巧合是先生正好是湖南籍的，所以她們的兩個女兒也取了有「湘」字的名字，大女兒叫「湘怡」，小女兒「湘晴」。

「懷湘，快出來！妳和妳小舅舅到車上去把東西搬下來。」媽媽還沒進家門就會大聲喊懷湘，開啟的後車箱總是大包小包的餅乾糖果、水果、罐頭、牛肉乾等等，這位叔叔依然像從前一樣慷慨大方。媽媽回娘家一定是穿金戴銀，打扮得貴氣十足，讓鄰居羨慕萬分，先生則是體貼地一手抱著小女兒，一手牽著大女兒，笑咪咪地跟在哈娜旁邊。

看著他們一家四口幸福美滿的畫面，懷湘小小的心靈底處升起她無法解釋的落寞之感，隨著一件件發生在自己生命中無法控制的狀況，這樣的感覺就愈清晰，漸漸轉而深信自己天生就是個「瑕疵品」對自我的感覺糟透了，她潛意識甚至認為父母之所以離婚，一定跟自己「不好」有很大的關係。

有一次，哈娜和兩個女兒多留在娘家幾天。懷湘和大妹妹湘怡每天在一起玩，偶爾會聽到外婆跟姊姊說：「懷湘，快去叫妳媽媽回來吃飯了，她去雅外阿姨家聊天。」或是說：「這尿布摺好了，拿去給妳媽媽。」外婆雖然知道哈娜不准懷湘稱媽媽，但老人家常常忘記，也不認為這很重要，所以並沒有特別注意。

三歲的湘怡不懂外婆怎麼會說媽媽是大姊姊的媽媽，很好奇地問懷湘：「妳的媽媽是誰呀?懷湘姊姊，我怎麼沒有看過妳的媽媽呢？」她瞪大眼睛偏著小腦袋問懷湘。

「我……我媽媽……」她遲疑了一下，她當然知道哈娜是自己的媽媽，可是妹妹的問話卻突然像顆巨石砸中了她自卑敏感的小心靈，她已經習慣叫哈娜「阿姨」了，她知道在他們那張完整的、圓滿幸福的家庭畫面當中，完全不可能有她插入的空間，也永遠不可能有屬於她的位置。

「懷湘姊姊，妳的媽媽在哪裡呀？」湘怡見她不回答就更好奇地追問。懷湘突然有著一種奇怪的困惑，竟然不確定自己到底是否曾經有媽媽。

「嗯……我媽媽……媽媽……」她轉頭看了哈娜一眼，似乎想確認她是有媽媽的，她輕聲呢喃著，期待媽媽的回應。

「湘怡，晴晴要睡了，妳不要一直吵啦……來，媽媽跟妳說。」

哈娜把湘怡叫過去，「懷湘，這兩塊錢給妳，去店鋪買可可亞糖妳跟湘怡一起吃喔！」她拿了錢，把懷湘支開了。

星期天，外婆牽著懷湘到教會望彌撒，彌撒結束後，神父發給每一家教友一包衣褲，這些國外捐助的衣褲五顏六色、各式各樣，教友們拿到了都迫不及待地一件一件拿出來觀賞，有人拿到了很長的褲子，往身上比，褲腰都比到鼻子上了，褲腳還在拖地。

wa, ta kinqryuxan kakay na Amerika hya? hahaha...

「哇！美國人的腳怎麼那麼長啊？哈哈哈……」大家都笑了起來。懷湘看到他們分到的這一包裡面有件漂亮的水藍色洋裝，那樣亮滑的緞面質材加上白紗蕾絲裙邊，心想自己終於可以擁有像洋娃娃一樣漂亮的洋裝了，那是她曾經祈禱能夠擁有的漂亮衣服啊！「真的，外婆沒騙我啊！」懷湘想，外婆常告訴懷湘，主耶穌是最愛人的神，無論什麼事，只要向祂祈求，祂一定會恩賜給妳，「謝謝祢，主耶穌。」她在心中默默的感謝主耶穌。

talagay cingay lukus ya, kire balay lukus qani.

「怎麼這麼多衣服啊，媽。這些衣服好漂亮喔！」外婆把整包衣服倒在床上，有外套、襯衫、長褲、裙子，還有很厚重的大衣……各種衣物，大人、小孩的都有。

hekyuw mnyiq ni Sinpu ga, lukus kahul Amerika ma, wayaw yaqenu szyon su, agal nanak.

「這是神父給的救濟品，說這些衣服都是從美國送來的，妳選看看喜歡哪個就自己拿去吧。」外婆說。

「哇！好多好漂亮的衣服喔！」看到整床五顏六色的衣服，兩個小女孩也好奇的東翻翻、西看看，拿著各式各樣的衣褲在身上比來比去，「這個給妳穿，哈哈哈……」

「哇……這個給妳戴啦！嘻嘻嘻……」她們把衣褲、帽子當成玩具，互相配給對方。

「懷湘，妳看這個衣服，剛好可以給妳穿喔！」外婆拿起那件水藍色的紗裙小洋裝，將洋裝展開來在懷湘身上比長度。

cyoro isu balay tnaq lukus qani, kire balay.

「這件衣服大小正適合妳，很漂亮。」

ay~ita lukus qasa ga ya, an maku sbiq 湘怡 mu qasa hya ya.

「哎～那件衣服拿給我，媽，」哈娜看見那件漂亮的洋裝立刻伸手從母親手上搶了過來，雖然家裡不缺買衣服的錢，但那件洋裝的質料非常好，樣式也很可愛，在臺灣買不到這樣的童裝，哈娜拿了水藍色的洋裝就拿來往湘怡身上比，懷湘比起來及膝的洋裝在湘怡身上立刻變成拖地的長禮服了。

krahu iyal la, iyat baqun mlukus 湘怡 la.

「太大了，湘怡不能穿的。」母親跟女兒說。

nway, skun maku ru pkusaw nya babaw nya.

「沒關係，我收起來讓她以後穿。」哈娜說，「懷湘，那裡還有很多衣服，妳可以再挑喔！」哈娜把洋裝放在身邊，抬頭看見女兒失望的眼神，便指了指床上的衣服堆要她再去找。看到差一點就屬於自己的漂亮衣服被「阿姨」擋下來，硬是要留給現在不能穿的妹妹，懷湘看了看床上的衣服，轉頭瞥了牆上的十字聖架一眼，心裡難過又失望，但她沒有哭鬧或試著爭回來，似乎這樣的結果是理所當然的，只是在心底深處再一次驗證了自己「不好」，「不好」的自己怎麼有資格跟這麼「好」的妹妹爭好東西呢。

懷湘十歲的時候，磊幸的部隊調動到了金門前線。在外島就很難得能夠回來探視女兒了，加上哈娜再嫁，也有了自己的孩子，於是他就把女兒帶回新竹的故鄉拉號部落，將她寄養在弟弟家。兩年之後，磊幸娶了比黛，她才搬離叔叔家與繼母亞大比黛一起生活。

下山

葛拉亞因地處高海拔山區，不管是溫溼度、空氣、水質、氣候都非常適合種植段木香菇。這裡種的香菇長得肥厚飽滿，鮮菇吃起來口感滑嫩鮮甜，烤過的菇朵更是香氣濃郁，這幾年在山下小鎮的市場上有非常好的口碑，鎮上的商人都非常歡迎葛拉亞的香菇，特別是碩大肥厚的冬菇，幾乎是供不應求。部落的人每次採收香菇、烤乾之後就背下山去賣，鎮上的商家早就等著收購了。賣香菇一趟下來，少則七、八萬，多的可以到十幾萬的收入。於是，部落幾乎有一大半的人家都開始種起段木香菇來賣錢了。

懷湘之前也想過自己種香菇，可惜家窮完全沒有資金，每次幫人上山種香菇、採香菇，心裡會想這香菇園如果是自己的該有多好？看到兩個孩子穿著既陳舊又不保暖也不合身的破衣褲，就很心疼他們，可是家中連米糧都不夠吃了，哪來的錢幫他們買衣服穿呢！說到孩子，當了媽媽的懷湘其實是非常希望自己能夠常常陪在他們身邊、照顧他們的，可是為了家計還是要常常離開他們，出去工作。有一次，懷湘出去打工種香菇，大概一個禮拜才回來，傍晚了，一進門看見公公正在煮晚餐，夢寒和弟弟兩人坐在矮木桌旁邊的泥土地上。

wal nha pgung kwara pila mamu lga?

「他們都把工錢算給你們了嗎？」她還來不及去抱孩子，公公就開口問起她的工錢，

ungat namu sramat ta la, ru ana cimu ru suyu ksus lga ungat uzi la.

「我們什麼菜都沒有了，連鹽巴和炒菜的油也都沒有了。」公公說。

aw, haku mazi Cinsbu suxan la.

「好的，我明天就去金斯部買了。」

懷湘一向很聽從公公的話。她把工作帶去山上的包袱放下來，立刻跑去抱那兩個孩子，孩子看到媽媽回來非常高興的伸出雙手就往媽媽懷裡鑽。

「夢寒、弟弟，媽媽好想你們唷！」她一雙手緊緊抱住兩個孩子，「媽媽回來了，媽媽回來了……」夢寒跳起來緊緊抱住媽媽的脖子不放，兒子被他們兩個夾在中間雖然快喘不過氣來，卻還是高興的「呵呵……呵呵……」直笑。母子三人見面的歡喜沒多久，懷湘卻心痛得差點掉下眼淚，她看見女兒蓬頭垢面，消瘦許多，顯然真如公公說的家裡什麼都沒有了。低頭看看弟弟，他的臉上都是乾掉的鼻涕，不知道他在地上亂吃什麼髒東西吧，嘴四周長了一粒一粒的紅色疹子，兩人手上、腳上都被蚊蟲叮得到處是紅豆冰一樣紅紅黑黑的。懷湘再一次心疼的把他們抱進懷裡，好久都捨不得放開來，直到弟弟受不了自己鑽了出來。她知道，為了讓孩子有更好的生活品質，這些痛苦孩子和自己都得暫時忍耐。

後來，懷湘開始有很多機會出去打零工賺錢的時候，就偷偷的把工錢一點一點存起來，沒有全部交給公公和馬賴，她對念國中的小叔倒是很照顧的，常會塞錢給他住校時零用。存到了一定的金額，就計畫請部落的人幫她在家附近的樹林搭一個香菇寮。

「聽說妳要蓋香菇寮喔？」

有一天，懷湘應鄰居的邀請去包蘋果，卜大正好也被請來打工。

「是啊！可是我不知道我的錢夠不夠請工人搭菇寮，」懷湘說，「還要請人上山砍樹，還要買香菇種……，唉！」懷湘嘆了一口氣。

「沒關係啦！妳請我和我兩個哥哥來幫妳搭工寮啊！」他說，「算兩人的工錢就好了，朋友嘛。」卜大很熱心的願意免費幫忙，看著外表柔弱的懷湘，沒有家人的支持，獨自計劃搭建菇寮種香菇，又是佩服又是心疼她。

「不可以啦！那怎麼好意思？那我再算算看什麼時候錢存夠了，可以開始搭菇寮，我就會請你來幫忙了，還有你的哥哥他們喔！」兩人就這麼說定了。

「你們在說什麼事呀？我也要去啊！」雅拜在不遠處包蘋果，聽到他們的對話，也不管是什麼事情就急著也要參加，當然是因為卜大的關係，「上次你們爬到樹上看大霸尖山，還好是我自己說也要上去，不然你們也不會帶我看，哼！」她嘟起嘴表示不滿，口口聲聲說「你們、你們」，其實眼睛只看著卜大說。

秋天的時候，懷湘終於存到了足夠的錢，真的請了卜大三兄弟過來幫她搭建香菇寮，因為手邊的資金不是很多，她只搭了一座小規模的香菇寮，三兄弟動作很快，一天就搭好了，他們把菇寮完成之後，就幫她上山鋸一些要種香菇用的段木回來堆放。結算工錢的時候，卜大堅決不拿自己的那一份。

「我不可以拿妳的錢，因為我說過要幫妳的。」

兩人推了半天，最後懷湘只好收回，心裡非常感謝卜大的好意。

後來，懷湘把搭菇寮剩下的錢全部拿去買香菇菌種，她請要下山買菌種的鄰居順便幫她多買一些回來。現在，她終於實現了當初的心願，也有了自己的香菇園。香菇採收賣錢，又把家裡的經濟狀況往前推了一點，至少孩子有了比較保暖的衣褲可以穿了。不過，當還在服役的馬賴知道家裡已經和其他人一樣有了香菇園，就常常寫信跟懷湘要錢，放假的時候，如果正好在採收香菇，他回部隊就會順便背一大袋的乾香菇拿到鎮上去賣，那錢是從來不曾拿回來的。

懷湘從困頓拮据中努力改善家裡的生活狀況，她種菜、養雞、上山工作，上山打工賺錢。現在，他們家已經不必煩惱餓肚子的問題了。

婚後第四年，父親申請退役，解甲歸田回家鄉務農。這時，亞大比黛已經生了四個孩子。這幾年，懷湘一次都沒有回過拉號的娘家，路途遙遠，後山下來一趟非常不容易是原因之一，最主要的是因為夫家真的窮到什麼都沒有，懷湘不敢空著手回娘家，她終年到頭忙著上山工作，也沒有時間可以下山，加上父親說過叫她受了苦不要回來抱怨……，這種種原因使她結婚這麼多年了都還沒回過拉號。

現在家裡環境有所改善，她就偶爾可以下山帶孩子去探望父親了。婚後第一次回娘家的時候，懷湘很擔心父親是否還介意過去的事。她背著兒子，一手牽夢寒，一手提著大包小包沉重的衣物和一些禮物，禮物是從山上帶下來給父親和分送給各親友的伴手禮，就是一些乾香菇、烘乾的野生靈芝、小米糕、花生等等。她在拉號的招呼站下了客運車，站牌旁小店老闆阿慶伯一看到她就喊住她：

「哎喔！妳不是磊幸哥的女兒嗎？喔～好久沒有看到妳了哩！」阿慶伯是客家人，在拉號開這小店鋪好多年，他已經是第二代的老闆了。小店旁邊是客運車招呼站，所以這裡是部落購物中心、交通總樞紐，以及最新消息的接收、傳播站。

「阿慶伯，我很久沒有回來了，你還是那麼年輕啊！」懷湘笑著用客家話回答阿慶伯，然後走進小店，挑選了一大袋的糖果、餅乾買給亞大比黛的孩子，也是她同父異母的弟弟、妹妹們。

「拿去，這個給妳吃，」阿慶伯拿了幾顆彩色糖球遞給夢寒，「這是你的大女兒嗎？長得那麼漂亮哩！」夢寒看到彩色的糖果眼睛為之一亮，卻又害羞的抓著媽媽的衣角往臉上蓋，只露出半邊臉和亮晶晶的大眼睛瞪著那糖。「啊，阿公給妳糖吃耶！快跟阿公說謝謝。」懷湘覺得在自己的家鄉就是這麼溫暖。

「謝……謝……」小女孩伸出小手接了那糖，低著頭望著地板非常小聲地說了一句謝謝，她的害羞只維持了一秒就擋不住想吃糖的欲望，用迅雷不及掩耳的速度塞了一顆進嘴裡。

「嗯……」懷湘背上的弟弟早就蠢蠢欲動，看到姊姊拿了糖吃，忍不住在媽媽背上扭來扭去，哭著也要吃糖。

「好啦！夢寒給弟弟吃一顆。」懷湘蹲下來讓女兒放一顆糖在弟弟嘴裡，「阿慶伯，謝謝你唷！我要回爸爸家去了。」她把行李提起來，牽著女兒往店門外走。

「妳爸爸已經搬下來在這後面而已囉！妳知道他蓋了新房子了吧？」阿慶伯說，「就在學校後面那裡，你們家的田地旁邊啊！」

從軍官退役後，磊幸用退休金在他山下的農地蓋了一棟二層樓的房子，他們就從山上搬到山下的新房子。這幾年，部落的人們都把舊的土房子改建成鋼筋水泥平房或樓房了。磊幸除了把山上的林地好好整理一番，也把山下休耕已久的水田整理起來復耕了。

「我聽說爸爸退伍後蓋了新房子，可是還沒看過房子在哪裡。那我就不必爬到山上去啦！」懷湘說完，帶著兒女走了出去。

她快走到父親的田地，遠遠就看到一棟二層樓高的鋼筋水泥房子，她知道那就是爸爸新蓋的房子了，從阿慶伯小店一路走過來，見到以前那些老舊的土屋幾乎都改建成鋼筋水泥的平房或樓房了，只有幾戶依然維持過去的老樣子。

起先因為想念父親而歸心似箭的她，隨著愈來愈靠近父親的家，腳步漸漸沉重得愈放愈慢，內心則是近「親」情怯的有點慌。父親是世界上最愛她的人，從小把她捧在手心上當成寶貝，除了因為職業不得已無法在身邊照顧她之外，對於她的要求父親是完全有求必應的。

記得有一年的生日，瓦旦叔叔從鎮上買回來一個大大的生日蛋糕，原來是遠在金門前線的父親寄錢給叔叔，交代他一定要在懷湘生日的時候買蛋糕給她慶生。生日蛋糕對懷湘來說並不稀奇，她在烏來外婆家時，父親每年也都會買蛋糕來為她慶生。可是那年生日，父親已調往金門外島，還不忘給女兒一個生日驚喜。

米內孀孀拆開圓盒外的緞帶，在所有人期盼的眼光中，她雙手小心地捧住紙盒蓋，緩緩將盒蓋往上開啟；七、八個小孩目不轉睛的注視著這盒珍貴的蛋糕，當整個盒蓋完全掀起，眾人卻是一陣驚呼，「哇！這是什麼蛋糕啊……」「啊？這就是蛋糕嗎？」、「咦？」「瓦旦，你買的是什麼啊……」「咦？怎麼會這樣？我明明買了奶油蛋糕啊！」瓦旦叔叔湊過來看了一眼桌上的蛋糕，自己也張大了嘴不敢置信。只見盒中拱著一座被撞得亂七八糟、五顏六色的蛋糕小丘，盒子內壁奶油、糖霜塗得到處都是，好好的奶油蛋糕變成了駭人的「魔鬼蛋糕」。

原來，瓦旦叔叔把蛋糕綁在他新買的摩托車後座，從鎮上一路騎回山上，在往山上家的這條全都是大小石頭的小山路上，車子蹦蹦跳跳的一路往山坡上爬，瓦旦平常都是這樣騎回家的，只是從來沒載過那麼「嬌貴」的蛋糕就是了。軟綿綿的蛋糕怎能承受這樣的衝撞，於是點綴在蛋糕上那些漂亮的奶油玫瑰花朵、紅櫻桃、巧克力、糖霜……全部在盒子裡被摔過來、撞過去糊成一團了。

「啊！沒關係，只是形狀不太一樣，可是這樣還是很好吃的。」米內孀孀用蛋糕店附贈的塑膠切刀整修蛋糕形狀，把細細的小紅蠟燭插在蛋糕上點起燭火，「祝妳生日快樂！祝妳生日快樂……」

當大家為她唱生日歌的時候，懷湘想起遙遠服役的父親，雖長年不在身邊，但完全可以體會他疼愛自己的用心，她看著「魔鬼蛋糕」想念著父親，又是心酸又是欣喜，在搖曳的燭光中忍不住掉下感動的淚水。那天，山上的堂兄弟姊妹們總算是開了眼界，這是他們第一次看到真正的生日蛋糕，雖然外型讓大家嚇了一跳，但他們永遠忘不了生平第一次嘗到的蛋糕美妙的滋味。因為在山上，人們連張羅三餐餵飽全家都很辛苦了，誰有閒錢專程搭車到鎮上去為了生日買個蛋糕？那些錢還不如拿去買些油、鹽、醬油來得實在一點。

懷湘牽著兒女走到了父親的田地附近，遠遠就看見父親高壯的身影在收成過後的空曠田地裡很認真的把乾稻草堆成一堆，旁邊還有一男一女兩個孩子在幫忙，懷湘心想他們應該就是亞大比黛的孩子了，沒想到她以前照顧的弟弟妹妹一下子都長得那麼大了。

「爸……」懷湘有點遲疑的輕輕叫了一聲，磊幸雙手提了兩大捆稻草正走向堆稻草處，聽見懷湘的聲音，抬頭往這裡望了望，磊幸抬頭看見一個他不認識的清瘦的年輕婦女，手上大包小包的東西，背上一個著孩子，手邊牽一個女孩走過田邊小路而來，他想剛剛那聲「爸……」應該是自己的錯覺，提起稻草繼續走。

「把拔（爸爸）……，你在作什麼？」看到最疼愛自己的父親，懷湘就什麼都不想的直接像小時候以前那樣撒嬌的喚他，隨即又回到剛剛有點遲疑的情緒，不知道父親會怎樣回應自己。

wiy? nanu wahan su ngasal la?

「咦？妳回家來做什麼呢？」他把稻草往堆草處一丟，跨著大步很快速地走了過來，臉上出現一絲驚喜隨即隱藏下去，父親嘴裡說得冷淡，眼中的喜悅卻無法消退，這些細微的表現完全無法騙過最愛他的女兒。

ki'a ungat yaba su ru ngasal su hazi mha saku.

「我在想說，妳大概是沒有父親也沒有家吧。」口氣一樣的冷淡，卻已經忍不住對那兩個孩子擠眉弄眼的逗起他們來了。懷湘悄悄把心中的大石頭放了下來，但她必須裝著被責備的心虛，不能表現的太得意，怕把父親的硬脾氣惹出來，真的要繼續跟自己生氣。

「呃……因為山上一直都很忙，現在工作剛好做完，我……我想說，要帶孩子來看外公了啊！」懷湘用小時候做錯事時為自己辯駁的口氣說著，心裡也像小時候那樣一面在嘀咕：那你自己也不會上山來看我嗎？我在後山過著什麼樣的生活你知道嗎？我真的就像是沒有爸爸沒有家的孩子那樣委屈啊！她這樣一想立刻悲從中來，眼眶馬上冒起淚水。

「這是妳的laqi[4]啊？長那麼大了。」女兒的眼淚是他無藥可救的罩門，磊幸馬上就被打敗了，「我是yutas[5]耶！會不會講？yutas！」他蹲下來看看夢寒又看看弟弟。兩個孩子都害羞的把臉往在媽媽身上藏，弄得懷湘很不舒服。

「姊姊妳回來了喔？」嘉明和玉鳳看到她回來都高興地跑了過來，他們幫忙把姊姊的行李接過去，一家六人就一起往磊幸新蓋的房子走了回去。

這次回家，不論亞大比黛過去曾經怎樣過分的「磨練」過她，但懷湘回到有父親在的家，她第一次感覺到這是自己這輩子離「幸福」最近的距離。磊幸威權的大男人性格，當然是家中資源的分配者，也就是權力的核心人物。他對懷湘一直感到有所虧欠，所以對這個女兒加倍疼惜，之前為了女兒錯誤的行為而震怒，嚴厲責備的話其實都是氣話，剛才兩人見面的時候已經把過去那個「結」一筆勾銷了。現在懷湘在父親家又坐回她「格格」的地位，誰也不能欺負她了。

「既然下來了，就在家多住幾天，二樓那個客房就是給妳的房間。」父親對懷湘說，「明天找人傳話給妳公公，就說你要在家多住幾天幫我工作。」吃晚餐的時候，磊幸跟女兒說。當然，也是在跟亞大比黛宣布女兒是他主張留下來住的。於是她們母子三人就第一次在拉號長住了一段時間，這之後，只要想念女兒或農忙時，磊幸便會找人帶話到葛拉亞請懷湘回來。

住在父親家的時候，懷湘對於自己的生活始終只報喜不報憂，從不敢告訴父親自己在山上的真實生活狀況。一方面怕疼愛她的父親難過，也因為那天晚上父親如此「嚴厲」地告誡她受苦了「不要回來抱怨」，所以她忍著婚後遭受到的一切痛苦，也絕對不要變成是回來抱怨的人。雖然知道父親是疼愛她的，但內心始終認為自己讓家族蒙羞，更是對不起父親。

懷湘每次回家，一定會很認真地上山、下田幫父親工作，她的工作能力已是今非昔比，才嫁到後山短短幾年的時間，女兒就已經那麼熟悉所有粗重農事，這看在最疼愛她的父親眼裡，真是感到心疼。

磊幸知道馬賴家很窮，懷湘每次回娘家幫忙農事，他一定會讓女兒帶米和錢回葛拉亞去，因此懷湘公公很喜歡讓媳婦回娘家幫忙工作，這樣他不但可以不必帶孩子，媳婦

4 laqi：泰雅語，「孩子」之意。
5 yutas：泰雅語，「外公」、「爺爺」之意。

回來還有白米飯可以吃，等於是去打工一樣了。

夢寒上小學念書，第二個兒子三歲多的時候，馬賴也服滿三年的兵役退伍回到部落。馬賴家的經濟狀況因為懷湘有計畫的開源節流之下有了很大的改善，至少每天都可以吃到白米飯了。

馬賴剛退伍回家時，看到孩子都長大，家裡的經濟狀況也因妻子的努力而改善許多，感覺一切都順心如意，於是心情開朗、充滿活力，每天跟懷湘一起上山工作，回到家也幫忙家事、照顧孩子。

「對啦！妳最會啦！最勤勞啦！」有一次他們倆夫妻一起上山打零工，一起工作的同伴不斷在馬賴面前誇讚她的妻子很能幹、很勤勞，說馬賴的命很好娶到這麼賢慧的妻子。這些話聽在原本就自卑的馬賴耳中是非常刺耳的，收工回到家，他就非常不爽的又發作起來。「對！我王八蛋，又窮又懶惰，妳最好！」

「你何必這樣說呢？沒有人在說你怎樣啊！」懷湘非常擔心，她有著不祥的預感，覺得馬賴好像又開始要回到過去那個動不動就暴怒的男人。

「就是你們都在說啦！媽的！滾回妳爸爸家去啦！我養不起妳！」

馬賴收工的時候，只跟其他工人一起喝了兩杯米酒，回到家就開始發酒瘋。他愈說愈生氣，拿起剛剛擺在地上的工具就往牆邊摔過去。「媽媽……啊……」「啊……嗚……」兩個孩子嚇得立刻跑到媽媽身邊抱住媽媽哭了起來。

nyux su tlequn lozi ga?

「你又在發瘋了，是嗎？」

公公從外面回來，遠遠就聽到兒子的怒吼聲夾雜著孩子的哭聲和摔物品「碰碰碰」的聲音。

yasan la, nanu su blaq mwah tmkneril ngasal krryax hya la? ax ax...

「夠了，你幹什麼老是喜歡回家找老婆的麻煩啊？唉唉……」

父親邊走進屋裡邊罵兒子，公公現在對懷湘這個媳婦有點另眼相看，至少開始會挺她了。除非是怒到最高點無法冷靜下來，不然馬賴倒是會聽父親的話的，他重重地坐到床邊，狠狠瞪了懷湘一眼，大口大口喘著怒氣。

正如懷湘的預感，果然好景不常，沒過多久馬賴就故態復萌，整天不想好好工作，沒有變得積極勤勞一點，反而染上了酗酒習慣，又開始對懷湘動手動腳，甚至也會無故罵孩子出氣。不過，大概是父親明顯支持妻子的態度，或者忌憚岳父的威嚴，加上懷湘現在是家中經濟來源的主力，馬賴對她雖然嘴上罵得凶，動起手來卻已經有點收斂了。

馬賴退伍一段日子之後，懷湘不知怎麼突然感到身體不適，整天昏昏欲睡，食欲不振。她也下山到金斯蔀看了衛生室的護士，拿了一些感冒藥，可是吃了卻完全無效，原本就清瘦的懷湘此時更是憔悴不堪，最後真的病在床上起不來了。

家裡主要的經濟來源倒了下來，公公和馬賴都非常擔心煩惱。晚上，馬賴跟父親兩人在屋外低聲交談。

ki'a su mnwah qmpul quci hozil hogal la? qutux qyaqeh qa!

「會不會是你曾經在外面踩過狗屎回來呀？你這壞蛋！」

兩人嘀咕了半天，公公突然提高了聲音問馬賴。這句話太大聲，屋裡的懷湘聽的一清二楚，卻不懂「踩過狗屎」是什麼意思。

第二天傍晚，懷湘看到馬賴從山下小店買了許多鹹魚和鹽巴回來。

say qmasuw kwara gluw ta, tayta ta blaq kwara ta.

「拿去分送給我們所有的親友，好讓我們大家都能平安。」公公把買來的鹽巴和鹹魚分成好幾份，交代兒子分送給部落裡與他們同一個祭團的親友。也就是泰雅族所謂的「qutux niqan」（共食團）或「qutux gaga」（共祭團），也就是共同分享、分工、共同遵守一個「gaga[6]」的團體，他們通常是親友和志趣相投的鄰居、朋友所組成，類似漢人的宗親團體。

懷湘記得馬賴分送東西回來，她就能起身吃飯，晚餐的時候，她吃了一整碗滿滿的白飯配鹹魚；第二天早上就下床開始作家事照顧孩子；第三天，這怪病竟不藥而癒，她就上山工作了。其實，像懷湘這樣無緣無故的生病，醫又醫不好的情形。在泰雅族傳統社會裡，通常表示同一個祭儀團體或家族，有人破壞了gaga，如果不趕快做個認錯和解儀式，生病的人不會好，其他同一個祭團的人也會繼續遭受不測，懷湘得了無法痊癒的怪病，大家怎麼想也想不出有誰可能犯了什麼不可告人的錯事，所以公公那天晚上只好詢問兒子馬賴。

yata, baqun su nanu son mha yutas mu qmpul quci hozil Maray?

「伯母，你知道我公公跟馬賴說的『踩過狗屎』是什麼意思嗎？」

幾天之後，懷湘上山打零工跟鄰居伯母聊天時，順口問伯母這個心中的疑問。

6　gaga：祭典儀式、規律、規矩、自然道理……之總稱。

ini su baqi ga? nanu yaqu mlikuy musa hmut m'abi ki iyat nya kneril nanak lga, qmpul quci hozil son la.

「妳不知道嗎？就是男人跑去隨便跟不是自己的老婆的女人睡覺，就叫做踩過狗屎啦！」伯母說。

aw sami wal biqan cimu ru qulih qmtux rwa?

「不是才給我們鹽巴和鹹魚的，不是嗎？」伯母把聲音壓低了跟懷湘說。

han...awbaq yan sqani ga?

「喔……原來是這樣的啊？」懷湘這下才明白，原來自己的丈夫在當兵的時候，跟別的女人發生了性關係……這就是公公所謂的「踩過狗屎」。她隨即想起來，先生剛從部隊退伍回來，他們許久沒有見面，馬賴也正在「改邪歸正」的時期，兩人感情還不錯。有一天晚上屋外正下著滂沱大雨，雨水「嘩嘩唰刷……」的狂瀉在竹屋頂上，懷湘知道這樣的下雨天馬賴是一定會找她的，特別是大雨的聲響正好可以掩蓋他們的聲音，便可以毫無顧忌地翻雲覆雨一番。也不怕吵到睡在迷你衣櫥隔壁的公公和孩子們。

kusa sqani kakay su.

「把妳的腳這樣子。」馬賴跟她說，然後很認真地用手把懷湘的左腿高高提起來跨往左邊牆上。

「你在幹什麼啊?」懷湘被他弄得很不舒服,看到自己的姿勢被先生擺得像隻青蛙一樣就覺得很好笑,「哇!哈哈哈哈……」懷湘終於忍不住哈哈大笑了起來。

「這是要做什麼啦?哈哈哈哈……」她真的覺得很好笑。

ax! pge pge, abi ku la.

「噢!走開走開,我要睡覺了。」馬賴下來睡回自己的枕頭上,用力把懷湘推到一邊,非常懊惱地轉過身去睡覺。他的反應讓懷湘很詫異,在過去,當他想要的時候,不管懷湘要不要,用打、用強的,他就是一定非要到不可,沒想到今天被懷湘這樣一笑,他竟然氣到自己打退堂鼓,真是奇怪。

當懷湘知道了「踩到狗屎」的真相,再想想馬賴剛回來時,晚上兩人在一起時,他常常要自己做一些奇怪的動作,這下她終於明白先生為什麼從家裡帶了那麼多乾香菇去賣,卻從來沒有把錢交給她家用,也知道他為何學會了那些奇怪的姿勢回來還要自己學這些動作,她愈想愈生氣。想起這些年,自己是怎樣為家小像頭牛一般拚命工作,吃苦受累不敢也無處喊苦。他竟敢這樣做?實在是太過分了!懷湘極為憤怒又覺委屈萬分。

晚上睡覺的時候,懷湘抱著枕頭被子往牆邊靠,不再讓馬賴接近自己。馬賴在黑暗中摸了過來，她氣得用力踹了他一腳，「走開！不要碰我，這是我從爸爸家帶來的棉被，你不要碰！」她壓低聲音說。

「不要這樣嘛！抱一下、抱一下就好……」馬賴也知道自己闖的禍讓妻子非常不能接受，不過還是伸過手來抱住她。

「走開！髒手不要碰我！」她用力推開他，「骯髒鬼……噁心的骯髒鬼……走開！」嘴上罵得愈來愈大聲，似乎把隔壁的公公給吵醒了。

ina, swa su lxun mha sqani Maray mu lpi? ina.

「媳婦，妳怎麼可以這樣對待我的馬賴呢？媳婦。」

黑暗的屋子裡傳來了公公的聲音，兩人嚇了一跳趕緊安靜躺好。

wal ta sblayun kwara qu yuwaw lga, swa su nyux mha sqani lozi lpi? isu yaqih yan su sqani hya la, ingat yan nasa qu gaga hya la.

「我們都已經把事情處理過了，妳怎麼還可以這樣呢？妳這樣做就不對了，gaga 不是那個樣子的。」公公說。

baliy nanu ga, isu nanak smoya mwah ngasal myan sqani rwa, baliy sami qmihul magal isu ki, iyat pi?

「再說，當初是妳自己要來我們家的，又不是我們非娶妳不可？」

公公不屑的口氣頓時令懷湘全身血液往頭頂「轟！」的冒上來，但她還是咬著牙，把這怒氣給硬忍下來，默默地讓那憤怒不甘的淚水從眼角不斷往下滑落，溼了一整片的枕頭。她好怨恨，gaga？公公說的這是什麼gaga？犯錯的人是馬賴，半夜被教訓不合gaga的卻是自己，面對一個背叛自己，不忠誠的丈夫，做妻子的難道連表示生氣的權利都沒有嗎？幾條鹹魚，一包鹽巴，就能將整件事一筆勾銷，從此不准再提，這才是gaga嗎？雖然從小在泰雅族社會生活，不管是烏來、拉號、還是葛拉亞，一切言行舉止長輩教導她都要以符合gaga為標準，他們會說：son mha gaga ga...（所謂的gaga就是……），她未婚懷孕而輟學結婚這件事就是非常不合gaga而令父親震怒與她決裂，但懷湘從來沒有像現在這樣痛恨公公說的那個gaga。

隔日，天還沒亮時，一肚子委屈的懷湘已經摸黑在往下山的路上。多年的適應，早已練就輕快的腳程，陽光升起的時候，便到達「金斯蔀」部落，並趕上每天例行開往山下的計程車，獨自回到了拉號部落的父親家。

「呃……馬賴上山去種香菇了，我很無聊，所以回來走走。」這個謊言扯的不是很高明，雖見她竟連孩子都沒帶來，而父親彷彿心知肚明並沒問她。

亞大比黛則是覺得反正有人回來，可以幫忙家事、農事，也就不去細究。

「妳老實告訴我，怎麼一個人回來？」

第二天，亞大米內卻專程跑來問正在玉米田除草的懷湘。

「妳說啊！」她搖了搖頭，止不住的眼淚卻嘩啦啦滾落下來，淚水跟臉上的汗水混在一起，一切辛酸不知從何說起。

「不要怕，如果妳有委屈就老實跟亞大講，」亞大蹲下來幫她一起除草，「如果他們欺負妳，不要忘了妳不是沒有親人在這裡喔！我們會幫妳解決的。」

聽到亞大這樣說，懷湘終於忍不住哭了起來，淚水一滴滴往玉米田的土壤落下，不斷用工作的袖套拭淚。良久，她收起眼淚一五一十將整件事跟亞大米內娓娓道來，也把這幾年自己在山上的生活大概告訴了嬸嬸，兩人就這樣一邊流著淚一邊除草，一直到天邊夕陽西斜還不知道要回家。

晚上，堂哥巴杜（Batu）來家裡，他是懷湘拉號家族裡最大的堂哥，年紀跟父親差不多了，父親臉色凝重地對他說：

suxan sasan ga, say paras ke nha mha, puwah squliq mamu pkyala ta zyuwaw kusa.

「明天一早，去傳個話通知他們，說派人下來跟我們談事情。」

原來，亞大米內已將此事告訴父親，父親聽了非常生氣，找來大堂哥巴杜，要他們葛拉亞部落的親家給一個交代。

「這個拿去。」第二天，懷湘還睡在被窩裡沒醒，父親就拿了一疊錢進到她睡覺的房間來遞給她，「妳去鎮上買妳想要的東西，還有小孩子的衣服。」當磊幸知道寶貝女兒過的日子遠比自己想像的還要窮困百倍，極為心疼，等不及女兒起床，一早就來找她了。他要讓女兒下山到小鎮去逛逛走走散散心，卻並沒有問起亞大米內所說的事。懷湘坐起身來就像小時候接受父親送給她的任何玩具、衣物、零用錢一樣，她很自然的伸出手拿了父親遞過來的錢，「啊……把拔（爸爸）謝謝！」好開心地笑了起來。

m...abi cikay lozi...

「嗯……妳可以再睡一下……」磊幸點點頭微笑地看了看女兒低聲說，然後慢慢走出房間，順手把門輕輕帶上。懷湘抱著那疊錢呆坐在被窩中間，感受到那好久都沒有過的被父親疼愛的感覺，不知不覺又流下了眼淚。

懷湘覺得自己大概已經有一個世紀不曾下山到鎮上了吧！她到了小鎮的中央市場，這裡車水馬龍、人聲鼎沸，她突然覺得眼花撩亂、暈頭轉向，因為她實在太久沒有看到這樣「富饒」的景象了。她像第一次進城的鄉巴佬，好奇地到處東看看西瞧瞧，可是不知為何，在市場那些五花八門的衣物、玩具、日用貨品當中，她的注意力卻總是被食物、食物、食物吸引過去。大概是飢餓的日子過了太久，一下子看到那麼多美味，她竟不知該吃什麼才好？看了半天在一家麵攤叫了一碗湯麵加滷蛋，還切了一盤滷味，結結實實地飽餐了一頓。吃完繼續逛了一圈市場，幫孩子各買一套衣服以及玩具，再買一些豬肉便打道回府。

傍晚回到父親家，赫見院子外坐著馬賴，兩個孩子正在他旁邊跑來跑去，公公和兩個葛拉亞的長輩則在客廳與父親、瓦旦叔叔、以及其他拉號的長輩們坐著談話。公公和馬賴都是一臉歉疚的低姿態，大概自知理虧吧！兩個孩子看到媽媽回來，又得到了新衣服新玩具，都非常開心。

晚飯後，院子中央燒起一堆火，父親、公公和其他長輩們圍坐在火堆旁，懷湘拉號家族的叔叔、伯伯、堂兄弟們陸陸續續都來了，大家見面也不交談，只彼此略略點頭，便神情嚴肅地找個空位坐下。懷湘則是帶了孩子在屋裡跟懷湘的弟弟妹妹們一起看電視，兩個山上下來的孩子沒看過電視，對電視非常好奇，目不轉睛地看。懷湘心裡卻是有點忐忑不安地注意著院子的動靜，她不知道火爆脾氣的父親會怎樣處理這件事。

thuyay maki rngu nya yama Maray qa ga, ana qeri magal cyugal mpayat kneril ga nway yuwaw nya nanak.

「這馬賴女婿如果有本事，儘管去娶個三妻四妾都是他自己的事，沒關係。」父親一開口就是中氣十足，話雖說沒關係，但顯而易見他非常不滿的口氣，葛拉亞下來的人個個眼望火堆神情尷尬地默默聆聽。

ana ga, aring myan cipoq qmyat si ktay nyux krahu laqi myan kneril qani hya ga, iyat myan snpung mha posa msqeri msqenut sa simuw qu 'laqi myan qani hya ay.

「可是我們的女兒從小養到那麼大，卻不是打算要送給你們去汙辱、去受虐待的喔！」父親眼睛看著馬賴，右手指著屋裡懷湘的方向說，馬賴從少年的時候就對懷湘當軍官的父親非常畏懼，現在即使已經娶了他的女兒，還是習慣性的有點怕他，何況這次懷湘回來告了他的狀，岳父的眼神更是令他不安。

minuqu qu 'laqi ta wayal qasa ga, wal ta pgluw gaga ta Tayal kbalay qu zyuwaw rwa?

「當時孩子作錯事，我們按照泰雅族的 gaga 把事情處理好了，不是嗎？」父親說。

懷湘 laqi maku qani ga, iyat myan pinsulung inlaxan na syup buling qu laqi qani hya ay, wal myan inblequn pgluw gaga na 'Tayal musa sqliq ngasal mamu ay!

「我這個女兒懷湘，不是我們當成不要的垃圾丟出去的，她是我們按照泰雅族的

gaga好好嫁到你們家的喔！」磊幸目光朝後山來的人看了看，聽得出來他真的很在意自己的女兒被他們說是「妳自己要嫁來的」，聽得出來他火氣漸漸往上升，但隨後強忍下來。

aw! ana mamu son nanu sqenut laqi mu, nway saku ini kal nanu kun hya, ga, iyat nbah pswal son mamu sqani mtswe kneril nha qu kwara yanay ni Maray qani hya ki.

「好！就算我不去計較你們怎樣虐待我的女兒，但是馬賴的這些亞耐[7]也絕對不會肯讓他們的姊妹被汙辱啊！」說著眼光朝圍坐在火堆四周的懷湘的堂兄弟們掃視。他們的表情一個比一個嚴肅，看馬賴的眼神更是凌厲得令人害怕，馬賴只在剛入座的時候看了他們一眼之後就再也沒有抬過頭了。

始終低首不發一語的馬賴還是維持一樣的動作，但可以感覺到他的身子微微的顫抖。空氣像是漸漸凝結起來，整座院子只聽到火堆燃燒木頭的「劈劈啪啪」聲，以及夜風拂過圍籬的「呼呼」聲，吹得火焰忽左忽右的飄搖著，火堆四周每個人的臉龐被火照得忽明忽暗，異常安靜的氣氛令人窒息。

「咳！」葛拉亞來的伯父乾咳了一聲，這時候所有在場的人知道他要說話了，全場安靜下來。

ana sami wal min’uqu ga, yutas.

「雖然我們真的不對了，親家。」伯父低著頭很誠心地說。

anay skita ’laqi ni ina ki Maray, laxi ta balay psyaqih hya ki, yutas.

「但是請看在媳婦和馬賴的孩子的份上，我們千萬不要互相仇視啊！親家。」伯父說著，也看了看火堆四周其他的人，他望了望懷湘的公公，公公明白他的意思便站了起來。

ay! knan balay wal min’uqu kmal ke la.

「啊！我真的是說錯話了，」公公終於開口說話。

ana yan nasa ga, nway anay maku spuwah quwaw qani ru galaw na quwaw qani kwara inqehan maku, yaqih sami balay la.

「雖然是那樣，我藉著這酒把我犯的所有過錯都『拿去』（消去）吧！我們真的錯了！」他站起來舉起手上的酒杯說，說完就用手指沾了杯中的酒往身旁地上灑下去，然

---

7 亞耐：泰雅語，「妻舅」之意。

後仰起頭，將酒一飲而盡。他坐回自己的位置，低著頭等待磊幸的回應，磊幸深吸一口氣看了看眾人，隨後拿起酒杯也用手指沾酒灑在地上，這是敬祖靈的意思，然後也把那杯酒一口喝乾。這樣就完成了和解的儀式，這道歉和解的儀式在沉重的氣氛中結束，忐忑不安的馬賴也終於鬆了一口氣，畢竟他逃過了一場被亞耐們狠狠「教訓」一頓的命運。

磊幸現在知道女婿家赤貧的景況了，所以對葛拉亞親家的賠罪要求非常低，他只象徵性的要了一千元，然後意思意思買一點點汽水、鹹魚等分送給懷湘的堂兄弟們，最後還剩下三百元就塞給懷湘。經過這件事之後，懷湘終於知道原來父親當初說「不要回來抱怨」其實只是個氣話，父親原來還是疼愛自己的。

第二天，懷湘就帶著兩個孩子，隨馬賴和公公他們一起回後山葛拉亞部落的家去了。

iblaq mlahang hi su nana lki.、sgaya ta la，懷湘。

「妳要好好照顧自己的身體啊！」「再見了，懷湘。」雖是一大清早就出發，但亞大米內和幾個早起的鄰居們卻都在路邊和她揮手道別，馬賴牽著夢寒，懷湘背著兒子腳步沉重地跟在他們後面慢慢走。他們搭上第一班客運車，往山下鎮上去搭專跑後山的計程車，汽車往山下疾駛而去，窗外那熟悉的景物也急速往後飛馳，回首遙望親愛的拉號部落，突然想起當初亞大們送嫁時，忍在眼眶的眼淚和不捨的表情，回想這些年所走的路以及所受的困頓折磨，才明白當時她們淚水所代表的意義。

不久，懷湘發現自己又懷孕了，在志文三歲的時候，她生下了第二個兒子志豪。深山的日子一逕如此單調乏味，山林溪澗、流雲飛瀑，雖是美景天成，但對懷湘來說，它們卻似乎全蒙上了一層灰色塵埃，隨著她低落的心情一起黯然失色。畢竟，比起外面的世界，深山的生活是相對困頓的，物資也極為匱乏，雖然已經很努力的工作，但食指浩繁，一切所需似乎永遠不能滿足，特別是那日復一日、永無止境的勞動，總是壓得人喘不過氣來。

自從上次在拉號處理了那件事之後，懷湘在家中似乎得到比較合理的待遇，雖然她還是上山工作、外出打零工，但公公和馬賴偶爾也會一起去幫忙，現在馬賴對她也比較講理了，甚至晚上想找她「辦事」，還稍微會尊重她的意願，不太會像以前那樣使用暴力勉強她了。

春天，懷湘上山種香菇約十天，這趟上山工作大約十幾天，卜大也剛好被請去打工，風趣的他常常讓懷湘開懷大笑，是她生活中難得的快樂時光。很愛在卜大身邊跟前跟後的雅拜當然也來了，懷湘雖然是三個孩子的媽媽，但跟他們大家一樣不過二十出頭歲，幾個年輕人每天一起工作、說笑、玩鬧，時間一下子就過去，也不覺得工作那麼辛苦。

承襲母親漂亮的外形，懷湘的異性緣一向就很好。大家雖然都看得出卜大很喜歡懷湘，但眾男總是喜歡親近美女的，有兩個金斯蔀來的年輕人就特別愛對懷湘獻殷勤，很樂意為她跑腿、耍寶逗她開心、幫她分擔工作。卜大的用心當然更不用說，他們都對懷湘猛獻殷勤，三人暗地裡還會互相較勁，看誰比較強壯，能搬動最粗壯的段木；誰比較會工作，在段木上打洞的速度最快；誰能讓懷湘笑得最多，誰跟懷湘多說了幾句話，讓她多看了幾眼都能令他們得意洋洋。

從小父母不在身邊，懷湘渴望被愛，早熟的她在念書的時候便非常喜歡閱讀愛情小說，經常沉醉在小說戀愛男女之間的浪漫甜蜜、曖昧情愫、愛恨糾纏……，想像自己就是小說裡美麗的女主角，與英俊瀟灑又有才華的男主角相知相戀，陶醉其中。因此，國中的年紀認識了生命中的「第一男主角」馬賴學長，就把平常隱藏在心中的幻想投射在兩人的關係上，毫無遲疑的一頭栽進了自己編織的愛情故事裡，扮演這愛情故事的第一女主角，完全沒有考慮實際的條件與小說情節相差有多遠。一直到懷孕、結婚，面對惡夢般殘酷的現實才驀然驚醒，但木已成舟回頭無路，一切都來不及了。

懷湘知道男孩們對自己有好感，但為了不要引起他們之間的衝突，也不要讓別人對自己有所議論，她就裝著不知情，跟每個人都保持基本的良好關係，既不拒人千里，也不獨厚一人，親疏遠近拿捏得恰到好處。年紀輕輕也沒在外歷練過就能有這種周旋的本事，應該是住在烏來時的耳濡目染和遺傳了媽媽哈娜的基因使然，「清流園之花」的女兒怎能沒有幾招對付男人的手段呢？只是懷湘太早步入婚姻，生活在先生暴力性格的陰影之下，又鎮日為糊口夜以繼日的勞動，這些本事她根本沒有機會和心情發揮在馬賴身上罷了。

卜大非常喜歡懷湘，多次一起上山打工的機會，他們成了無所不談的朋友，也常聊很多彼此的生活，卜大知道了懷湘困頓的環境以及婚姻生活上的苦衷，就時常找機會幫助她，蓋香菇寮也是其中之一，兩人雖然互有好感，但礙於懷湘身為有夫之婦的身分，他們盡力維持單純的朋友關係，不敢越雷池一步。只是，不知道是因為這次種香菇冒出了兩個明顯對懷湘有意思的對手，還是卜大認為時機成熟了。他趁黃昏收工時，兩人並肩坐在山頂一座巨大岩石上休息的時候，試著向懷湘告白，並且希望她可以慎重考慮讓他來照顧她後半生的生活。

「我們可以離開山上，到山下去住，我什麼工作都可以做。」卜大對懷湘說，兩人同時往一個方向眺望，遠處是一峰高過一峰、蒼巒疊翠綿延不絕的青山，「妳不必工作，我養妳就可以了。」他左臂伸過來輕輕的環住懷湘的肩膀。

「不可能的，」懷湘任他摟著肩沒有推掉他的手臂，她動也不動的望著遠方的山頭，搖了搖頭，「我會被我 yaba[8] 打死。」彎起雙腿抱住膝蓋，眼光依然停在遠方，「唉……」輕嘆一聲，悠悠地說：「我……絕不能讓我的孩子……像我一樣，變成沒有媽媽的人。」說這話時，她原本迷濛遠望的眼神閃過一絲明亮而堅定的光芒，傍晚的涼風吹來，美麗的的臉龐拂著幾絡髮絲。卜大轉過身來面向懷湘，輕輕幫她把髮絲撥開，然後將她嬌小的身軀一把擁入懷中緊緊地抱住，「噢……懷湘，妳答應我啊！」抱住懷湘的雙臂箍得她幾乎喘不過氣來。

懷湘被他這突如其來的動作嚇了一大跳，「不要這樣啦！」雙手用力推著想要掙脫，卻完全動彈不得。卜大強壯的雙臂溫柔而堅定的擁著懷湘，把她的臉頰緊緊按在他厚實的胸膛上，「不要再那麼辛苦了，讓我好好照顧妳……還有妳的孩子……」喘著氣在她耳邊誠心誠意地說著，原本震驚的懷湘慢慢安靜下來，身子漸漸放軟而自然的靠在卜大懷中，他身上散發出男性的氣息和那堅韌的肌肉讓懷湘感到無比的安定和幸福，她是多麼希望時間就凝結在此刻，不必再回到充滿缺憾的現實世界啊！天色轉暗，夜風吹過山頭寒意漸濃，卜大擁著他夢想已久的女人一點都不願放開了，他低下頭情不自禁的親吻了她的額頭，懷湘閉著眼睛沒有阻止他，卜大雙手捧起她的臉就要往她唇上吻去，「嗯……」懷湘輕輕把臉轉開，卜大的嘴親在她的頭髮上了。「我們不可以這樣。」懷湘睜開眼睛突然清醒過來，她用力推開卜大站了起來，「以後都不可以再這樣了，我們回去吧！」說完跳下岩石急忙往香菇寮的方向走去，卜大失魂呆站在石頭上，忘了去追她。

「懷湘……卜大……你們在哪裡呀？可以吃飯囉！」這時，岩石後面的樹林傳來雅拜的呼喚，「好像是在那個石頭那邊。」「對呀！我好像看到卜大耶！」金斯蔀來的兩個年輕人也一起來找他們了。聽到一連串的對話，卜大才回神過來，跳下岩石，與懷湘一前一後走去跟他們會合，「卜大你每次都這樣，有好的地方都不跟我說。」雅拜嘟起嘴向卜大撒嬌，「哪有啦？懷湘說那裡有野兔的窩，我們去看能不能打幾隻野兔給大

8 yaba：泰雅語，「爸爸」之意。

家加菜啊！」卜大隨口亂編，單純的雅拜也隨便就相信了。五個年輕人便有說有笑的一同往香菇寮吃晚餐休息去了。

這次上山種香菇，懷湘領了三、四千元工錢，經過金斯䓍的時候，她特地買了一瓶米酒，還有一些鹹豬肉和魚罐頭回家。公公煮了一鍋白米飯、鮮香菇湯、炒青菜，這樣，他們的晚餐就吃得很豐盛了。大家一起喝了一些酒，心情都很好。當晚懷湘正酣睡時，突然被馬賴搖醒：「懷湘……懷湘，起來一下。」他說，「唔……做什麼啊？」在山上工作了十幾天，懷湘又累又睏。

「陪我去一下，出去一下啦！」馬賴難得喝了酒還那麼和氣，簡直有點像要請求懷湘了。

「去哪裡？」她真的很睏、很累，揉了揉眼睛問，「去祕密基地！」馬賴在她耳邊悄悄說。懷湘突然轉醒，「祕密基地」？那似曾相識，卻似乎已經好遙遠的地方呀！那夜，他們便在月光下，離屋子一段距離的芒草叢中……溫存。馬賴喘息的聲音隨著微風穿過芒草葉稍消失在黑夜中。懷湘緊閉雙眼，腦海中似有若無的不斷閃現一個熟悉的身影，那厚實的胸膛、強壯的手臂，那充滿陽剛味的氣息、吻在臉頰上溫熱的唇……「啊……啊……」她忍不住喊了起來，懷湘……結婚七年，第一次知道什麼叫做「滿足」。

懷湘常常會下山到拉號幫父親務農的工作，馬賴偶爾也一起來幫忙，他們會把孩子都一起帶來，往往一住就是一、兩個月，磊幸的新房子蓋得很大，懷湘一家人住在三樓加蓋的房間，裡面床、桌椅、衣櫃一應俱全，孩子們都很喜歡住在外公這裡，因為這裡的房間比起後山那個家，簡直是太豪華了。

biq mu 懷湘 maku qutux lituk slaq qani hya

「我這一畦田地是要給我的懷湘的。」

有一天，磊幸在大家插秧休息的時候，指著面前一畦大約一百多坪的田地，對前來幫忙的堂弟說。雖是跟堂弟說話，事實上是講給所有人聽，懷湘和亞大比黛也都在場。

baha hmswa, laqi maku balay uzi rwa, ru cingay balay wal nya sraw mtzyuwaw ngasal, baha maku ini biqiy cikay rhyal lpi?

「因為，她也是我真正的孩子啊！而且她在幫助家裡做了非常多的工作，我怎麼可以不給她一點土地呢？」

亞大比黛把臉轉開往別處看，假裝沒有在聽。堂弟則是直點頭。

aw balay ke su qani hya wah.

「是，你說的話沒錯。」

懷湘自己是從來沒有想過以後可以來分父親的土地，不過，聽到父親這樣說，她心裡還是非常快樂，不是因為土地，而是喜歡父親疼愛她的感覺。

懷湘的公公在葛拉亞有二兒子陪伴，他剛從軍中退役，回到山上工作，這個兒子比老大馬賴勤勞多了，山上的工作做得很認真，懷湘非常放心把香菇寮和山上的作物都交給他照顧。

在岳父面前馬賴是一點都不敢偷懶的，即使晚餐後跟岳父一起喝了幾杯酒，也完全不敢發酒瘋亂罵人。反而是當岳父喝多了，說話開始大聲起來，找岳母比黛的麻煩時，他還要幫忙把岳父架開，帶離現場。雖然住在拉號很好，不管吃的、穿的、用的都比在後山好太多，但馬賴懶散的習慣和內心的自卑讓他很不喜歡住在岳父家，常常就藉故回葛拉亞的家去，留下妻子和孩子們住在這裡。

「我想，我們搬到山下來好不好？」有一天，懷湘跟馬賴商量，「你看孩子在這裡都能吃得飽、穿得好，我想讓夢寒轉學到山下念書，山上的家離學校太遠，她上學很辛苦，而且那裡都是代課老師，以後她怎麼跟得上外面的學生。我們去鎮上找工作賺錢，好不好？」懷湘很努力地說服先生。

「是啦！我們家就是窮，葛拉亞就是落後，你們這裡什麼都好。」馬賴的自卑讓他變得非常過敏，「妳的意思就是說我們山上不能住，學校不能讀是嗎？那住在山上的人都應該去死就是了啦！」提到搬下山、轉學、找工作……，自卑加上生性懶散的馬賴馬上變得很不耐煩，回答的話一點邏輯都沒有，反正就是很不爽。

「你知道我不是那個意思，」懷湘繼續遊說他，「山上的工作有爸爸和你弟弟在做，我們下來工作賺錢，山上、山下兩邊一起賺比較快，我們還是可以常常回山上去啊！」馬賴皺著眉頭，雙手抱在胸前，很不滿意的大力呼吸。他其實一點想法都沒有，這麼多年，家中真正在為家計操勞奔忙的人並不是他，而是妻子。因此，家裡有什麼重大的計畫，都是由懷湘來決定，馬賴最多就是為難她一下，嘴上給她難堪而已。

「要搬下來可以，不過，我有一個條件，」他說，「我們出去租房子，我不要住在你爸爸家。」

後來，他們搬到了拉號與山下小鎮中間的一個客家村莊——內灣小村，這裡過去是很熱鬧的聚落，有戲院、旅館、小吃店、牙科診所，在短短約一千公尺的街道兩旁各類商店販賣日常所需。這裡還有一座小火車站，有一條鐵路支線到達這個村莊，過去是為運送煤炭。後來本地煤礦開採困難，開採成本高，品質卻不如價錢低廉的進口煤炭，於是工業用燃煤都轉往國外進口，於是這裡的礦坑紛紛停採。少了來來往往的礦工消費群，小村莊許多商店也無法繼續維持而關門大吉，這裡的戲院也因此倒閉，成為廢棄的大空屋。

懷湘就在戲院後面的小巷子裡租房子，這是位在二樓的舊房子，推開已經撞歪關也關不密的紗門進去，採光不佳，稍嫌陰暗的屋子裡有客廳、廚房、浴室和三個小房間，木頭格子的玻璃窗上掛著舊舊的花布窗簾。

「哇！這就是我們的新家喔！」「呵呵……這裡好好喔……」孩子們剛來到這二樓的小房子，開心地到處看，尤其是志文和志豪兩個小男生，對房子的樓梯特別有興趣，就在樓梯上上下下的玩，一下子跑屋裡來，一下子又跑出屋外樓梯間。夢寒進房間幫媽媽在整理衣物，馬賴在客廳研究那臺前承租人留下來的舊電視機，電視發出「嚓嚓嚓……」的雜音，螢幕裡的影像一條一條切的亂七八糟，馬賴注視著螢幕，把電視上的室內天線調過來調過去。「喲呼——」小鬼從外面呼嘯著衝進來，「碰！」門重重撞了一下，「呀……」小鬼又呼嘯著衝了出去。

「砰！」他把天線摔在地上，「阿文、阿豪，你們給我過來。」對著門外怒吼。

「媽媽……爸爸又在罵人了。」夢寒聽到爸爸的吼聲，嚇得趕緊靠在媽媽身邊，懷湘立刻把正在摺疊的衣服放下，起身往客廳走去。

「給我站好！」馬賴手上是廚房拿來的軟水管，看到孩子腳上一條條的痕跡，懷湘知道他們已經被打過了。兩個小男生並肩靠著牆壁罰站，六歲的志文雙手緊貼兩腿側站得直挺挺的，一動也不敢動。才三歲的志豪則是兩腿發抖，忍著不敢哭出聲音，臉上卻已經是淚水、鼻涕直流，不時用手臂擦拭，更是弄得一臉涕淚模糊。「你們再不乖啊！再不乖，我就打死你們。」他邊罵邊用水管指兩個小鬼。馬賴管教孩子完全沒有原則，心情好的時候隨便他們怎麼鬧，他連管都不管。心情不好的時候，即使孩子沒做什麼，也會把他們抓過來胡亂教訓一頓，他教訓孩子從來沒有把原因說清楚過，他只有一句話「你們不乖」，至於應該要怎樣「乖」，他從來也沒說過。總之，孩子都知道，爸爸心情不好的時候，最好安安靜靜的，離他遠一點，否則，被他抓過來就「有理三棍棒，無理棍棒三」。

「以後要乖乖的，知道了嗎？」

懷湘雖然心疼孩子，但她知道這時候不能去「救」他們，不然會引起馬賴更激烈的反應，甚至連她一起毒打一頓，這是她多年慘痛的教訓得到的經驗，「你們如果乖乖的，爸爸就不會打你們，就會愛你們了啊！知道嗎？」兩個孩子吸了吸鼻涕，點點頭，「那就快去跟爸爸說對不起。」她繼續打圓場，她知道這場災難快結束了，這也是多年教訓之後得到的結論。不管什麼原因引起的家暴，最後一定要這樣做為結論，就是「大家都對不起爸爸」。

「爸爸，對不起！」「對不起，爸爸。」兩個孩子怯怯地走過去，對著眼睛盯看電視螢幕的父親深深一鞠躬道歉。

懷湘幫孩子辦了轉學手續，開學之後，夢寒念四年級、志文上一年級了。學校在火車站後面，離家十五分鐘左右的路程，兩姐弟每天手牽手一起走路上學很方便。她很快就在竹東鎮上找到一份在餐廳端盤子、洗碗的工作。每天早上做完家事，就騎著機車去上班。這機車是父親「偷偷」買給她的，「不要跟你亞大比黛講喔！她會很囉唆。」磊幸提醒女兒不要讓亞大比黛知道，這是他們父女的小祕密。

懷湘對環境的適應力是很強的，她在餐廳工作，就像在山上一樣的認真勤勞，對人有禮也不計較工作量，很快便贏得同事的好感，知道她的家庭狀況的，就很同情她的處境。

「妳可以把客人吃的剩菜打包回去呀！」同事秀芳跟她說，「其實那些菜都很乾淨啦！回去重新熱一遍就可以吃了啊！」她是竹東的客家人，在餐廳的同事大多數是年紀大的婦女，只有秀芳跟懷湘年紀最相近，她二十八歲，只比懷湘大三歲所以兩人很快成為好朋友，「沒關係，我也會幫你注意，看哪一桌吃的比較乾淨，再叫妳打包回去。」她很貼心的替懷湘想。

於是，懷湘每天會趁下午兩點到五點之間的空檔，帶著打包好的，餐廳客人吃剩下的菜餚，騎半小時的車回到家來，把食物處理好，好讓馬賴和孩子當晚餐吃。然後再騎車匆匆趕回去上班。五點又開始上班一直要做到餐廳打烊，洗碗盤、打掃拖地、桌椅整理好了才能下班，然後一個人騎車在山路上奔馳，差不多十點左右才到家，馬賴和孩子們通常都睡著了。即使每天這樣辛苦，但懷湘心中卻是充滿希望的，她相信只要繼續努力工作，這個家的未來是會愈來愈好的。

搬到內灣快三年了，馬賴還是一直沒有找到「適合他」的工作，偶爾有人介紹工作給他，他總是做沒兩天就先把老闆給辭了，不是嫌工作太操勞，就是老闆太摳，同事太爛，反正就是不適合就對了。偶爾，岳父磊幸會把他叫去拉號幫忙農事，也會算工錢給他，但馬賴很不喜歡去岳父家工作，或許內心明白自己靠妻子在養，還靠岳父故意找機會資助金錢，那一直就存在內心深處的自卑感讓他很不舒服，所以每次從拉號工作回家，他一定藉故喝酒找懷湘麻煩。

這天中午，餐廳辦了三十桌的囍宴，進來的客人都是泰雅族的面孔，他們也用泰雅族語交談，懷湘感覺好親切。

minkahul simu inu?

「你們是從哪裡來的？」趁端菜的時候問一下客人，「我們是玉峰那裡的，妳是Tayal喔？」，「對呀！我先生是葛拉亞那裡的……」客人知道她是泰雅族人，很高興地跟她聊了一下，很快的把關係圖牽過來牽過去。發現那人的堂姊是嫁給了卜大家族的長輩。懷湘搬下山一年多之後，積極主動的雅拜終於如願嫁給了他心儀已久的卜大。

blaq balay na squliq Buta qasa, qnzyat ru m'Tayal balay.

「那個卜大非常好，是勤勞而標準的泰雅人。」那人知道懷湘認識卜大，就告訴他卜大的近況，也給予卜大很好的評價。

aw ga, balay ki! blaq utux ni Yabay uzi.

「是啊！雅拜的命也很好……」懷湘聽到卜大結婚了很替他高興，只是，心中不知為何有著些微的失落感，她輕輕嘆息了一聲便轉身繼續去忙了。

懷湘忙了整天剛回到家，便看見馬賴一個人坐在客廳看電視——不，應該說是電視在看他，因為電視開著，他卻是坐在電視機前張著嘴打瞌睡。懷湘拖著疲憊的身子，輕手輕腳開門進屋，「嗯！妳去哪裡？怎麼這麼晚才回來？」馬賴醒來了，口氣很不友善。

「今天餐廳辦桌，中午就辦了三十桌，晚上又有六十桌，我們忙到好晚才下班。」懷湘說，「你今天不是去跟爸爸工作嗎？你很累就早一點去休息啦！」

「我肚子餓了，」馬賴說，「妳去幫我煮麵，我想吃麵。」懷湘把包包放下，一邊脫下外套一邊跟老公商量，「我今天好累喔！你自己把我下午拿回來的菜弄熱吃了，好嗎？有你最愛吃的滷蹄膀喔！」她把外套掛在門後的掛勾上，就走進房間去拿換洗衣物，準備洗澡。

「碰！」突然有一隻拖鞋從客廳砸向夢寒的房間，「砰！」又一隻砸往兩個男孩的房門，「夢寒、阿文、阿豪，你們全部給我起來！」馬賴憤怒地大吼。

「咚咚咚……」兩個房間立刻打開，三個孩子全都趕緊跑到客廳來立正站好，他們之所以那麼快就跑出來，其實是因為都還沒睡著，孩子們每天都要等到媽媽回家，來到床上看一看他們之後，才會真正的睡著。

「你們去煮麵給我吃！」馬賴指著三個孩子大吼，三人嚇得不知道該怎麼辦。

「好啦！好啦！我去煮麵給你吃，」懷湘放下換洗衣服，趕緊跑到客廳幫孩子解圍，「你等一下，我很快就煮好了。」

她知道，現在不是跟那頭發狂的野獸講道理的時候，只能順著牠的毛摸，全家大小才能全身而退。懷湘以最快的速度煮了一碗湯麵，小心翼翼地端了出來。

「你的麵煮好了。」她把麵端到馬賴前面的茶几上，馬賴看了看麵，再看看懷湘和孩子們——爸爸生氣了，他們全部就自動靠牆罰站，誰都不敢跑去睡覺。

馬賴用左手把擱在碗麵上的筷子撥掉，右手把那碗麵拿起來慢慢的把碗傾斜，熱騰騰的麵條便和著肉湯「啪啦……啪啦……」全墜落到地板上，「碰！噹啷……」他把碗往水泥地上用力砸下去，磁碗碎片向四處噴射，嚇得孩子們立刻抱著頭蹲了下來。

「哼！我不想吃了。」他雙手叉腰對懷湘說，然後氣呼呼地走進房間睡覺去了。

「好了，你們都去睡覺吧。」懷湘摸摸孩子們的頭，心疼地要他們趕快上床睡覺去。

「媽媽我幫你收拾。」夢寒到角落拿了掃把和畚斗掃地上的碎片和麵，懷湘提了水桶和拖把，母女倆默默把地上的湯汁清理乾淨。

娃利斯．羅干

〈藍波咖啡〉（一九九一）

Walis Loqang，王捷茹，一九六七年生，基歌郎岸斯拉茂社群辣咖部落（Cinqlangan Raqa Slamaw）泰雅族。

從事原住民族精神文化、語文傳達的研究工作，為「獵人工作室」召集人暨文字事工，「傻瓜讀書會」總主筆，「無厘頭讀書會」執編小組，「第四世界原住民族世界（綠世界）全民文學／全民神學運動——建構部落文學社團：詩坊聯盟網」成員，是一個主耶穌基督的門徒，是上主的僕人，是臺灣基督長老教會傳道人。著有《泰雅腳蹤》。

藍波咖啡

喝一口藍波吧
他終究是亞爸和雅雅
來自山上清涼問候的關心

傍晚時分，陽光在喧鬧的小鎮上，顯得格外寂寥。注視著亞爸寬厚背影又駝了的身軀，緩緩登攀上臺汽班車。雅薇兒難過的臉孔，溼淋淋全擠作一團；直到她回到家裡，收拾起亞爸從山上提帶下來的咖啡飲料禮盒；激動心情的放肆才放她扭擠的臉皮，一下子全部都分開來。而且，除了鹹鹹溼味，這次還有雅薇兒控制不住的哭聲——

心疼手中握著的藍波咖啡，她決定要留住它們；只要一惦念養育母親的時候歡愉，就拿出一罐藍波躲在屋子角落，喝他一口山上來的咖啡吧！縱然，對這咖啡本身，雅薇兒不會有過好感。但這終究是亞爸和雅雅安慰遊子心靈的辛勞和疼惜呀。

在回家的路上，班車裡的姑桑夫妻滿足地對視一笑。背著陽光的方向，車子慢慢的駛向逐漸暗黑的山嶺。行動是沉重、是孤單的，黑黑的影子愈拖愈長，愈拖愈長。

回家的前一天：褪去的豔陽光，換上的星星閃爍銀滿月色，罩住沉穩的山頂。他們不敢打擾菇桑家人忙碌準備下山探望女兒的興致，只有遠遠地望著他們額頭滴落背膀的汗珠透溼衣裳。山裡，並沒有因為他們囂鬧的熱絡起來。終究，一個家人的燈火，在峰峰層層之間，只能比做營火蟲屁眼般微渺吧。

「布魯恩，把我那個難得的誰迷落[1]拿出來。明天，我穿去噢。」菇桑提高嗓子。

「唔，我先將香菇包好嚕！雅韻，明天雅雅和亞爸去看姊姊。雅雅不在的時候要煮飯給二個弟弟，帶他們去給學校上課，知道嗎？雅雅一天就會回來。嗳哇！亞爸不在，一定不要叫達勞有帶弟弟去河流射魚的機會咿，知道嗎？你？」布魯恩嘮叨的嘴，比她包裹著綁動的二隻手還忙，連豐滿身軀底臀腰也是跟著不停地擺搖。

那根發了霉的日光燈管下，菇桑翹高了下巴，試穿那套深樵色的西裝，得意地笑咧了唇角。他就一套西裝，那是五年前大女兒雅薇兒出嫁平地的時候，亞瑪[2]特地帶他

1 誰迷落：西裝。
2 亞瑪：泰雅語，「女婿」之意。

到小鎮裡面西裝社訂做送給他的禮服。旁邊，布魯恩一樣忙著。在雅韻和弟弟們眼裡，亞爸他們是多麼看重這趟遠行。更有趣的是，亞爸和雅雅腳上都穿著格式、顏色都一樣的白布鞋。

「噢嗚，雅雅，我們在學校老師有講，去給人家裡作客人，要有帶土產是很好感情。最好還有禮盒那樣才是禮貌咕。」達勞得意的向雅雅建議，也好讓亞爸知道自己在學校是很有認真聽老師課的。而，兒女一席話，菇桑難掩內心的興奮，隨口應了一句，便吩咐女兒雅韻到部落口的商店，也唯有那一家店可以讓部落的人賒欠；而且他已沒足夠的鈔票，能夠買些什麼的送去女兒的家。商店就在距離菇桑家有射一次箭的遠就到了，衛生所、派出所也都——在那邊哎[3]。菇桑嘶裂的聲音叮嚀著：「雅韻，妳就帶藍波咖啡，趕快回來。」

經過一整晚的準備後，靜靜的夜裡，孩子們都睡了，「菇桑，你看我們很久沒有和亞瑪家聯絡，突然去，而且是借錢給女兒，不好意思。」布魯恩擔憂。

「沒有辦法，誰叫香菇顧不好，賠錢，這也是不得已。何況亞瑪也疼女兒，他雖然是姆幹[4]跟我們都是很好，就這樣啦……下次香菇的錢有賺了，就給他還去。」

「哎咻……」

「睡吧，明天的事有明天的來解決。」菇桑無奈的口吻，安慰著布魯恩忐忑不安的情緒。直到天剛亮的時候，老鼠都還不願意休息，菇桑已經爬起來生火。每天都這樣；小老鼠一定是最氣了。布魯恩探頭望一望尚在熟睡的小男孩，轉身再一次叮嚀盥洗中的女兒，便靜靜地跟著菇桑走向車站牌，趕搭最早班的公路局。坐上班車，一路跳躍的車子，彈性特佳。布魯恩擔心抱在胸前的香菇承受不了這樣激烈的震動，會有些許損傷，她很小心地護著；恐怕震碎了拿去作客不禮貌。

那菇桑嘴巴緊緊閉著，一句話都沒說什麼。折騰了三、四個小時，終於來到小鎮。對他們來說，小鎮裡的大建築矗立道路二旁，人來人往的行人步道，男女老幼就只顧著向前走。

「嘿，城市人眞不懂禮貌，看到人見面都不會問好一下，把幽默感都放在家裡，忘

---

3 ?——在那——邊?：泰雅語的表現，是音調上揚放輕、音節拉長。這是傳述中心裡附加價值的表現，這裡的用法心裡態度：都——，是厭惡、無奈的意思。而那——邊，則是一種消極反抗的存在意識。因為，傳述後加諸「哎」這般語音停挫、下調的語用虛詞而展現明示。

4 姆幹：泰雅語，平地人、外族之意。

記帶出來了……」姑桑為他的發現沾沾自喜。

「不是這樣，城裡的人很多很忙，當然沒有時間問安，你懂不懂他們這樣，是著急去上班、去學校。」布魯恩是個標準連續劇迷，在山上或多或少從電視上了解一點城市的生活。

「你看太多電視了是不是？在山上那一個人不忙咿？要忙家裡、忙孩子在學校，忙……我就沒有看到那個人擦身過去，不會『噢咻，朋友，去那裡？』的問候。誰不知道大家都是要去工作，眞好笑。」

姑桑拉開嗓門豪暢地指陳比較，沒注意到四周的人們，驚異的眼光從四面八方射在他口沫亂噴的嘴巴。那不是因為他的高論調，而是他那一口流利的泰雅爾語吸引住他們好奇的眼睛。

「好了，你不會小聲點，都在看了啦人家。」

「什麼，什麼小聲？」

慣性的爭辯裡，他們是下了臺汽班車。憑著上次來過的依稀印象，周迴在每一次似曾相識的紅綠燈底下。好不容易找到了女兒家的門牌，反而猶豫該不該按電鈴？要不要進去……。

「啊，雅雅，怎麼來了？快進來、快進來。」女兒雅薇兒剛從市場買菜回來，看見久未見著面的雙親，雅薇兒既激動又思念的笑容，催促著菇桑夫妻走進門內。

「小孩子呢？」布魯恩一心祇想快點看見外孫。雖然，這趟下山的主要目的是要調點錢週轉；孺慕之情盡都流露在她渴望親切的唇角自然顯現。同時，也在布魯恩的慈祥徵詢，一樣為人母的女兒難忍孕養子女的喜悅，雅薇兒羞赧地比著隆隆突脹的小腹，臉上洋溢滿足的心情：「大的，已經上幼稚園了，你們還沒有看過哦？等一下爹地會接他一起回來。另外，第二個在……」

「哈……喲呼……真的是妳雅雅的女兒，泰雅爾的孩子，就是會生。呼喲！」菇桑調侃女兒地狂笑著。

「咦？雅雅，妳們怎麼還記得這裡？我們有四、五年沒有聯絡了吧。這幾年我和丈夫忙的很，一直沒有那個空上山去，弟弟和妹妹都好吧？」

「什麼！妳雅雅又給我一個兒子咧。四歲了。妳還沒有見過面哪。哈！哈！哈！」菇桑得意地笑，就像是頭一次做父親的興奮。

「啊！我還有一個弟弟呀。」

「那不是囉，有空多帶亞瑪和孩子回山上來。不要出去了就忘記青山的綠，你的孩子也是有泰雅爾的血緣呢。」亞爸開玩笑的口吻，彷彿正對著女兒提出抗議。

事實上，部落裡情形，那一個不是這樣？能夠耽留山上的泰雅爾，不是老一輩的，就是還沒有能力賺錢的孩子。年輕人一去到了城市，就讓那裡五光十色弄暈了眼睛、痲痺了手腳；碰到了挫折回來山上躲一陣子，又無法適應原先生長的山林。明明在城市裡並不能夠暢意做為，還裝著逞強就是不願意回山上 ta-la-gai[5]……更好笑的，寧願在鄙視的眼光裡否認自己的膚色，也故意在大家都一樣皮膚時，表現自己的優越感。誰不知道，在泰雅爾眼中，大家都是一樣，誰都不要去笑誰。因為這都是造物者的賞賜。姑桑的笑聲裡，附加了這樣的心理態度，全部流露在他每一坑賁張的毛細孔，噴向女兒驚愕的臉。

「嗯……快中午了，你們坐一下，我去準備中飯，等一下孩子跟他爹地會回來，我們一起吃飯。」雅薇兒故作輕鬆，藉著炊食想逃離亞爸逼詢的憂傷。

「等一下，雅薇兒，亞爸和雅雅這次來找妳跟亞瑪，是想借調一點錢。這期的香菇因為沒有照顧好，品質不佳，價錢低，賣不到錢……如果可以，三、四萬元，等到下一期大賺馬上送下來。」布魯恩提出借錢的事。

「這個待會兒再說啦，我先煮飯……」

「要不要煮點香菇？有沒有排骨？給它一起，那樣比較有營養，吃了你們比較有力量。」

「好啊，好久沒有吃自己家種的香菇了。」

「還有『藍波咖啡』也拿去冰，給妳們帶的。」雅薇兒接過禮盒和一包香菇往廚房走去，她不願意雅雅幫忙；期待著自己的料理手藝能夠讓父母親意識到，她已是成年人，是可以照顧家庭的成熟女人。同時，她心裡嘲想：亞爸又在開玩笑了，什麼「藍波」？我看是「獵人」吧！亞爸講話始終是拉高聲調，好大的口氣就是不改他豪邁的性格。

「哇！眞的是藍波耶——」驚訝之後，雅薇兒猶豫了一會兒。她想：從來不會看到過廣告的品牌，外在包裝感覺是那麼粗糙。喝了保險嗎？可是，這是亞爸大老遠從山上帶來的情意呀。提在手上的那一罐，她試著拔開瓶蓋倒了一些在杯子裡；一顆顆未泡溶的奶粉塊浮移著，炭焦的味道和呈略暗的棕黑色，震驚了雅薇兒的眼珠。原來想冰起

5 ta-la-gai：「眞的是」之意。

來；好讓丈夫、孩子回到家中解渴時，就會想到這是來自山上亞爸清涼問候的念頭，都在這一眼的驚悸裡，全部摔落地板上⋯⋯。

雖然是瞞著亞爸跑出去另外買了一盒伯朗咖啡，換掉藍波。但是雅薇兒修長的身影，在丈夫、孩子一樣新鮮感念姑桑清涼的問候時，發了怒的日光燈管下，雅薇兒的影子愈照愈遠、愈照愈遠⋯⋯回去了！

達德拉凡・伊苞

〈慕娃凱〉（二〇〇〇）

Dadelavan Ibau，一九六七年生，屏東縣瑪家鄉青山部落（Tuvasavasai）排灣族。求學期間就對排灣族文化傳承感興趣，從花蓮玉山神學院畢業後到長老教會工作，編輯兒童主日學教材。一九九二年因憂心原住民文化流失問題，回部落從事排灣族母語寫作。

伊苞曾任中研院民族所學者蔣斌的研究助理十多年，投入排灣文化的田野採集與紀錄，常接觸族中長老與巫師，滋養、豐富其文學創作。伊苞一九九九年加入優劇場（優人神鼓前身）後從事表演藝術工作，曾隨團到世界各大藝術節演出，編導過《祭，遙》、《搭藍：我們的路》。著有《老鷹，再見》。

慕娃凱

一

晨曦自大姆鞍山頭浮出。薄霧散去，微細的光照在楓香樹初紅的新葉。少女蕃薯葉來到慕娃凱的床前。她親吻了她，悄悄在耳邊說：「我崇敬的頭目，愛戀你的人駕著春天的陽光來到。」

「是誰？」

「那裡。」蕃薯的葉指著床頭上的檳榔，一面走到慕娃凱身後為她梳髮。「土地上發芽，朝著太陽的方向生長的，是我慕娃凱。」她低聲吟唱：「少女的正直，檳榔樹還比她彎曲呢！」

檳榔——這傳達男女情愛的崇高之物，至死不渝的愛情宣示。慕娃凱陷入無限哀思。

「蕃薯的葉，別唱了。」慕娃凱起身，抓起那顆檳榔，往外丟棄。

慕娃凱的哥哥庫樂樂深深地愛戀著妹妹，為要妹妹明白他的深情，每晚在夜深人靜時，走到妹妹的房裡放一棵檳榔在床頭上。他不是不明白兄妹不能成婚，但，他卻是這麼愛著她的。如果沒有錯，花香、樹香、泥土香、甚而男人獵獲的野味，在他鼻下的只有慕娃凱的香味。燕鳥歸巢，他應該替人民出面解決一樁爭執，因一個年輕人在耕地多吃了樹豆，在大石頭上睡覺時連放幾個響屁，而正巧隔鄰部落有一個人路過，以為是在汙辱他，於是把那熟睡的年輕人給殺了。庫樂樂雖然年輕，但此時耳朵已經老到不管用。

日復一日慕娃凱美麗的容顏，已如失去養分的百合花日漸凋零、枯萎。陽光不再絢爛，群鳥的啼聲不再悅耳，她凝視著遠方層層相疊的山嶺，心中湧起無盡哀思。為排解心中苦悶，她命令人民為她捉一隻叫 talavalavak 的鳥。那是一種美麗而稀少的鳥，被人們稱作鳥中頭目。人們好不容易捉來，慕娃凱總是挑剔，「哪！這羽毛斷了。」她把鳥丟在地上，「我要更美的 talavalavak。」她說著轉頭就走，留下驚愕的人們。

日日夜夜，人們圍繞慕娃凱身邊，為她繡衣織裙。孩子們盪鞦韆盡情歌唱。而男人們呢？他們日夜不停地穿梭山林間，他們露宿溪谷，高山峻嶺、蠻山惡水，不放棄 talavalavak 的蹤跡。甚而有時他們忘了自己是有別於動物的直立人，在懸崖峭壁上是可蠕動的爬蟲類，在森林裡是雙手擺盪於枝幹上的猿，草原上是奔馳的狂馬。日復一日，他們以草葉遮寒，以野食果腹。在黑夜裡屈膝而眠。在極度疲累時，偶爾想起他們是叫做人的人。日落之際，一群追鳥的男人出現在部落口，以雄渾高揚的音調呼喊。她們欣喜若狂，是她們的男人回來了。

長者不留的拔高聲頌讚：「太陽最初的光芒照射在青銅刀的創始者，慕娃凱，我們所崇敬的頭目，talavalavak 是美麗的鳥，是配得稱美的鳥。」她們戴著花環圍繞慕娃凱歌唱，彷彿慕娃凱是個新娘，人們聚集在頭目屋外的榕樹下，女人為他們迎送檳榔。男人們卸下背上的網袋，把用生命換得的 talavalavak 小心翼翼地從網袋中抱起，像抱嬰孩一樣放在胸膛獻給頭目。慕娃凱坐在圍繞的人群中，頭飾上插著的鷹羽威風凜凜，她一身盛裝，胸前配戴琉璃珠、項鍊及耳飾。出於一種人類對源頭的崇敬，閉著眼，每個人在空氣中也嗅聞得出那散發著令人顫慄的嚴肅。說是孤傲吧！她早已漠視這一切，就如她漠視庫樂樂一樣。在眾人的期待下，她看了一眼排列腳下如彩虹般美麗的鳥。然後，她說話了。「沒有一隻是我要的。」她面無表情，聲音如雷劈震碎人們的希望。「我要更美麗的 talavalavak。」她說著起身就走。手上的青銅刀在陽光下分外刺眼。

庫樂樂請你說句話，當中有人發出不平之鳴，我們良善的慕娃凱哪裡去了。庫樂樂挺直背脊面對人民的質問，兩眼炯炯有神卻不發一語。人們只好敗興而歸。「我們的頭目是怎麼了？」人們坐在陽光晒過而留有餘溫的石板上。向晚的風拂進胯下、臉上、胸口，進入體內。男女老少抽著菸斗，一面望著山頭沉淪的紅陽，一面思索。

「我們這種追鳥的日子不能再過下去。」說這話的是家名叫「彩虹」名字叫「不留的拔」的年輕人。「對動物趕盡殺絕，不是你們的教導。」

「你說得對。」每個人都深表同感。

「我們是人，這我要提醒各位嗎？廣闊的土地哪裡是我們不該去的。」這是家名叫「太陽直射」名叫「舉」，年輕時曾與黑熊搏鬥過的老人說的話。

每個人就自己對人，對自然、對祖先，對整個源頭的故事發表自己所知。「好！就這麼做了。明晨雞叫的時候我們就離開這裡，大家認為這種頭目我們不想要。」家名叫「風的家」名叫「迅風」的老人作了最後的決定。

迅風，其實大家都喜歡叫他「永恆的前面」，那是因為不論他做什麼都像一陣風一樣快。出獵時，他常跟年輕人說，這樹、這花、這你們兩腳所踩過的路、這叢林各種生物，都被我放屁了。就連空氣也夾有我的屁味呢！甚至他會自豪地說：「媽媽把我從兩腿間拉出來的那一刻起，我就沒有見過別人的屁股是朝著我的。」

根據當時在耕地同迅風的母親工作的婦女回憶，當太陽快到中間，大家在耕作談笑時，迅風的母親坐在鬆軟的泥地上，從叉開的兩腿間高高舉起那嬰孩，本是無風無雲的天，突然一陣風吹過。那如一坨泥人的小生命，才知道露臉的首先要務是盡情地哭，報告眾神，我來了。

迅風的屁股離開石板，站立，一陣風倏地吹過，狗四處狂吠。

夜很快降臨。晨霧散去，陽光如往昔溫熙地灑落在頭目家雕刻的簷桁、門扉，穿過天窗、屋內逐漸明亮起來。群鳥在樹上清啼合唱。慕娃凱伸伸懶腰，以幾近睥睨的眼神掃過床頭。儘管心如止水，每當此時，慕娃凱仍要困難地嚥下初醒的口水。

「清晨的炊煙是躲到哪個地底去了？」她輕輕撥弄流瀉及腰的髮，以少女獨有的甜美、傲慢的語氣對著屋內說：對著空氣張嘴可以飽餐嗎——你們人都哪裡去了？

熊（cumai 人名）為什麼偷走小米梗的燻肉味。地瓜葉（uzu 人名）昨晚是什麼夢，教陽光喚不醒那雙頭目梳髮的手。清淡（alesau）——米糠（lavu）——

屋子另一頭傳來庫樂樂的乾咳聲。屋裡一片沉寂。慕娃凱慵懶地趴在窗口。陽光燦爛、鳥語啁啾。她閉著雙眼，挺起背脊。如此以高尚姿勢聽淙淙流水，吸清晨有香味的空氣。多久了，心總是在幽閉之中。有時像一頭橫屍山洞裡的腐肉；有時是冷月清空中那隻迷失的雛鳥。

這不是我啊！慕娃凱昂首仰天，虔誠地向眾神嚥下清醒的口水。從大地發芽，朝太陽方向生長的，是我，矗立山上的寒竹。遨翔天空的飛鳥不曾遠離。要是有人問起：是我，矗立山上的寒竹。太陽追隨你，慕娃凱在陽光下。她心情愉悅地吟唱著：「那是誰？穿著世上美麗的圖樣飄飛在河谷裡。呀！原來是烏阿凱凱（鳳蝶）。」

遍地明萼草、走馬胎、黃荊、潮溼的泥土味、腐果、新鮮果蜜。遠的、近的，全飄向少女細嫩的肌膚，進入血液裡。如果有幸福可言，慕娃凱就是沉溺在這種幸福裡。她殷紅豐潤的雙唇微微顫動。她背向陽光，張開雙臂。彷彿迎接久後的心上人，熾熱的雙腿正大大向外曲張著。風恣意放任在裙底蠕動。慕娃凱張著翅膀，風曼妙舞影地輕輕穿過慕娃凱裸露的肩窩。飄飛在腳指、膝上、大腿，飄進少女幽暗的熱切的寂寞的——那個深處。她笑了。

二

「慕娃凱。」我在耳畔輕輕呼喚。她將身子輕輕地挪移，腕上的傷口一陣劇痛。

「anana。（痛啊！）」她輕嘆一聲，頭偏向一側又沉沉入睡。

「atu-atu ti muwakai（慕娃凱眞傻）。」我坐在床沿拂去她額前的髮。

生命的形狀，好像為了等候某人而存在。生命中經歷了很多人，經過很多事。繁華過盡，人群中有人對妳微笑，風一吹，聞到一種氣味，妳的身體內部發生微妙的波動，妳便知道這是妳熟悉的人。

我記得六月的那個暑假，我在鳥語啁啾的早晨醒來。梳洗，沒有吃早餐，就端了一杯咖啡坐在我家屋外的龍眼樹下看書。前晚一場大雨，我想那些叔叔阿姨表哥表妹喜歡我的人無事可作的人之類的人，不會一早就聚集在這兒吧！

龍眼樹下難得這麼清閒。我閉著雙眼，深深地呼吸著這充滿清香的空氣。一面啜飲著咖啡，一面攤開書本。幸福的早晨不到一分鐘，一隻獵犬突然從後院花叢中冒出來舔著我的腳丫。

「啊！大學生，妳在啊！」阿忠騎著他的野狼一二五頭帶著棒球帽樣子很帥氣的出現我眼前。「我放暑假了。」我微笑著回答。我收起二郎腿，狗已經趴在主人腳下。「哥哥在嗎？」「還在睡。」他停好車，逕自往屋裡去。一會兒哥哥醉眼迷濛的出現了，「上班囉！我作了個夢，說這裡還有剩下的酒。」

我背著背袋，對著抽起菸來很漂泊的阿忠說：「嘿！車子借我騎騎。」

「阿忠是來跟妳聊天的。」哥哥吐了一口菸說。

「我去看一棵樹啦！」

生前在警界工作的父親，平時喜歡花草，有空的時候就帶著我上山認識植物，各種草葉都被我帶回家收集。上國中的時候標本簿已經過了膝蓋這麼高了，很多年了，面對家人，我只要生起想離開的念頭，背起登山背包，找一棵樹這便是我最好的理由。

我騎上野狼一二五，發動車子，說聲再見就走了。

沿著凹凹洞洞的柏油路面往北邊騎，沿路欣賞田野風光。偶爾停在劃有路標的十字路上，想起某個人是住在那裡，便進入村落，然後被一群固執的野狗追出來。反覆幾次之後，我突然覺得有趣極了。

過了隧道，熱鬧的小鎮出現眼前。我在一家早餐店吃了一份蛋餅一杯豆漿。連下了幾天豪雨，山路通不通。有看到那邊的人下來啊！老闆說。我沿著山線在上坡路上緩緩前行，經過警察哨，一位粗眉大眼的警員看了我一眼，便低頭閱報。

山路愈來愈陡，青綠的油桐果子掉落泥濘難行的山路上，我在泥濘路上摔了兩次，阿忠的車變成泥巴車，我成了泥人。四處是河水滾滾奔流的聲音。陽光被高聳的相思樹林遮住，除了空氣中的溼土味，路上什麼人影也沒有遇到。一個人在蜿蜒崎嶇的山路上，寂寞卻快樂。一個大轉彎，突然之間，我置身在野牡丹盛開的陽光下。我為這意外的驚喜高高舉起雙腳歡呼著，穿過一片種植芋頭的土地，三十分鐘，我在一個坡度上緩緩而行。就在群山圍繞的山頂上，我看見在霧雲裊繞中孤獨聳立於天地間的大葉楠。

「啊！妳在這兒。」熄火之後，我站在她的面前，張開雙手環抱著她，說：「很高興看到妳。」

就在我身後，我發現一個隱密在山谷裡的部落。一群人頭上戴著花環，穿著盛裝。圍坐著地上一隻活豬、芋頭、檳榔、米酒和汽水旁。他們表情嚴肅地說話。屋裡屋外男男女女忙著端竹籃裡的長條麻糬，小米糕和剛從鍋子裡撈起來冒著熱氣的豬肉塊。有人以刀子切割分送給每個人，我從面帶溫暖笑容的婦人手上接到一塊肥厚的豬肉。「這是男方帶來的心意，分享給在座的親戚朋友們。也許吃過之後，我們女方就會改變心意，點頭答應這個婚事。」

我穿過圍觀的人群，登上一個石板堆砌的平臺上坐著。我看見主位上滿臉皺紋的老婦人，她垂下眼簾，雙唇輕輕開啟，古老的曲調緩緩而出。短暫的時間，我凝神諦聽。耳邊響起嗡嗡嗡的聲音，有幾次環顧四周，除了滿臉皺紋的老婦人的吟唱，眼前景物如我初見時的熱鬧景象。有好幾次，我從位置上站起來，往平臺的另一端走去，在一個空出的石頭上安靜坐著。我知道古時候，當還沒有任何的統治者出現在這塊土地，平臺是用來掛放敵族部落的頭骨，是部落長老商議的地方，平時也是孩童嬉戲盪鞦韆的場所。

我看了一次老婦人，然後閉上雙眼。當嗡嗡聲再次響起，心理不再有任何不安，這次很清楚分辨出這不是某種動物或昆蟲發出的聲音，我專注凝神地聽，顆粒愈來愈細微、愈來愈清晰。

晨曦自大姆鞍山山頭浮出……我聽見如女神的歌詠。

「我們是來提親的，慕妮妳為什麼要這樣對待。」有人站起來大聲說，「這樁婚事要談到何年何月？要等到慕娃凱和薩嗶力都老了，我們都被埋葬在地下才甘心嗎？」

有一段時間我偶爾清醒，隨即又沉浸在古老的曲調裡。微風輕吹，山谷裡飄搖的百合，一個女孩在枯葉腐木的石階上坐著。我想起死去的父母，突然心裡悲傷了起來。我不知道過了多久，有人輕輕碰觸我的肩膀，睜眼一看，是吟唱的老婦人。她滿臉皺紋，看起來很老很老。「來，喝杯小米酒。」她把手上斟滿黃橙橙液體的杯子給我。

「謝謝！」喝了一口之後，告訴她我第一次喝這種酒。

「這不是天天有。」她說，「小米很珍貴的，要喝到好喝的小米酒也要碰運氣，妳來了，還好釀這好酒的人還沒入土，就是妳運氣好。這是我釀的酒，好喝嗎？」

「好喝如甘泉呢！」我一說，她就哈哈大笑。完全和先前的嚴肅判若兩人。

她呼喚身旁的中年男子，男子抱著一甕的酒來。他為老人斟一杯酒，在老人耳邊說了什麼。「隨他們去吧！」我聽見老人說。

「孩子，妳到這個埋在雲霧中的部落尋找什麼呢？」她慈祥地看著我說。

「一棵樹。」我說。「偶然在書上看到一本介紹臺灣植物的書，說那棵樹已經一百多年了。以前掛過日本人的頭呢！」

「那應該要謝謝那棵樹。這霧中的山嶺確實是個神祕的地方。關於植物，大姆鞍山住著一個神，她是創造生命的源頭。她的屋前有一棵樹，她站在樹下看著地上的人們。看見喜歡的人，就從樹上摘一粒果實丟給地上的那個人。」她說著，站起來往屋子裡去，一會兒手上拿著一粒光滑的黑圓石，有一處是明顯的摘痕。老人說這是她在少女時期，掃落葉時掉下來的。「過去我們要蓋房子時，會請祭師祭拜，然後上山跟那棵樹木說：很抱歉，因為我的新家需要你作為梁柱，好讓我的家人有個遮風擋雨的居所，現在請讓我把你帶回去。當然我所說的全部與妳見到的那棵樹無關。」啊！她記起了什麼，衰老的雙眸注視著我。「我唱的歌妳全明白啊！孩子。我感受得到妳心裡的悲傷呢！」

我在哼唱，我竟然渾然不知呢？

我告訴老人關於我小時候的事。當我還是襁褓中的嬰孩，父母因山上採收的芒果帶著我到離部落半天路程的耕地。人家說未成年的嬰孩最好不要帶到山上，我的父母是受過教育的人，當我熟睡時，她們把我單獨留在工寮，我整夜哭鬧，爸爸抱著我走向黑暗的高處，媽媽招著手，「回來。跑到夜的洞穴遊玩的孩子，你不要迷失方向。這裡才是你的路。你在這裡。我的孩子，回來。」從此以後我的幼年生活都在父母的背上浮浮沉沉，我從小體弱多病，聞到黃昏的味道就開始哭泣。

「妳是哪個部落？」

我指著南邊說，「奶奶，我是來溪部落的。」

「走吧！到我的田裡去，讓他們繼續磨下去好了。」

她進到屋子裡，一會兒出現時換了一身輕便服。她背著檳榔袋，向坐在走廊編織花環的老婦人交頭接耳。朝著我來。

「妳去哪裡？客人還在呢！」有人問。

「我們不要留在這裡。」坐上我發動的摩托車上，雙手交抱我的腰腹上。

她的朋友從廚房後門出現，動作遲緩地跨坐了上來。

「好了。」老人說。好像她倆是新娘，在還沒有人來得及阻擋時，逃之夭夭。

我按著老人的指示，在部落口的叉路上順著河流的下坡路段慢慢騎過去。一個轉彎，眼前是一座吊橋。我遲疑了一下，老人沒有下車的意思。好吧！我把檔數換到二檔，咬牙前進橋面不住地搖晃，這兩個老人一點也不害怕地談論著小屋的爐鍋上還有剩餘的樹豆湯，剛才出門的時候有記得把豬肉裝進背袋裡，待會兒可以放入湯鍋裡。再加些野菜吧！另一個說，昨晚的烤魚還在架子上呢！小米酒還有吧！這孩子喜歡呢！

我渾身冒著冷汗，正想把肚子裡的食物全部吐掉。

「怎麼了。田地就在前面，轉個彎就到了。」我一停車，她關心地問。

「奶奶，妳的手。」我喘著大口的氣。

她這才發覺交抱在我腰腹上的手，由於一路上的顛簸，已經爬到我胸部了。

「啊！妳的奶奶要窒息了。」她倆仰頭大笑。從後座拍拍我的胸部說：「沒有關係，沒有關係。」

傍晚時分，我們已經來到河邊的石板屋，屋外搭蓋的棚子堆放了剛採收的花生、芋頭，籃子裡未剝皮的樹豆。兩人正如在橋上的所說的，一個在屋內起火，一個在屋外撿野菜。在屋裡起火或者外面呢？朋友。另一個說，兩天沒回來了，讓屋子恢復靈氣吧！

我站在石階上望著暮色中歸巢的飛鳥。

我們把湯鍋端出屋外時，月光正明。啊！明天出太陽呢！朋友，我們總算可以好好工作了。她倆仰著頭撥著手上的地瓜皮。妳說的是啊！朋友。另一個說。古時候的慕娃凱和庫樂樂，後來怎樣了呢？奶奶。我說。

啊！後來啊！她喝了一口湯，以幾近吟唱的聲調敘述：兄妹倆坐在一塊大石頭上凝望著無邊無際的平原，晨光灑在瀰漫著香氣的空氣中。人民飛快的腳步，天空飛塵漫天，兄妹倆無言地望著人民奔逃的情景。他們從小死了父母，完全由人民侍候著，如今什麼也沒有了，一切如灰煙飛散，「我們怎麼辦？」他們坐在石頭上孩子似地敲擊著石頭，好像被遺棄的孤兒。

後來呢？後來有別的部落的獵人叫薩嗶力的經過，他把庫樂樂殺了，留下手持著青銅刀的慕娃凱。就這樣薩嗶力留在慕娃凱的部落，兩個人在一起。他們的後代繁衍得像檳榔一樣愈來愈多。那是我們的祖先，我們就是檳榔樹上的果實，成熟了就從樹上掉下來，落在土裡，生根發芽。輪到我的孩子取名叫慕娃凱現在在臺北工作呢！

「奶奶，你名叫慕妮。」

「是啊！」她說，散發令人崇敬的氣質。

「那麼你是慕娃凱的後代，也就是這個部落的頭目。」

「是啊！今天來提親的男方是古時候那個薩嗶力的後人，名字傳到現在，男主角也叫薩嗶力，就像我們的慕娃凱。」她的朋友說，「唱那樣的歌，他們覺得羞恥啊！」

「孩子，妳的名字也是妳的前人留給你的。」

「部落的人都叫我大學生呢！」

啊！「大學生。」她們愣了一下，說了彆扭的北京語，然後哈哈大笑。

三

回臺北當天，我打了電話給慕娃凱。約好星期天下午我到她的住處找她，我抄好地址。便掛了電話。

我在羅斯福路上下公車，時間還早，便步行貫穿中正紀念堂，一路走到仁愛路。看到巷口一家生意興隆的飲食店，我走進巷子，果然不難找，大樓佇立我眼前。我按了電鈴，搭了電梯到四樓，按門鈴。我聽到踩在地板上的腳步聲，一個三十開外的女人出來應門。她有一雙迷人的雙眼。

「妳是慕娃凱。」

「在這裡人家叫我秀秀。」她溼濡的長髮披散在裸露的肩上。很都市貴氣的香味。

「山地人，妳背這麼大的背包，裡面裝的是什麼石頭。」她從冰箱取了一罐果汁給我。「坐啊！」她說著轉身又匆匆跑回浴室。

我坐在沙發上安靜地喝著果汁，一面把背袋裡的東西拿出來放到桌上。我朝著浴室門口說：「奶奶要我帶了小米、芋頭、芋頭乾、生薑、花生還有四瓶小米酒給你，小米酒可以給你的朋友喝。奶奶說，妳一定很想念山上的這些食物。」

浴室的蓮蓬頭嘩啦啦地開著，我聽到裡面兩個人的嘻鬧聲。我撕下筆記本，在紙上寫了一些話，留下宿舍電話，就走了。

一星期之後，我在宿舍接到秀秀的電話。她向上次的事情道歉，說要約我見面。八點在忠孝東路上有一家pub，好不好，她說，妳現在抄地址。我告訴她我不是很喜歡熱鬧的人，那地方的音樂會讓我頭痛。如果約在校園裡，我們可以散散步或坐在湖邊喝啤酒聊天。

「不行啦！山地人，我走的山路還不夠啊！讓我請妳嘛！有姊姊在怕什麼。我喝醉的時候，妳可以把我扛回來呀！」

我大半的時間花在到底要不要去這件事，所以，我比約定的時間遲了四十分鐘才到達。她細嫩的臉已微紅，秀秀一頭濃密的鬈髮在柔和的燈光下分外黑亮。我發現秀秀眞是美。一種山上女人特有的美，野野的帶點叛逆、成熟而明朗。

到的時候，秀秀和另外兩個與她年紀相仿的女人坐了一張桌子。兩個人剪了相同的髮型，像雙胞胎一樣，笑起來都有兩個甜甜的酒窩。我打了招呼坐在秀秀旁邊的椅子上。點了一瓶海尼根。

「這個我妹妹，你們喝的小米酒就是她從山上背來的。」秀秀說，「她等一下背我回去。」我不知道她是不是喝很多酒，她淡妝的臉紅統統的，很美。穿著低胸外面是西裝外套，尤其是那雙迷人的眼睛多看幾秒，心就被攫住。

這是潔潔，這是媚媚。

「她們是女女朋友。」

「什麼是女女朋友？」我說。

「妳用妳大學生的思考，告訴我 malerava 的母語翻譯是不是這樣講？」

「啊！是啊！」我喝了一口酒，

秀站起來朝著洗手間走去。

「妳姊最近心情不太好，多陪陪她。」臉較清瘦的媚媚說。

秀秀回到位置時，音樂變得輕柔。我跟老闆說了，叫他換那種不會頭痛的音樂。話題轉到身體，秀秀突然摸我的胸部說，「我們山地人的奶奶都很大。大學生，怎麼這麼小。」

我雙手交抱於胸說：「我小學六年級就沒有再長大了啊。」她們哈哈大笑。

那晚我和秀秀坐計程車回到她的住處，我坐了一會兒，便說明早有課必須走了。她起身，走到酒櫃開了一瓶大麴，給自己倒一杯，沉靜地淺嘗著。然後若有所思地看著我說：「聖經對同性戀是怎麼說的。前陣子我得了膀胱炎，我是不是會得到報應。」

我笑了起來。「原諒我。」我說。「我不是教徒。」

「妳不會覺得我奇怪吧！」她兩眼迷濛地看著我。

「怎麼會，妳說會得到報應才奇怪呢。」

星期三下午，秀秀來電說想約我見面，就約在那個不會讓妳頭痛的地方好了。她說。

那晚，她安靜極了。客人只坐兩桌，音樂放著辛曉琪的領悟。一首我聽過最哀怨的歌。慕娃凱告訴我她在這裡認識她的愛人哈克的。後來她接了一通電話，坐回位置的時候悶悶的不說話。一杯接著一杯地喝酒。

怎麼了。我說。她看著我眼眶溢滿淚水，一杯飲盡，臉上顯露一個舞者謝幕時的神情，姿態優美地舉起酒杯，杯子從高處猛地往自己頭上敲。杯子碎裂，她抓起碎片刺向自己。我抓住她的手奪去碎片。老闆替我叫計程車，我半抱半拖著她走出店外。像瘋了似地，慕娃凱掙脫我的手衝到快車道上撞車。我從身後抱住她，使用蠻力把她拖上車。

「我是一個苦命的女人，這麼多人跪下來求我愛他們。」一路上她這樣哭喊著。

「她愛上別的女人哪。」

回來的時候，電話正響，秀秀接了，嗯！嗯！地點頭，她說，她在我這兒。把電話交給我，「是這樣，」奶奶在電話那一頭說，男方堅持，所以他們還得談。妳跟慕娃凱一起回來。

四

我們搭了凌晨的國光號南下。中午十點到達山下的熱鬧小鎮，我們包下一部車到山上。第二天一早，我和慕娃凱還在睡夢中，家裡已經陸續來了一些人忙碌起來了。

慕娃凱呢？我多久沒見到這孩子，我還有一口氣在的時候有幸再看看這孩子。這是我這幾年一針一線縫製的裙子，給這孩子做紀念，在我死的時候讓她記得我。

八點男方那邊的親友帶著豬隻和年糕來了。圍坐在屋前，慕娃凱從頭到腳穿著繡有百步蛇圖紋的傳統服。奶奶身著傳統服，額前包著可消暑的草葉。她站起來傳述這段故事。大家都知道慕娃凱手上的青銅刀，我在這裡直接述說我們所經歷的時代。

這件事是巴力去山上工作，正在鋤地時青銅刀就掉下來。「ke——li——ng 一聲巨響，就在前面。」巴力說。他回家向我的先生嘮祖說：青銅刀出現了，我們怎麼辦。嘮祖請他把青銅刀帶回來。我的先生用紅色布巾把祂包起來放在置物架上。

在過去不能把安置青銅刀的坐椅取走，那是禁忌，部落的祭師負責到那裡祭拜。巴力在山上工作，突然他回來說這是你們瑪可拉力的青銅刀，現在送回來家裡，之後他就返回山上工作。

說到這裡我不禁要問大家，日本人知道我們的習俗是不能亂坐的嗎。頭目椅誰在坐，頭目有他坐的位置。你們有人犯下這個錯，你們請日本人坐了然後給自己留位置一直到現在。很抱歉我說了這麼嚴厲的話，你們是受統治者恩惠的家族。日本人逼迫我們的人遷到這裡，沒有人能把青銅刀從原來的地方搬動，我們離開原來的部落，離開青銅刀原居的地方。經過了多少年，青銅刀在它的地方無人聞問，無人再去祭拜。我們在草叢中迷失它的方向。直到無意中在斷垣殘壁我們的故居地它被找到。

男方有人站起來反對奶奶駁斥說。那位青銅刀是荷蘭人初來臺灣時他們帶來的紀念品。有寫外國字，天主教神父看懂那些字。荷蘭人問，你們的頭目是誰？有人帶他們到瑪可拉力家。他們把帶來的紀念品送給瑪可拉力家族。祂不是神，我不相信那東西會跑來跑去的。

奶奶要發言卻被她身旁的婦人拉著手。「我知道，我來說。」婦人隨即站起來說。「有什麼好說的呢，是我看到了這件事情。你們這後來出生的，沒有經歷過那個時代的，在這裡，請不要說醉話。」

那位青銅刀很光滑，我小的時候親眼見過。很像人，有眼睛，有頭，有鼻子耳朵，有腳。小時候我們在摘桑葉，固依脫下衣服把祂層層包住，在那上面用石頭壓著。他在河裡洗澡，洗完要去拿時，已經不見了。後來他就發現祂已經跑回祂所坐的陶壺上了。

男方那裡有人笑出聲來：東西怎麼會跑。

你們聽我講。婦人繼續說，我們那時很多人，他回去拿的時候不見了。在哪裡了啊！青銅刀在哪裡了。他問我們每一個人。誰會去偷呢？後來他又回去舊部落瑪可拉力家屋時，青銅刀好端端的在陶壺上。固依見到這情景他就不想再把祂帶回去。所以那天才會那麼晚才回到家。瑪可拉力家把傳統的石板屋拆掉一半建蓋這水泥房，把祂接回來新屋。後來嘮祖生重病，薩嘩力的祖父要慕妮把青銅刀賣給那位遊走於部落專買山地古物的平地人，慕妮就瘋了。這件事在座的各位怎麼會不知道呢！現在，我們只要求你們把青銅刀從你們那位平地朋友身上索回，歸還瑪可拉力家族。

「慕妮把青銅刀賣給平地人之後，為什麼祂自己不回來。如果照你們所說的，祂自己會走回祂原來的地方。」

「因為祂自己不會買飛機票。」奶奶嚼了一口檳榔，有些無奈地說。

這真是多霧的部落，一朵朵白雲把頭上的陽光遮蓋。霧雲從四面八方飄湧上來，不久，周遭一切籠罩在白茫茫的霧中。

五

清晨七點，大眼睛開著白色吉普車上來，他說中午之前把我送到市區坐上十一點的車，可以在天黑之前到達臺北。

奶奶又讓我背了一袋的「山產」，臨別時她抱著我，親吻我的臉說學校放假就回來。大眼睛開著車，慕娃凱坐在前座的位置。這是我第一次看見他們倆獨處。將近三小時的路程，途中經過一家零售店，慕娃凱問大眼睛喝什麼？咖啡。他說。還不夠黑啊！慕娃凱朝著他說。他露出有吃檳榔習慣，卻希望刷白的黃牙齒。我要鮮奶。我說。大部分時間我們都在聽歌，慕娃凱負責換卡帶。偶爾把頭轉向身後和我說話。

十點四十分到達市區，在我提行李的時候，慕娃凱已經替我買好票和車上的零食。我向他們揮別，兩人個別站在一角揮手，好像不相干的人。

有一段時間，我因為課業繁重而久久未與山上的奶奶聯絡，這期間，慕娃凱從地球上消失了一樣，沒有她的電話。

六

下午最後一場考試，我把聲韻學的試卷交到桌上，心情愉快地走回宿舍。

桌上躺著一封封口以米飯黏貼的信，地址看得出來是小學生的字跡。我拆開一看，眞是驚奇，歪歪斜斜羅馬拼音拼寫的母語信，要非常用力才看懂，信中訴說著自我離開部落短短幾個月，她的兩個朋友已經埋葬在地上了。信上寫著：陽光下日漸萎縮了的身子的人能做什麼呢？麻雀拜訪我的小米還比我勤勞呢。

我背著背袋，匆匆南下。

奶奶把藏在床底的一封信交給我，我坐在屋簷下的石椅上閱信。

陰雨綿綿，寂寞孤獨的日子裡什麼方式可以不想妳。好幾天我在夢裡尋找妳，為什麼又發狂似地打電話呢？我害怕自己。親愛的秀秀。這幾個月來妳也承受著這樣的折磨嗎？好不容易鼓足勇氣打了電話，聽到的卻是我冰冷的言語……我一直傷害著妳，而我也同樣傷痛著。幾百個日子過去了。我一直在欺騙自己，沒有關係。日子久了就好了。我會忘記的……但是沒有。我閉上雙眼妳還在那裡。

初見妳時令我驚為天人的模樣，黑色的衣裳，微亂的髮。愛意深埋在連我自己都不知道的地方，深不可測。胸前的琉璃珠，水鏡般清澈明亮的抑鬱的雙眸。我從來不知道這個土地上有如此美麗的民族。妳的族即我的族。我的新娘，妳填滿了我。妳在我靈魂深處。身為一個頭目，在族人面前妳是尊貴的，而我卻在這裡一次一次地因為愛而撕裂自己。現在的我，日復一日地悲不可抑。

妳還在那兒等我吧！對吧！妳會一直愛著我吧！即使經歷好的男孩、女孩之後，妳的心仍為我保留著嗎？歸來吧！秀秀，否則，我用什麼力量支持自己活下去呢？愛我。即使妳仍會愛上其他更多的人，不要把我從心裡剝下。

妳，是我唯一要飛去的地方。秀，回來吧！再也不離開妳了。眞的。我再也不離開妳了。

奶奶提著竹簍走向我，坐在我的身旁說了我不在的日子所發生的經過。

那次的提親，也就是妳和慕娃凱一起回來那次之後。男方的父母親友悄悄地來了一趟家裡，說青銅刀的事他們無能為力。我想這不是主要的問題，我這個老人知道，愛情要經得起考驗。薩嘩力愛上別的女人，現在那女孩懷孕了呢。既然如此，就沒什麼好談的。慕娃凱知道了，一點也不難過的樣子。

第二天早上郵差來送信，中午她就不見人影了，我看看她的皮包也不見。這孩子是回臺北了嗎？怎麼不說一聲就走。後來我發現她床頭的這封信，信封上有她留下的頭髮。我知道女兒一定有苦難言。我才這麼急著找妳啊！這路上妳辛苦了。

她面色堅毅而慈祥地說：「字在說什麼？孩子。可以讓我知道裡面說什麼嗎？」

我不知道該怎麼說，該不該告訴奶奶，有一個人名叫哈克，這個叫哈克的人很愛秀，秀也很愛她。或者要更直接地說，哈克和秀一樣是個女人，她們彼此相愛，不能在一起，這是她們的痛苦。經過幾次的分離，現在，總算可以在一起了。或者說，女人之間是有愛情的。就像男人愛女人，女人愛男人。我從臺北匆匆趕來。就是要告訴她，慕娃凱跟一個女人跑了。

冬天的風吹起，相思樹葉嘩然飄落。夕暮，彷彿是一張踽踽獨行的老嫗走向蒼茫薄霧中。經過一天的舟車勞頓，臺北的繁華已蕩然無存。我聞著清冷的空氣，看著土地上生長的小米。這麼多年來，內心裡我就像一個飽受疾病所困的孱弱者。冷空氣的煙幕、落在屋簷的光影，一陣風吹來，一朵雲飄過。它們就像飄撒在空氣中的病菌一樣侵蝕著我每根神經。

「慕娃凱會回來的。奶奶。」我說。「她的老闆突然有件重要的事需要她幫忙，所以才走得這麼匆忙。她請你不要擔心。」

「啊！原來如此。」她看著我，看著我手上的信，臉上的皺紋粲然地笑開了。

七

「慕娃凱。」我再次輕輕地在她耳畔呼喚。

「啊！大學生。」她睜開雙眼，伸出右手握著我的手。「抱歉。」她說。「我一直以為她愛我是千眞萬確的，多少年過去，我在她包裝精緻的糖衣下看不清她的人。」女人跟女人應該彼此疼惜的。不是嗎？我這麼相信著，從來也不介入她的家庭生活。我自己說要等她的。那封信是她給我的一塊蜜糖，她是教中文的，妳們學中文的是不是都犯了這個毛病。請別為我難過，從鬼門關回來的人會好好珍惜自己的。妳問過我是不是會一直躲在臺北，我想，是撥雲見日的時候了，等我好了也應該是我回去的時候了。

妳用大學生的頭腦思考，我的祖先慕娃凱是不是也同樣愛著女人。

不用大學生的頭腦我就可以告訴你，我想是的。

很久很久以前……慕娃凱是愛女人的。

我牽著她的右手穿過長廊，或坐或站眼神空洞茫然陌生的眼神交錯。

風吹奏出什麼樂音牽動她心弦地哼唱出什麼歌。